黄泉津比良坂、血祭りの館

探偵・朱雀十五の事件簿3

藤木 稟

角川ホラー文庫
18118

目次

第五章　二匹の獣

第六章　最終の七つの災い

天主家家系図

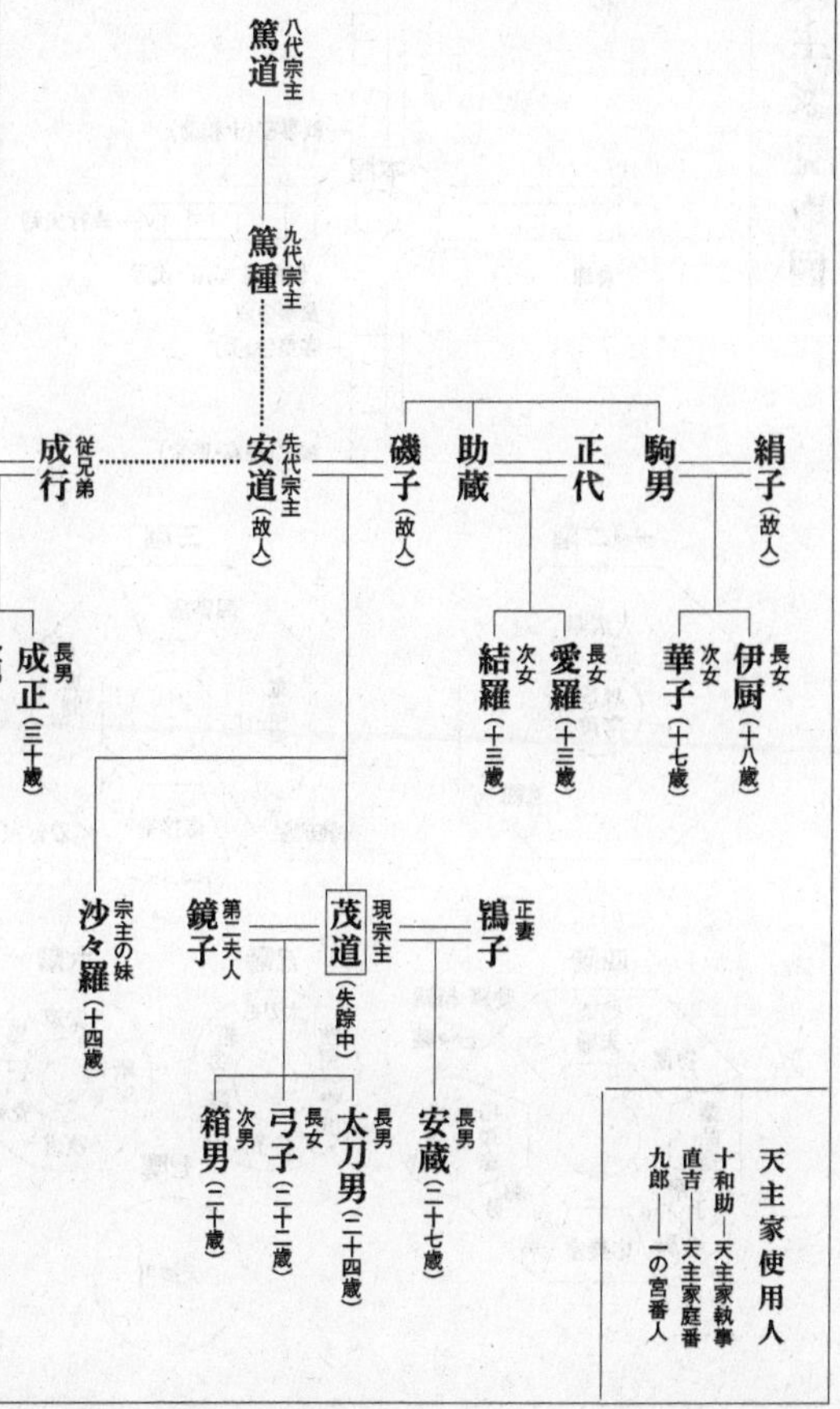

八代宗主 篤道
九代宗主 篤種
先代宗主 安道（故人）
従兄弟 成行
正枝
磯子（故人）
助蔵
正代
駒男
絹子（故人）
長男 成正（三十歳）
次男 成継（三十歳）
長女 愛羅（十三歳）
次女 結羅（十三歳）
長女 伊厨（十八歳）
次女 華子（十七歳）
宗主の妹 沙々羅（十四歳）
第二夫人 鏡子
現宗主 茂道（失踪中）
正妻 鶴子
次男 箭男（二十歳）
長女 弓子（二十二歳）
長男 太刀男（二十四歳）
長男 安蔵（二十七歳）
天主家使用人
十和助―天主家執事
直吉―天主家庭番
九郎―一の宮番人

天主家見取図

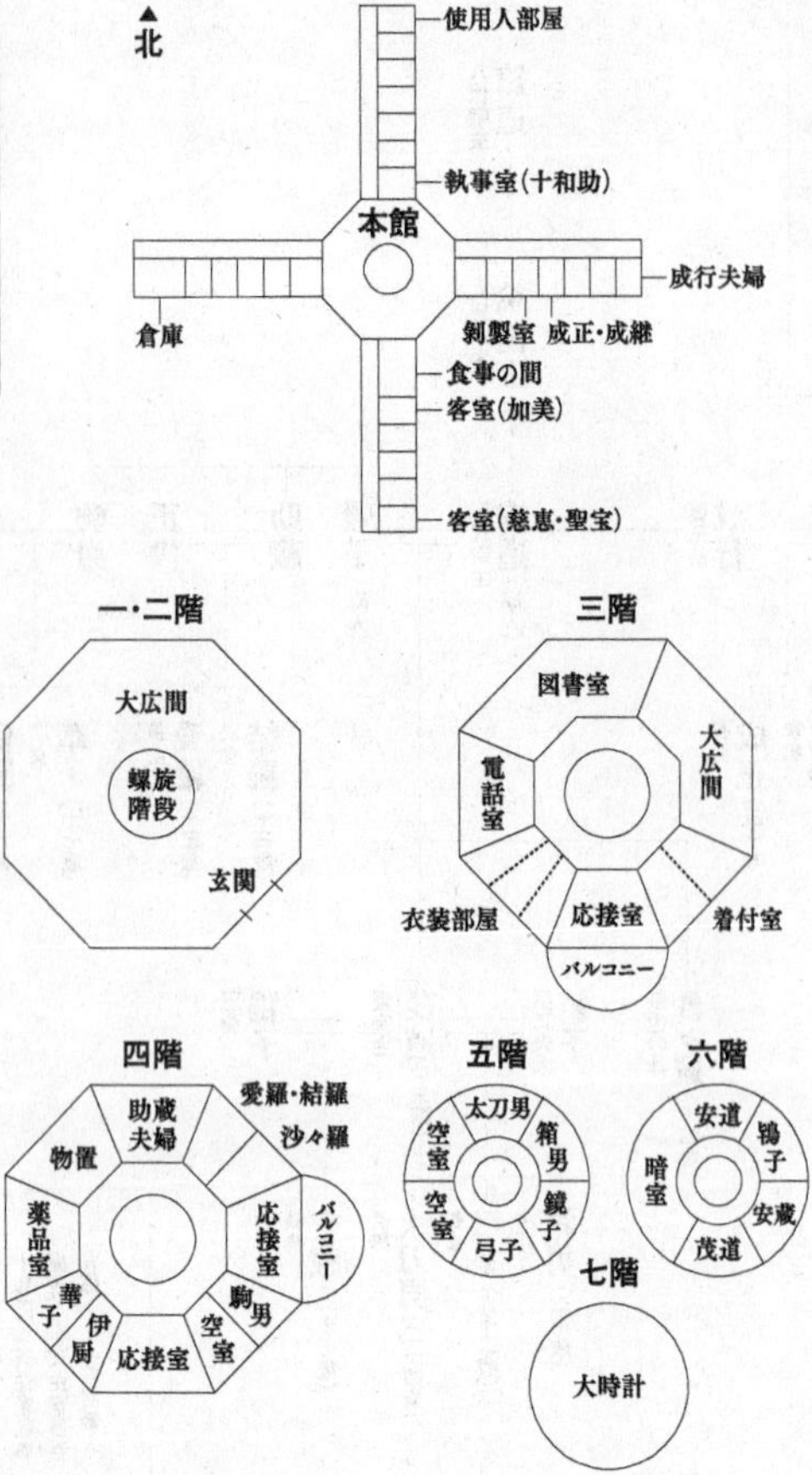
北
使用人部屋
執事室(十和助)
本館
成行夫婦
倉庫
剝製室
成正・成継
食事の間
客室(加美)
客室(慈恵・聖宝)
一・二階
大広間
螺旋階段
玄関
三階
図書室
大広間
電話室
衣裳部屋
応接室
着付室
バルコニー
四階
助蔵夫婦
愛羅・結羅
沙々羅
物置
薬品室
応接室
バルコニー
華子
伊厨
応接室
空室
駒男
五階
太刀男
空室
箱男
空室
鏡子
弓子
六階
安道
鴇子
暗室
安蔵
茂道
七階
大時計

プロローグ　血取り

1

其処には、『血取りの爺』という言い伝えがあった。

明治天皇の御代に囁かれたこんな言い伝えである。

神岡山言うのは、昔は鬼がようさん住んでいた言われる山や、物の怪の山やいうことでな、少し前までは山の峯のところに、真夜中ようさん提灯を灯した狐が、行列を組んで練り歩くいうことかてあったんや。

その神岡山の天辺には、血取りの爺という妖怪が住ンでるいうのは有名な話や。

そいつは、大変な大男で、真っ白な装束に身を固めとって、腰に竹筒、手には大袋を持ってる。

目は魚の鱗のように青くて、鼻は鴉の嘴のように前に突き出してるんや。

なんでも昔っから、娘ッコを攫って生き血を絞ったり、幼い童を攫って脂を絞ったりしていて、竹筒はその生き血や脂を入れるのに使うそうや。

つい最近では、明治の始めに、村に見知らぬ不審な男が現れた。

男は村中の家を訪ね歩いて、

『子供はおるか？』

『娘ッコはおるか』

言うて、聞き歩いたらしい。

薄気味の悪いことや……。

それでその晩、満月が西に傾き始めた頃に、村の顔役連中が集って、秘密の寄り合いをしたんや。

間違いない、あれや、あれが血取りや。

わしの所にも来たぞ、噂に聞いた血取りとそっくりやった。

ほんまに、血を取られるんか？

そうや間違いない。群馬で大きな一揆が起こったやろう？

あれもお上が、血取りに、血を渡せ言うたからいう噂や。

しやけど、血なんか取って、どないするんや？

ここだけの話やから言うんやないぞ、電信線や。

電信線て、あの電話とかいうもんの線のことか？

せや、あれは南蛮の妖術(ようじゅつ)の一種なんや。

生娘の血をあれにぬったら、使えるようになるらしい。

なんちゅう恐ろしいこっちゃ、お上はそないな事をしとるんか！

どうするんや、黙って血を抜かれるんか？

なんぼお上の命令でも、そんな事されてたまるかいな。

そうやわしらの手で退治したれ。

そういうことで、翌日は、村の女子供は家の中に籠(こ)もり、男ばかりで『血取り』が来るのを待ち伏せしたんや。

その日は、朝から不穏な空気が立ちこめとった。

畑仕事の牛や馬は妙に落ち着かず、言うことをききよらん。鴉の大群が村の上を旋回する。みんな『血取り』の仕業や言うて、囁き合った。

昼過ぎになって、見張りにたてた者から連絡があった。血取りがやって来たいうことや。

男どもはみんな竹槍(たけやり)を構えて、峠で血取りの姿を待った。

血取りはやって来た。のっそのっそ歩いてなぁ。それで皆で一斉に、木陰から飛び出して、血取りの体を竹槍で突き刺したんや。

そしたら、血取りは獣のようなもの凄(すご)い声を上げたかと思うと、高い木の上に飛び上がった。そうして、村人を恨めしそうに振り返りながら、山の方へ消えたいうことや。

しやから、普段は村に出てけぇへんが、今でも『血取り』が山の上の竹藪(たけやぶ)に隠れて、血を取るのをねらってるんや……。

2

私は竹藪の中を歩いていました。

私の後ろには数人の人達がついてきています。

どこに行くのかよく分かりませんが、とにかく歩いているのです。

随分と長い時間を歩きました。

ふと気がつくと、すっかり日は落ち、木の下闇（こしたやみ）が本当の暗闇に変わっています。

そうして辺りの木立が、ざわざわと不穏な夜の音を立て始めました。

それで私は、あの噂を思い出したのです。

『血取りの爺』

なんだか、厭（いや）な予感に足をせかされながら、ただひたすらに歩き続けていますと、後ろをついてきていた足音が、

段々に……。

一人……二人……三人……四人……と減っていくのに気づきました……。

悲鳴のような物も聞こえます。

骨がばりばりと砕けるような音もします。

胸が早鐘のように鳴り始め、私は振り返らぬようにと自分に言い聞かせたのです。

何故なら、山で血取りに後をついてこられた時は、絶対に振り返ってはいけないと教えられていたからです。

血取りは、振り返った者を襲うのだそうです。

ずっとずっとそうやって歩いていくうちに、ついには私の後ろには足音が一つしか聞こ

えなくなっていたのです。

後ろの人は血取りに追いかけられているのでしょうか？

だんだんと足早になってきます。

それとも、後ろにいる者こそが血取りなのでしょうか？

私は矢も楯もたまらなくなって、走り出しました。

後ろからも走ってきます。

息を切らしながら辿り着いたのは絶壁。もう逃げ場がありません。

そう、あの階段しか。

その階段は、錆びきった巨大な螺旋階段で、まるで天に昇っていくような高みに続いているのです。しかも支柱がありません。風でぐらぐらと揺れています。

「……　……　……　……」

後ろで何か叫んでいます。ああ、でも間違いありません。あの恐ろしい声は血取りに違いありません。何故なら、耳を塞ぎたいほど、恐ろしい事を言っているのです。

私は覚悟を決めて、その螺旋階段を駆け上がりました。

どおん、
鈍い音が響きました。私の歩む一歩ごとに、螺旋階段は振動し、体を激しく揺すります。

そして後ろから追いかけてくる足音の度にも、ブランコのように揺れるのです。
地上が遠くなっていきます。恐ろしく高くて眩暈(めまい)がします。
ああっ、でも、でも、私は上って逃げなければならないのです。

第一章　刻印を押された子ら

1　山中の奇怪な館

野生の獣や魍魎（もうりょう）の類なら別として、到底、人など通いそうにもない寂しい山の頂近く、それも蔦草（つたくさ）の絡まる杉木立と竹藪に囲まれた暗所の一角に、突然、壮大な館（やかた）が出現したとすればどうであろう？

しかもそれは偏奇な擬洋風館で、外壁は毒々しい赤色なのである。

夜中には、塔の上から聞いたこともないような音が一定のもの悲しい旋律で流れている。

調子の外れた提琴（バイオリン）のような音、あるいは能管のような音、いやもっと近いのは盛りの猫の声である。

とにかく、甲高く不安定でおどろしく、自律神経を狂わせる音だ。

それは、空気中に漂う霊物質・エーテルを操って音を出す霊気琴（テルミン）という楽器が生み出す音である。

竪琴（たてごと）の枠に二本の金属製の触角が生えているような珍奇な形をしたその楽器を発明したのは露西亜（ロシア）の科学者で、深夜に弾いているのは頬に恐ろしい蜘蛛（くも）型の痣（あざ）を持つ男だ。

男は塔の張り出し間(バルコニー)に立ち、芸術家が今摑(つか)みかけている創造の閃(ひらめ)きを感性の網で搦(から)め捕って逃がすまいとする時のような、あるいは悪魔崇拝者が主の招来を呼びかける時のような鬼気的熱心さで、目を血走らせて音を奏でているのであった。

この光景に遭遇した者が想像力の薄い稚拙な精神の持ち主であれば、異国風の館を『バケモノ館』と思わずにはいられないであろうし、寡少の浪漫情緒を解するのであれば、『山の怒り』に触れて木立に飲み込まれた『呪われた王宮』を想像するかも知れない。何(いず)れにせよ、尋常で無いことは確かなのである。

二千坪にも及ぶ館の四方は、赤大理石を積んだ石垣で取り巻かれている。

東南、南西、北東、北西のそれぞれに尖(とが)り蓮華(れんげ)型のアーチの門があり、正面玄関は東南の門だ。

門から館の玄関にそって一列、そして館を取り巻いて、松明(たいまつ)の赤い炎が妖(あや)しく揺らめき、血塊のような館の姿と庭に置かれた怪しげな彫刻達を照らしている。

館は八角形の木体の上に円筒形の高い尖塔(せんとう)を持っていた。三階建ての尖塔である。

館の外壁には、法輪や迦陵頻伽(かりょうびんが)や雲や花びらとともに天使達の華麗な舞い姿が浮き彫りされていた。これらは一体一体が実寸の人間の大きさを持ち、それが何百体も浮き彫りされてあるのだから、塔の印象は正に重厚圧巻で、眩暈と恍惚(こうこつ)感と痺(しび)れるような恐怖すらをも感じさせずにはおかないのであった。これに匹敵するものがあるとすれば、おそらく古代印度の華麗な厳駱楽寺院の其れのみであろう。

また、館のぐるりにある透かし彫り模様を上部にあしらった楯型の飾り窓には、紫色の服を纏った修道士の硝子絵が塡っていた。

皆、判で押したように同じ図案だ。

硝子の中の修道士は頭を垂れ、悲しみの淵に立っている。辛苦を刻んだその表情、瞳は両手に握られた十字架に注がれ、祈りを捧げている。

はぁ

悲嘆に暮れたため息が今にも聞こえてきそうな姿だ。そんなに憂うべき何が彼にあったのか？

彼の足下にはこう刻まれている。

Ask God if you want the truth.
How should be done when you try to see God.

『真実を知りたくば、神に問え
神の姿を見んとする者はいかにするか？』

館はこの老修道士の姿故に、拭えない悲劇の予感を永遠に身に纏ってしまったようであったが、それはこの館を建てた主が自ら筆を執って図案を描いたというものであった。
目で辿って修道士の姿を下から数えていくと、館は七階建てであることが分かる。
三階の南側と四階の東側には波美論の空中庭園さながらの樹木で彩られた張り出し間があり、尖塔の七階部分には、途方もない大時計が埋め込まれ、時計盤が壁面一杯に顔を覗かせている。屋根は銅板葺きで、金と銀の聖蕨文様で彩られて、尖塔の頂には、鳳凰に似た玻璃の鳥が透明な双翼を広げて留まっていた。

そんな風なので、館は一見、破格に豪華な時計台か教会のようにも見えるが、正真正銘、人の住まう家なのである。

中心の本体からは東西南北の方向に正確な九十度の幅を置いて伸びる四つの廊下があった。

だから俯瞰図で真上から館全体を見ると、四枚羽を持った風車のように見えることになる。

廊下は金色の高欄を持ち、沿って存在する建造物には西洋的な造形と東洋的な造形が同時に含有されていた。廊下沿いに目的別の離れが造られているらしいが、余りに複雑な建造物達であるので、正確に表現するのは一寸難しい。

それだから外見の観察はこれくらいにして、中心の塔へと迫っていく事にしよう。

正面立体構造(ファサード)はこんな具合だ。

二階部分で途切れた浮き彫りの下には優雅に波打つ曲線を持った庇(ひさし)があり、その突起している部分には、冷ややかに笑う動物の面相で、六匹の悪魔が座っている。悪魔は双翼を広げ、やせ細った腕と毛だらけの足にある禽獣(きんじゅう)の爪で庇にしがみつき、下界を見下ろしている。

庇は縦襞(たてひだ)と中心曲を持った四本の羅馬(ローマ)風の柱で支えられ、その基底部には数頭の龍が絡み合っていた。一階部分に浮き彫りは無いが、代わりに煌(きら)びやかな亜拉毘亜(アラビア)タイルで装飾されている。

一つのタイルの幅は二メートル、全体的には皇帝碧(ロイヤルブルー)の色調だが、その中に珊瑚(さんご)朱やミモザ色、そして淡い橄欖石(かんらんせき)色が微妙に混ざり込んで、数種類の幾何学形を世にも優雅な色の濃淡で浮かび上がらせている。さらには極度に形式化された薔薇(ばら)の絵がタイル全体を覆っていて、螺旋を描く茎や雲形の葉が、複雑で精緻(せいち)な模様を紡いでいるのだった。

入り口は透かし彫りの入った三連の蓮(はす)型アーチの下にある。玄関扉までは、たっぷりと空間が取られている。

空間内部にも壁一面に色鮮やかな薔薇色と鮮明緑のタイルが張られている。内部の窪(くぼ)みに沿って湾曲した三十センチ角のものだ。其処(そこ)には黄金の幹を持つアーモンドの木と白い蓮がちりばめられ、さらにタイルの隙間に水晶の小さな破片が埋め込まれている。その為、透かし彫りから入ってくる微妙な外の光が複雑に屈折反射して、極彩色の花々と虹色の光芒が展開するのだった。

その華麗さは筆舌に尽くしがたい。この場に立った貴方は、極楽浄土の花園に迷い込んだのではないかと錯覚することだろう。

特に、朝日が透明な光で館の正面を金色に輝かせる日の出の時刻の壮麗さは凄まじく、月の光の夜会服で着飾った美神さえも恥じらって顔を覆い隠す程であった。

やがて奥に楯型の扉があらわれる。

高さが三・五メートル、幅は二メートルの青銅の扉だ。

人はこれを見た途端、思わず後ずさりするだろう。

扉の中央に巨人な『目玉』がついているのだ。

磨硝子と黒水晶で出来たそれは、まるで本当の生きた目玉のようで実に薄気味が悪い。

ぎょろりと睨まれれば、蛙にでも変えられそうな心持ちがする。

こんなものを好んで造った人間は、相当の変質者か、それとも半ば頭が狂っていたのであろうか？

目玉の下には、

Spoil hermitical orphe

『略奪せよ封印されたオルへを』

と金板で出来た、鏡にうつされた逆文字の状態の英文の装飾文字があり、他の部分には丸い冠状に編まれた茨の模様があり、縁には紺碧の土耳古石がはめ込まれている。

　さてではこの気味が悪い扉をゆっくりと開き、館中に足を踏み入れてみるとしよう。

天井の隅ぐるりには八つの天窓。その間を埋めるのは、胴体の無い顔から直接羽根を生やした天使彫像である。

天使か、迦陵頻伽であるのか一寸見分けのつかない東洋的な顔立ちをしている。そして天使像にしては、不思議とこの館の其れは愛くるしい笑顔を振りまいてはいない。

虚ろで悲しげで、天使というよりは、『冥界のハーピー』を想像させる。

　ハーピーの顔に見守られながら円形の広場に立つと、天井の装飾灯や樹木を象った金細工の蠟燭立てから溢れる光暈の中で、全ては宝石のように輝いている。

　湾曲真珠装飾の枠を凝らした大広間だ。

　鳥亜式の頭を持つ柱には四本の太い葡萄の樹が螺旋状に巻き付き、紋章的に変貌した蔦樹が天井から壁上部に枝を広げ、過飾な曲線で建物の広い内部を覆っている。

　その錯節の複雑な揺らめきや、色硝子の飾り窓から漏れてくる暗い虹色の光や、夥しい彫刻や極彩色の壁織物は、耽美趣味に満ちた幻夢郷のごとき空間を造りだしている。

　又、建造物内部の異観世界も、様々な寓話的図像や、摩訶不思議な小物類、絵硝子、そして生物の形状の一部を賦与された奇妙に艶めかしく躍動的な家具や器物で埋まっていた。

一、二階は吹き抜けで、円形四脚の猫足を持つ装飾用卓とスプーンを象った寝椅子が、大鏡をあしらった壁に沿って並べてある。

卓の上には銀細工で出来た人型の壺があったり、一角獣の像があったりする。

中でも目立っているのは、螺旋階段脇の台座上にある異形の騎士像だ。台座には、

Bold Doll hide here

『ここには大胆な人形が隠れている』

という意味不明な言葉を刻んだ石板がはめ込まれているし、騎士の姿はまるで悪魔の騎士のようだ。

兜の耳の部分には、蝙蝠の翼手があり、全身を棘状突起で覆われた甲冑を着ている。肩当ては背中を覆う葉脈状の板に変化し、肘あてには鱗があった。

騎士を乗せる馬像に取り付けられている甲冑も薄気味の悪い代物であった。馬甲の目玉は飛び出し、鼻面は渦を巻き、顔は皹だらけ。首は亀甲で覆われ胸前には蛙が掌を広げたような水掻状の翼がある。馬というよりまさに怪物だ。

各所を彩る中世欧羅巴の骨董調度品の不思議さもさることながら、中央にある螺旋階段は貴方をさらに魅了するであろう。

館の中心を七階まで貫くその階段は、一番下に龍の頭、側面に鱗を持ち、全体で巨大な

龍形を象っている。階段には七段ごとに透かし彫りが入っていて、階段を支える支柱は、ぐるりに六芒星紋(ろくぼうせいもん)をあしらった輝く黄金である。しかも周囲は十メートルもあり、柱の根本の部分には実在と空想上の動物の顔が小さく彫り込まれている。龍、犀(さい)、象、獏(ばく)、麒麟(きりん)、白沢(はくたく)、狛犬(こまいぬ)、唐獅子(からじし)、恙(つつが)、息(いき)、蛟(みずち)、それから十二支の動物達である。

この動物達に何処かで見覚えは無いだろうか？もしも無ければ気にしなくてもいい。他の場所を見てみよう。ほら、西側の一角に、他の装飾品とは不釣り合いな暗い色彩の洋画が飾られていることに目を留めていただけるだろうか……。

近寄って、よく見よう。『鳥』、『鏡』、『太刀』、『弓』、『箱』、『蔵』の絵である。絵の中には必ず一匹の猿がいる。

これらの絵は、まるで何かの呪いを帯びた物のように意味深な存在感を持っているのだが、それが何のゆえだかは分からない。

仕方が無いので階段を上がっていくことにする。広間の上部、館の三階部分は、大広間、一つの応接室、図書室、二つの着付け室、三つの衣装部屋、電話室、南の広い張り出し間となっている。四階には薬品室、物置、二つの応接室、七つの寝室、東に張り出し間、五階には全部で六つの寝室、六階には四つの寝室と暗室がある。

七階は時計部屋だ。部屋の四分の三を占める壁の凸部分には時計と発電機が組み込まれている。中に入る為の扉はあるが、ここには足を踏み入れない方が賢明だ。何故なら、内部には館の全ての部屋に電力を供給する為の高圧電線が通っているので、その場所を知らない者には大変危険だからだ。

それにしてもこれだけ壮麗華美でありながら、見る者、在る者を茫漠（ぼうばく）とした焦燥感と恐怖に駆り立てる建造物は他には存在しないであろう。

完璧（かんぺき）に装飾された局所局所は、この館全体の雰囲気に優雅さというよりは何かいらいらした不安の影を落としているし、円形のぐるりの何処から軸を引いても左右上下が対称となるように造られた尖塔（せんとう）の造形も、微妙に人間の感覚器官を狂わせるような気がする。それは一階床のタイルの順序の狂った市松模様にしても同じである。

段々と異常感覚に捕らわれた人間は、どのように不条理なことも、又、恐ろしいことも、この館の中では起こり得るのではないかと感じるようになっていくのである。

2　祟（たた）られた天主（てんしゅ）家の人々

この奇怪な館にはさる一族と灰色の服を着た大勢の召使いが暮らしていた。

館の住人は誰もが無表情で、寡黙で、青白い顔をしていた。そして館の大時計の針に合わせて日々、何一つ変わらぬ同じ動きをしているので不気味であった。起床も、食事も就寝も一秒の狂いも無く定められた予定に合わせ、時計の廻盤琴（オルゴール）を合図に行われるのである。

知らぬ人間が彼らをみたならば、「この人達は、何者かの恐ろしい妖術によって魂を抜かれ、傀儡とされて館に閉じこめられてしまったのだ」と思うことだろう。或いは彼らの人間離れした冷たい顔を見て、彼らを魔物であると思うことだろう。

だが、館に暮らす家族こそは巨万の富を従える素封家・天主家の人々なのである。

彼ら自身、いつから自分達が傀儡のようになってしまったか覚えてはいない。

ずっと昔、もっと以前の先祖から天主家はそういう家だったのかも知れないとすら感じている。天主家には古くから誰が定めたかも分からない膨大で奇妙な秘密の掟や儀式があった。そして正体の知れない監視人がいた。こうした事が天主家の血から自由な感情とか思考を奪ってしまったのであろう。

もしそうでないとすれば、長い年月の間、天主家に影を落とす『祟り』のせいに違いない……。

そもそも天主家というのは五百年の歴史を持つ十津川村随一の名家である。

今でこそ領地はこの神岡山にある平坂と麓の下村字、下田村字を残すだけだが、徳川の時代までは龍神村や北山村にも御領地は点在し、天主家の領地を通らなければ何処へも行けぬと言われたものであった。

家人に伝えられるところによると、天主家は決して只の素封家ではなかった。その昔、都の貴人が政敵に追われて平坂に落ち延びられ、土地の豪族と婚姻を結んだことを家の始めとしていた。

先祖には、代々、僧侶や神主が多く、彼らは楽や舞に優れた風雅な者であった。その技芸の才によって神と感応し、自然力を操ることが出来た。これは決して大袈裟な話ではないらしく、実際、天主家は荒ぶる土地神を鎮魂し、河川の氾濫、冷害、土砂崩れ等に悩まされ続けた辺りの土地をよく治めて人の住まうことの出来る地に変えた功労を認められて、お上より龍神、北山、十津川の三村に跨る「地祭りの家」に任ぜられた歴史を持つ。

そういう訳で、今でも龍神、北山、十津川に在る神社や寺には天主家と血縁を繋ぐ所が多いのであった。

以前の天主家の古い屋敷は相当に老朽化し、大家族と三十名近い召使いが住まうには手狭になっていたため、先代の宗主が建て直して現在の館が出来上がった。四年前である。実は館の敷地は神岡山の聖地であり、庭には、『千曳岩』と『不鳴鐘』という古いいわれのある岩と鐘堂がある。

『千曳岩』というのは、その名の通り千人で引いてやっと動くというような大岩で、実際は二つの岩であるものを一つの岩に見立ててそう呼んでいる。その二つとは白い石灰岩と黒い玄武岩だ。どちらも五トン以上はある重い物だ。白い岩は日の形、黒い岩は月の形になっていて、その二つの岩がしっかり嚙み合わさって全体で楕円を形作っている。

だが二つの岩は、『地獄の蓋』とも言われていた。

二つの岩が離れてしまうと、その隙間から『鬼が這い出てくる』という恐ろしい伝説があるのだ。とは言え、とても人力で容易に動かし得るような岩ではない為、却って安心も出来るというものであった。迷信に多い類の物だ。

もう一つの『不鳴鐘』というのは、巨大な銅鐸を吊した鐘堂だ。摩訶不思議な模様の刻まれたその鐘は、中に舌があり、西洋の教会の鐘のように舌から垂れ下がる縄を振って鳴らすように出来ているのだが……、その名の通り『鳴らない鐘』なのである。

「そんな事があろうか」と思うだろう、だが本当なのである。誰がどう試してみてもカンともチンとも音を立てない、実に奇怪な霊験を表す鐘なのだ。

そうしてこれも又、鐘が鳴るような事があれば、『この世が終わる』と言い伝えられていた。

ところが今年、十日程前に、『千曳岩』がいつの間にか移動していたのである。

夜は普段のままであったのが、朝起きて見ると両岩の間が五メートル以上も離れているという、常識では考えられない現象が起こったのである。

千人は大袈裟であるにしても、五十人以上の人足が集まらなければ動かせるはずもない大岩。それを二つ、どうやって動かしたというのであろうか？

よしんば五十人の男が大岩を動かす目的で集ったとしても、門番のいる天主家の庭に大勢で忍び込み、物音一つたてずに岩を動かして去る、というような神業が可能なわけもない。

第一、誰が？　何の目的で？

だがこうした怪奇は初めてのことでは無かった。過去にたった一度だが、四十年前にも『千曳岩』が動くという事件が起こっているのだ。

その年も今年と同じく大変な大寒波に見舞われ、農家が大打撃を受けた年であった。

寒波そのものは珍しくない。神岡山では四十年から五十年に一度、冷害が襲うのだ。

それよりも怖いのは……祟(たた)りだ。

『千曳岩』の移動は平坂の人々を……とりわけ天主家の人々を不安と恐怖に陥れた。

「また……鬼が這(は)い出て来たんだ」

誰かが言った。

それは正しく不幸の前兆であった。

こんな一族の住まう館(やかた)。つまり莫大(ばくだい)な財産を持っていて、血族結婚を繰り返し、故に密閉度と秘密性の高い家族とその館は、さしたる事情が無くとも、あの伊太利亜(イタリア)のボルジア家やメディチ家がそうであったように、家人の心に変質的な傾向を強く誘発する。

そして周辺の人々の感覚や情緒面における錯乱を促進して犯罪の温床を作り出す。

天主家もその例に漏れなかった。

大岩が動いた日の深夜、天主家では人知れず恐ろしい犯罪が進められていた。

死は過失であった。

大岩の移動に、不思議な予感を感じた宗主・茂道の妾・鏡子が動いた。

薬物依存症の宗主に麻薬を普段より大量に飲ませ、その夢うつつの間に、贔屓にしている次男・箱男に有利な遺言を書かせようと企んだのだが、どうやら薬の量を間違えたのである。

宗主は遺言を書く前に死んだ。

慌てふためいたのは鏡子と、その陰謀に参加していた箱男と娘の弓子であった。

彼らはひとまず死体を隠すことにした。

鏡子が部屋に来ていた夜に宗主が麻薬で死んだとあっては、疑われるのは必至である。

第一、今死なれては、宗主の莫大な資産は、正妻の息子の方に行くに違いない。そこで三人は共謀して、ひとまず宗主の死体を隠して、折を見てどこかに埋め、偽の遺言書を捏造しようと話を纏めた。

さて、何処に隠すか……？

思案した末に三人はよい隠し場所を思いついた。

鏡子の部屋に置かれている黒漆の美しい唐櫃の中である。

唐獅子の親子が描かれたその唐櫃は、装飾用に飾っているだけで中は空、もとは物置に放置されていたものだ。どういうわけか天主家の人間はそれを嫌っていて、普段は誰も手を触れないのである。それに目をつけた鏡子が無理矢理自分の部屋に持ってこさせたのであった。仕立ては良く、密封度が高いから、そう簡単に死臭は漏れないであろう。

ここで問題になったのは、唐櫃の大きさ……というより茂道の大きさであった。親子は茂道を鏡子の部屋に運んだ後、茂道の手足をあれこれ折り曲げて櫃に入れようと試みたが、大男の茂道はなかなか納まってくれなかった。

すると弓子がおぞましくも素晴らしい提案をした。

「まだ少し、隙間も残っているのだから、入らないことは無いのだわ。もしかすると、首と腕を切って、隙間に入れると入るのではないかしら?」

この提案によって、父と夫を解体するという恐ろしい作業が始められた。

物置に出かけて糸ノコを調達してきた三人は、タイル敷きの洗面所に茂道の軀を移動し、血塗れの解体作業に及んだ。そして両腕と首を丹念に血抜きをした上で櫃に入れた。勿論、見事に入ったのである。

三人は部屋に血痕が残っていないかを念入りに調べ、無いのを確認すると櫃の蓋を閉じて、再び櫃を部屋の片隅に安置した。

宗主が突然、いなくなった。

朝、召使いが部屋に着替えを持っていった時にはすでにベッドがもぬけの殻だった。愛器の霊気琴も一緒に消え失せていた。霊気琴が消えている事を考えれば、自ら行方を晦ませたということであろう、と誰もが思った。

その上さらに意味不明な事に、広間に飾られていた絵画の中から『鳥』、『鏡』、『太刀』、『弓』、『箱』、『蔵』の絵の部分だけが鋭利な刃物で切り取られていた。
理由の分からない事態だ。
あらゆる理解不能な要素が彼らの判断力を奪い、最終的に落ち着いた結論はと言えば、『ともかく失踪のことは世間に対して内密にし、宗主の帰りを暫く待ってみよう』
というものであった。

3　長男・安蔵の不気味な失踪

宗主の失踪から五日目、その日も天主家の人々は無為のまま朝の食卓についていた。

一族が会食する間は、三階の螺旋階段を上った正面にあった。

色硝子の為に常に薄暗い天主家の館内であるが、この間だけは朝の日差しを採り入れるよう、東側の窓が色硝子ではない。

長い洋風食卓の上座は空席であった。宗主・茂道の席であるからだ。

直ぐ脇の左に宗主の年の離れた妹・沙々羅、右に正妻の鴇子が座っている。

北の壁には二枚の大きな肖像写真が飾られていた。右は現宗主・茂道のもの、左は先代宗主・安道のものである。

肖像写真の二人は、一見、メンデルの遺伝法則を覆してしまうのではないかと思われる程、異質な風貌をしていた。

先代宗主の安道は、ほっそりと色白で英国貴族のような面立ちをした美男子である。一方の茂道はと言えば、大柄で熊のような体軀をしている。四角い頑迷そうな輪郭の顔に、異様に大きな蜘蛛形の痣が目立つ。瞼の厚い蛇のような三白眼の瞳。分厚い唇は醜く歪み、その顔立ちのどこからもおおよそ好意的な感想は出てきにくかった。

だが、二人は紛れもなく親子であり、この二つの風貌はともに天主家の代表的な顔立ちなのであった。

その妻・鴇子……。

彼女は茂道の母方の従姉妹にあたる女である。

美しい能面の顔をしたやせ形の美女で、めったに喋らない。というよりは、たおやか過ぎて、身の回りに起こる何事にも興味を持つことが無く見える女である。

肌はまるで白磁で出来た人形のように冷たく、切れ長の瞳も小さな唇も、無機物のように動くことが少なかった。何時も誰に対しても、上の空のような風情で、抑揚の無い声で話した。

いや、僅かに自分の息子の安蔵にだけは、母らしい表情を時折見せることがあった。

鴇子の隣にも空席。息子の安蔵が座っているはずの席であるが、今朝は遅れているらしい。

次に第二夫人である鏡子が座っている。

鏡子は鴇子とは風貌も気性も丸で正反対である。若い頃は派手な美人であったろうが、中年を越えた今となっては、その目鼻立ちも下品の一歩手前という印象を与える。常にある限りの宝石類で身を飾ることを好み、甲高い声でよく子宮病（ヒステリィ）を起こす。

鏡子の隣には二人の息子、太刀男（たちお）、箱男、娘の弓子と続く。

実は、大広間の曰（いわ）くありげな絵は、彼らの名にちなんで宗主・茂道が記念に描かせた物であった。

行方不明の宗主・茂道には、正妻の鴇子と妾の鏡子という二人の妻とそれぞれに子供がいるわけであるが、このことは天主家の一族に複雑な波紋をもたらしていた。

天主家においては一夫多妻は普通のこととされている。

だから宗主が二人ばかりの妻を持っていたとしても何の不都合も無いはずなのであった。ところが、妾の鏡子の素性が問題なのである。

通常、天主家の人間は天主家の血筋のものとしか婚姻を結んではならないとされていた。こうした婚姻の正否を下す御審議役も存在するはずであるのに、茂道は懇意にしている軍人に紹介された東京のショーガール・鏡子を連れ帰ってしまったのだ。

天主家の人々は大いに驚愕（きょうがく）させられ、また冷眼をもって鏡子を迎えたのであるが、勝ち気で虚栄心の強い鏡子はそうした事などものともせずに、すっかり天主家におさまり、茂道の子供を正妻の鴇子よりも多く産んだ。

これも鏡子の勝ち気な性格のなせる業であったのだろう。

そしてこの二人の妻はあろうことか一つ館の中に永年の間、同居しているのであった。

鴇子の息子・安蔵の年は二十七歳、茂道の子供達の中では一番年長だ。

つまり、安蔵は年齢からいっても正妻の息子という立場からいっても天主茂道の跡継ぎとなるべきなのだが、ここに一つ問題発生の原因があった。

安蔵は気の病に侵されていて、次期宗主としての役目どころか、日常生活も危ぶまれる状態の人物であったからだ。

それで、当然、一部の認知としては、妾の長男であり、しっかり者の太刀男が跡目を継ぐであろうと期待された。

現在では、一族の正統な血統を主張する安蔵派と実力主義の太刀男派が反目している状態である。

ところがさらに複雑なことには、何故か太刀男は宗主の相続を渋り、長兄の安蔵をもり立てようと心を砕いているのである。

そんな太刀男の態度に、次の跡目をめぐって派閥争いをしている天主一族各自の思惑は混乱交錯した。

普段傀儡のように生活し、外部との交流も閉ざして掟通りに生きる天主家の人々であるが故に、人生の最大関心事は次代の宗主と天主家内における自らの権利しかないのである。それだけに冷たい顔の下で熾烈な覇権争いを繰り広げているのであった。

そこにもってきて宗主・茂道の失踪だ。

不安と期待に色めき立った一族に、太刀男は今朝の朝食会で、改めて安蔵が当主の後継者であることをはっきりさせようと考えていた。

さて、宗主の右手には茂道直系の家族が以上のように並んでいるわけであるが、左手には宗主の妹・沙々羅に続き、先代宗主正妻の弟・顴骨の目立つ助蔵と妻の正代、まだ幼い双子の娘。次に、いつも兄を出し抜こうと画策している助蔵の弟・駒男と上の娘・伊厨、十八歳。下の娘・華子、十七歳の順に座っていた。伊厨は目尻のつり上がった狐顔ではあるが、なかなかの器量好しだ。しかし可哀想なことに華子は痘痕顔の醜女であった。だが、伊厨がいかに器量好しとは言え、助蔵の娘である愛羅と結羅の雛のような美しさの足下にも及ばない。

二人はまだ十三歳だが、年頃になれば天主一族の男達は争奪に血道を上げるに違いない。次代宗主の有望株は恐らくこの二人のどちらかを選ぶだろう。そういう意味で、駒男は焦っていた。

美しいと言えば、宗主の妹・沙々羅はまた格別であった。先代宗主・安道にさらに磨きをかけた気品と美貌。まだ十四歳であるが、十分に淑女の雰囲気を漂わせている。

ともあれ、ここまでが天主一族の中で尊筋と言われ、女なら宗主の妻になる資格を、男ならば宗主になる資格を持つという事になる。

他の席には俗筋達が座っていた。俗筋の一番上に座るのは、成行。今年で七十になる青痣の老人であるが、先代宗主の従兄弟に当たる。次に成行の二人の息子・成正と成継。二人ともまだ三十前後で、頬骨のそげた芸術家めいた風貌の美形である。だが、その美貌に反して、ぐりりと大きな瞳はまるで爬虫類のように冷たく、粗暴な性格を映していた。

天主一族が朝の食卓に会した時、その場には場違いな若い女中でキミエという女が部屋に入ってきた。そして、太刀男に向かって狼狽えた声をかけた。

「太刀男様、どういたしましょう？　安蔵様がやっぱり見つからないのです」

「なんだって？　昨夜もそんな事を言ってたが、まさかあれからずっと姿を見てないということなのか？」

太刀男は驚いた声を上げた。

「そうです」

「馬鹿な、大変じゃないか。そんな事、もっと早くに言うんだ！　安蔵兄さんのお守りは、お前と直吉に任せているのに」

大層な剣幕で太刀男はキミエを怒鳴りつけた。キミエはめそめそと泣き出した。

「どないしたん？」

気の抜けた声で訊ねたのは鴇子であった。

「ああ、御義理母さん。すいません。安蔵兄さんの姿が見えないのです」

「安蔵が……？」

鴇子が大きく目を見開いて、緩慢な驚嘆の表情を表した時、庭番の直吉がのこのことやって来た。

この男、赤らんだ顔と、ずんぐりとした体型と四肢のだらしない感じとが、いかにもどうしようもない印象を与える。

「直吉、どうだ、安蔵兄さんはいたか？」

「分かりませんけど、さっきは蔵の中にいはりました」

「何？　こんなに寒いのに、あの蔵の中にいただって……。直吉、それはいつ頃の事だ？」

「さっきです。天窓から中を覗いたら、安蔵様が寝てたんです。安蔵様、出て来て下さいと言うたけど、返事はありまへんでした。寝てはると思います」

「馬鹿、こんな気温で、もし蔵などで寝ていたら、凍死してしまうじゃないか。何故、すぐに蔵の中から連れ出さないんだ」

「はぁ、内鍵がかかってるみたいで、開きませんでしたんや」

直吉は頭を掻いて、うすら笑いを浮かべた。

（姿が見えないということは、まだ蔵の中か）

太刀男は苛ついて部屋を出ると、蔵に向かって走り出した。螺旋階段を目が回るのではないかと思う程の勢いで駆け下り、一階の回廊から東に続く廊下に抜ける。長い廊下の突き当たりを降りると石塀があり、又、出口がある。其処を出て一分も歩かぬ内に蔵に着くのだ。

蔵に着くと、太刀男は拳を振り上げ、扉を打ち鳴らした。

「安蔵兄さん、いるのでしょう？　出てきて下さい。皆、心配してますよ」

だが、中から返答は無い。

安蔵の事はすぐに大騒ぎとなって、天主の一族や主だった召使い達がわらわらと蔵の周りに集まり始めた。

「しょうがないな……」

太刀男はそう呟くと、側に控えていた執事の十和助に、直吉に木槌を持ってこさせるように命じた。

十和助は今年で五十年近く天主家に仕えている忠臣であり、背筋のぴんとした、執事を絵に描いたような男だ。直吉はその甥であった。

「直吉、物置から木槌を持って来なさい」

直吉は命じられると館内に戻り、暫くして木槌を引き摺りながら戻ってきた。

太刀男は、父親似のまるっきり感情や神経を表さないがっちりとした熊のような手で直吉から木槌を受け取ると、豪快に振り上げ、蔵の扉に打ち下ろした。

驚くべき強力である。だが、分厚い蔵の扉は少しへこんだだけで木槌を跳ね返した。

太刀男はめげなかった。不屈の胆力と粘着性の気質が彼には宿っていた。

呆れ返るほど何度も、木槌は打ち下ろされた。

やがて、到底無理があると思われていた作業に希望が見えた。鋭い破裂音が上がり、僅かに穴が開いたのである。

太刀男が開けた穴から腕をぐっとさし込み、真っ赤な顔をして内鍵を開けた時には、鴇子や天主一族全員が扉の前に群がっていた。

ぎぃ

重い音を立てて扉が開こうとした途端、向こうに何か障害物があったようだ。扉に弾かれた桶か何かが大きな音を立てて転がっていった。

それから足下の地面に冷たい液体が広がった。

目の前に現れた光景を見て、最初に「ぎゃぁ」と悲鳴を上げたのは気の弱い箱男だった。

箱男はそのやたら大きな鼠のような耳を、恐怖でぴんと立てると後ずさり、げぇげぇと嘔吐し出したのだった。

太刀男は愕然と口を開いたまますくみ上がっていた。

天主一族の間に恐怖にひきつった声が上がった。

こっそりとほくそ笑んだのは、鏡子と弓子だけである。十和助はすかさず天主家の女子供を蔵の側から離した。しかし、鴇子だけはその場を離れようとしなかった。

鴇子は両目を見開いて、わなわなと小刻みに震えていた。

やすぞお――

到底、人間の物とは思えない情念の塊のような音が『蔵』の中に響いた。

それは鴇子の悲鳴だった。鴇子は髪を掻きむしり、白目を剝くとその場に卒倒してしまったのであった。

不思議な短冊形の光が、白く縁取られた赤い円と血塗れの斧の上に落ちていた。

冷たい土の上に描かれた赤い円は半径二メートル程のものである。

その赤色が夥しい流血の痕であることは、側に転がっている血塗れの斧から容易に予想出来たが、白い線の正体が謎であった。

太刀男は、そっと血痕を縁取る白い線にかがんで近づいた。

白い線は奇妙に流動的な形をしていて、地面から盛り上がっている。太刀男はそれを指でつついたり、匂いを嗅いだりして結論を出した。

「これは蠟燭が溶けた跡だ」

「蠟燭やて？」

助蔵が太刀男に武者ぶりつくようにして訊ねた。助蔵は安蔵派なのであった。

「芯の燃え残りがある。この量から言って、おそらく何百本という蠟燭を円形に並べて燃やしたんでしょう。それで流血が周辺に出来た蠟の塊のところで止まって、こんな風な円状になったのです」

太刀男はふと血溜まりの中にある黒っぽい影に気づいた。指で摘んで凍った血の中から引き出してみると、榊である。まだ数本、血溜まりの中に沈んでいる様子だ。

天主の一同は、凍り付いた視線を床の文様と太刀男の指に摘まれた榊に注いだ。

何とも奇々怪々であった。この状況に辻褄の合う物語を想像してみると、誰かがまず安蔵を斧で殺害（この血の量ではおそらく死んでいる）し、榊と蠟燭を傷ついた安蔵の周りに円状に並べて火をつけたのだ。

いや、流血のほうが蠟が溶けてこんな円状の垣根を作ってしまうよりも早く広がるはずであるから、犯人は蠟燭を円状に並べて火をつけた上で、鈍器で殴るとか絞殺するとか、そういう余り流血しない方法で安蔵を殺傷した後、わざわざ斧で流血させたということになるのかも知れない。

どっちにしてもグロテスクな犯行である。

通常であれば、変質者の儀式殺人を考えるところであるが、天主家の人々の頭を掠めたのは『祟り』と『血取り』の二語であった。

殺害した後でわざわざ流血させたり、夥しい蠟燭を燃やしたりしているので、血を絞った後で、焙って脂も絞ったのではないか……という不気味な想像に取り付かれたのだ。

血に浸された榊も恐ろしく邪悪な感じがするし、しかもこの場所は蔵とは名ばかりで、岩壁をくりぬいて造られた古い牢獄の跡なのである。

それも嗜血趣味のあの恐ろしい男の『祟り』が生まれた場所なのだ。

「安蔵君の死体は……何処やろう？」

助蔵が呆然と呟いた。

「そうや、蔵には内鍵がかかっとったんやぞ」

駒男が思いついたように大声を出した。

「まさかあの窓からは出られへんよね……」

そう言ったのは成正だった。一同は地面から三メートルの所にある小さな窓を見た。四十センチ角の真四角な窓で、鉄格子がはまっている。

「あの窓は無理だろうな。直吉、安蔵兄さんの姿を此処で見たのは、どのくらい前だ？」

「ついさっきです。ほんのさっきです」

「その時は、単に寝ている様子だったのか？　何か他に変わったところは無かったのか？」

「はい」

直吉の返事に、太刀男は死に神のような蒼い顔で暗鬱なため息を吐いた。

4 狂乱の落下

安蔵の姿が天主家から消えて二日目、その母、鴇子は大きく落胆していた。殆ど食事もせず、一日中、寝たり起きたりを繰り返している。

夕方、十和助が北の廊下の電灯が灯っていることに気づき、消しにいって本館の方へ戻ってくると、鴇子がふらふらと庭を歩いているのを目撃した。

ただでさえ頼りなげな風情の女は、もはや膨大な悲しみの為に心を消失してしまったのであろう。儚い狭霧のような存在となり、その姿は亡霊が彷徨っているように見えた。

十和助は一瞬、鴇子の姿に目の錯覚ではないかと呆然とした後、現実を心の中で確認し、声をかけた。

「鴇子様、一体、こんなところでどうなさいました？　今はお部屋でお待ちの時間でございますよ」

この時間は夕食前であったため、誰もがおとなしく自室で召使いが呼びに来るのを待つ習わしになっていた。天主家の人間が決められた行動以外の事をしているのは珍しいことであった。

十和助に気づいた鴇子は突然、悶絶するような凄まじい声を上げた。それはまさに、彼女の精神が限界まで保っていた緊張の糸を、断ち切った音であった。

庭の赤い花をつけた侘助から一枝折り取った鴇子は、髪を振り乱して駆け寄ってきて、狼狽する十和助の前に仁王立ちしたのだった。

侘助の枝から赤い花びらが一片散った。

「鴇子様！」

鴇子は死人のように青白い顔で十和助を睨んでいた。その瞳には異常な光が漲り、喜びとも怒りとも判別不能な痙攣が頬と目尻に起こっていた。

十和助は一瞬、その姿を般若のように凄まじく、また美しいと感じて朦朧としたが、憂うべき事態が鴇子の精神に起こっているのだということを察知した。

ようよう見つけたわ！

この鬼め！

安蔵を何処へやったんや！

男のような荒々しい声で、鴇子はそう言った。

「鴇子様、気を確かにお持ち下さい。わたくしは鬼ではございません。執事の十和助でございます。さぁ、お部屋にお戻りを……」

触れるな！

この鬼！　鬼め！

肩を抱いて鴇子を宥めようとした十和助を、鴇子は凄まじい形相で罵倒した。

「お鎮まり下さいませ、鴇子様」

黙れ！

鬼め！

鬼め！

こうしてくれる！

鴇子は、逆上した様子で十和助の老体を組み伏せ、素足で蹴り倒した。そうして手に持っていた侘助の小枝で、十和助を打った。鮮血のような花びらがまき散らされた。

「お許しを！　お許しを！　鴇子様、お鎮まりを」

十和助が叫んだ。庭番の直吉がそれを見て飛んで来ると、大きな図体を鴇子と十和助の間に割り入れた。

「鴇子様、止めて下さい。誰か！　誰か！　鴇子様が大変や」

鴇子は立ちふさがった直吉の顔を、ぎらぎらとした瞳できっと睨んだ。


　　お前も鬼どもの仲間やな！

　　成敗してくれるわ！


鴇子は直吉にむしゃぶりついていったが、直吉は強腕である。鴇子の両腕を摑(つか)んでその華奢(きゃしゃ)な体を羽交い締めにした。倒れていた十和助は、ゆっくりと立ち上がって衣服の乱れを直した。

「鴇子様、お辛(つら)いでしょうが、お立ち直り下さい。安蔵様はきっと戻っていらっしゃいます」

無責任な慰めでしかなかったが、十和助にはそう言って鴇子を鎮めるしかなかった。

鴇子はびくりと体を震わせると凍ったように止まってしまった。そして、暫(しばら)くするといきなり大声を上げて泣き崩れた。

「御義理母(おかあ)さん！」

「鴇子さん」

数名の男の声が聞こえた。様子を見ていた召使いが報告したのであろう、太刀男、駒男、助蔵と箱男であった。

天主家の他の者達は怯(おび)えた青い顔を四階の窓から覗(のぞ)かせている。

鴇子は泣き崩れて動かぬところを太刀男に抱き抱えられ、館(やかた)の中へと連れ戻された。

「それで鴇子さんは眠ったわけ？」

腰まで伸ばしたパーマネントの髪を掻(か)き上げ、大きな目を見開き、呆(あき)れ果てた声で鏡子は横に座っている太刀男に訊(たず)ねた。額に添えた指には金剛石(ダイヤモンド)、琥珀(こはく)、紅玉(ルビー)、猫目石等が五月蠅(うるさ)いまでに輝いている。

他の一族が嫌気顔で自分のことを見ているにもかかわらず、人の心情を察しないこういう険々とした物言いが、鏡子の得意とするところであった。

鏡子はすこぶるご機嫌であった。一番の目の上のたんこぶだった邪魔者はいなくなったのだ。

太刀男は無言で頷(うなず)き、スープを飲んだ。鏡子は期待していたような反応が息子から返ってこないことに怒ったため息をついて、やはりこの長男に期待するのは止めようと改めて決心した。

「鴇子さんも存外にお上品ではないことね。いつも天主家の正統な血を引く女でございますという顔をなさっているから、こういう時も、もっとおしとやかにしてらっしゃるものかと思っていたわ」

母親の言葉に、気の弱い箱男は周りの親族を気遣って下を向いた。

あの夜から血みどろの手足の悪夢に魘される毎日である。それにとぼけて知らないと言っているが、安蔵のことは母がやったことに違いない。

糸ノコを持って目を血走らせていた母の姿が浮かんでくる。

運び出す隙が無いまま、父親の死体がまだ館の中にあるというのに、何という無謀なことだろう。

実に鏡子らしいやり方だが、いつ犯罪がバレるか気が気ではない。

きっと自分がこんな弱気であるから、母はこっそりとやったのだ。知らされていないのがせめてもの僥倖だ。少なくとも二つの殺人の共犯者にならずに済む。だが、先の殺人が見つかれば、いずれにしても人生の終わりだ。

そんなこんなを思いわずらって、箱男はすっかり神経性の下痢を病んでいた。

母と気性がソックリだと噂されている弓子は、長い爪の形がいびつな事を気にしながら、激情が迸りやすい大きな瞳を見張り、「本当ね、見苦しいわ」と相槌を打った。

「天主家の財産目当てで、安蔵さんは殺されたんやないのかな？」

ねっちりとした言い回しで鏡子を一瞥したのは助蔵だった。関西弁というだけで鳥肌が立つ程嫌いで、自分の子供達には、一切使わせなかった鏡子であるが、特にこの男の厭らしいアクセントには反吐が出そうな思いがする。

妻の正代もしんねりとした目で見ている。

だが、誰も宗主も死んでいるのでは無いかという疑惑には触れていなかった。宗主と言えば天主の一員においては神のように絶対であるため、不吉な疑惑を口にする発想さえ天主家の人々の精神構造には無かったのである。それは鏡子にとって好都合だった。

「あら、それはどういう意味なの？」

気の強い鏡子は、内心、心臓を波打たせながらもいきり立って見せた。

それを聞いて、助蔵の双子・愛羅と結羅はくすくすと同じ声で笑った。

今日の二人はお河童(かっぱ)頭に、紅葉を散らした蕗(ふき)色の振り袖(そで)を着ていた。正代が着物道楽なので、毎日、姉様人形のように二人を着飾らせるのである。その上、娘達の美貌(びぼう)を意識して、もはや薄化粧などをさせていた。

ところで沙々羅も助蔵の双子と同じ格好をしている。先代宗主の安道が年老いて生まれたこの息女は、早くから母がいない為、正代が身の回り一式を揃えていたからである。そういう事もあって、この三人の美少女達の存在は一際目立ち、それは不思議な感じであった。

「とっ……ところで成正君と成継君は昨日、猟に出たのだろう？　収穫はどうだった？」

やにわに話の向きを変えたのは箱男だった。

箱男はいつも切迫した空気には耐えられないのである。だからこのような状況に当たり障りの無いことを突然として切り出す癖があった。

「鹿が一匹と兎を四匹仕留めた」

成正、成継は残忍な笑いを浮かべて、互いに顔を見合わせた。

彼らは病的な剝製趣味を持っていた。

仕留めた獲物の内臓を掻き出し、剝製に仕立てるのが彼ら兄弟の道楽なのである。それも只の剝製では無い。動物の体の部分部分を継ぎはぎし、細工して、世にも珍妙な、あるいはグロテスクな想像上の動物を日々作り出しているのである。

彼らの作品は、彼らの寝室の扉にも取り付けられていた。それは猿の顔を少し細工して人間味を帯びさせ、頭に鹿の角をついだ薄気味の悪い代物であった。

天主家の人々は、瞬時に、動物の内臓と消毒液の臭いが漂ってくる彼らの剝製室のことを思い出し、目の前の料理に吐き気を催した。

特に鏡子は露骨に嫌気顔をして、話題を切り出した箱男を睨んだ。到底食卓には似つかわしくない話題を自分が切り出した事を知った箱男は、赤い顔をして再び俯いた。

太刀男はその間中、厳つな青白い顔の表情を変えず、もくもくと食物を口に運んでいた。

太刀男が少しでも黙ったが最後、彼のまわりには単色調の帳が下り、母親の鏡子でさえ近寄りがたい無機質な空間が出現する。

それは深い理由があってのことだったが、鏡子には一向にその理由が分かっていなかった。それどころか大嫌いな夫に似た薄気味の悪い子供だとすら思っていたのである。そういう意味で、鏡子は気の強いのに重ねて繊細さの欠けた女であった。

「それにしても御宗主も安蔵さんもこのまま見つからなければ、どういうことになるんやろ……」

人々が触れるのを避けていた話題を大胆に切り出したのは駒男であった。打算的な駒男としては邪魔な安蔵がいなくなった今、太刀男の決意を促したい気持ちがあった。

「駒男さん、まだ二人ともどうしているか分からないのに、そういう話題は不謹慎です。たとえ何処にどうしていらしても御宗主は御宗主、跡取りは跡取りなのですから」

太刀男は表情の無いまま、慎重な答えを返した。

当然、鏡子と弓子は不服な表情をした。この兄さえその気になってくれれば、宗主の跡取りは決まったもので、そうすれば宗主を殺してしまうような面倒な事をせずに済んだのである。

この言葉に喜んだのは、日頃から鏡子一家を快く思っていない一族の代表格である助蔵であった。

だが確かにこのまま茂道すら帰ってこないような事になれば、必然的に宗主は太刀男になるのも現実である。

自分や駒男は今更宗主となるにはもはや年を取りすぎていたし、他に尊筋の男子は気の弱い箱男しかいない。

俗筋から格上げしても成正（ひと）や成継では適性的に誰も納得はしかねるであろう。

その面から言うと助蔵は酷く分の悪い立場に立たされてしまうに違いなかった。実際、他の一族はそれを恐れて形勢を静観する構えにあるのだが、誰よりも天主一族としての誇りを強く持っている彼には損得だけでは推し量れぬ意地があった。

それに、茂道にうり二つの太刀男は別として、箱男と弓子に関してはその血筋に疑わしき点が多かった。

彼は茂道に鏡子を紹介した軍人・池田という男が二人の父親ではないかと疑っているのだった。なにしろ鏡子の素行調査を一族で行った時にも、鏡子は池田の愛人であるという報告を受けていたし、時折、里帰りと称して東京に赴くのも池田との逢い引きではないかと疑われる点があったのである。第一、箱男と弓子は天主家の誰とも似ていないのだ。

鏡子に対する姦通の嫌疑は、一族の一致した意見でもあった。

もし太刀男が宗主にでもなったならば、鏡子一家の隆盛は間違いない。

そうすれば勝ち気な鏡子のことであるから、我が物顔に振る舞うであろう。

それはつまり赤の他人の血に天主家を乗っ取られる危険性を意味しているのだ。断じて阻止せねばならない事だった。助蔵は眉間に深い縦じわを刻み、薄い唇を開いた。

「太刀男君の言う通りや！　第一、引継の儀をしていないのにどう宗主を決めようというんや」

引継の儀……。

この一言で天主家の人々はすっかり口を閉ざした。

やがて様々な思惑を秘めて天主家の一族達が暗鬱な食事を取り終え、一人、また二人と退出していく中、食の細い箱男が一人残された。

箱男の食事に付き合っているのは、もはや一人のメイドと執事の十和助だけである。他の召使い達は自分達の食事時間が来たので、北の廊下にある召使い部屋に帰っていってしまったのだ。

テーブルの上の蠟燭も少しずつ消され始めた。

その時である、甲高い不思議な音色が窓の外から流れてきた。誰もが動きを止め、不安な顔で互いを見つめ合った。

間違いない、宗主・茂道の奏でる霊気琴の音色だ。わけが分からず、三人が呆然としてしまっていた時、今度は劈くような悲鳴が聞こえた。

と、箱男の正面にあった窓の向こうを、落下していく鴇子の姿が過ぎった。

がちゃりと、けたたましい音をたててフォークが皿に落ちていた。

箱男は我が目を疑う恐ろしい光景に体を痙攣させ、人形のように固まってしまった。共にその瞬間を目撃していたメイドは、あわあわと言葉に成らない音を発して腰を抜かした。

執事の十和助の立っていた角度からは何が起こったのか見えなかったが、彼は悲鳴と窓を見て痙攣し始めた箱男の様子で、出来事を知ったのであった。

十和助は慌てて部屋を飛び出すと、

「大変でございます。大変でございます」

と大声で四階の方に向かって叫び、それから螺旋階段を駆け下りた。

玄関を出て庭に飛び出してみると、耳から夥しい血を流して倒れている鴇子の姿があった。異様なことに、その頭には極彩色の鳥の羽根で作られたと思われる中世仏蘭西風の鳥型の飾り帽子が被られていた。

長い首と嘴を持ったその鳥は、鴇子の両耳の上で翼を広げている。

「鴇子様、鴇子様」

駆け寄って鴇子を抱き支えると、弱々しい息の音が聞こえた。

「鴇子様、大丈夫でございますか！」

　よ……鎧武者が……。

「鎧武者がどうしたのです！」

鴇子の唇が微かに動いた。

　と・く・み・ち

「篤道ですって！」

驚愕している十和助を前に、鴇子は静かに頭を垂れた。すっかり体に力も無い。胸に耳を押しつけてみても、心の臓の音も聞こえなかった。

最初に庭に出てきたのは助蔵だった。彼は階段を上っていく途中で十和助の叫び声を聞き、弾丸のように駆け下りてきたのである。

間を置いて出てきたのは四階にいたために十和助の声がかろうじて聞こえた太刀男、駒男。それよりまた少し遅れてランプを手に東廊下の方から現れたのが成正、成継の兄弟であった。箱男はまだ部屋の中で痙攣していた。

「どうしたんや！」

逆上した怒鳴り声で訊ねたのは助蔵だった。

「落下されたのです」

十和助の答えに、助蔵は頭上を仰いだ。鴇子の部屋の窓が真上にある。

「御宗主の霊気琴が聞こえてきたと思ったんだが」

成正の問いに太刀男は青ざめ、駒男は不思議な顔をした。

「空耳かと思ったが、やはり霊気琴やったのか」

「確かでございます。わたくしも霊気琴の音を聞きました」

「御宗主は何処だ？」

太刀男の言葉に一同は辺りを見回したが、人影らしき物は無かった。

「鵄子さんは？」

駒男の問いに、十和助は沈痛な顔で首を振った。

「安蔵さんの後を追って自殺しはったんかな？」

軽く言ったのは成正だった。

「そんなアホなことがあるものか」

助蔵が額の皺を深めた。成継が剥製づくりの為に血塗れになった指で鵄子の瞼をこじ開けると、ランプを近づけ、様子を観察した。頭に被った極彩色の羽根が舞い散った。

「完全に死んでるワ。瞳孔が開いてしもうてるもん」

その言葉にも何ら感情が無かった。無造作に指は瞼から離され、鵄子の左目の周りにべったりと血痕が残った。

「鵄子様は『鎧武者が』と仰られました」

「へぇ、犯人は鎧武者やいうことか」

成正が少しだけ驚いたように言った。

「げっ、幻覚を見たんやないのか？　さっきもお前を鬼扱いしたんやろう？」

口ごもったのは駒男であった。

助蔵は彼らの話を聞く内、こめかみの血管を怒りの為に太く浮き上がらせていた。

「駒男、太刀男君、お前達やないんか？　御宗主や安蔵さんや、鴇子さんが居なくなれば得をするのはお前達や」

「何を言うか、冗談やない。それならこんな物を作るのは、成正と成継しかいないやろう！」

駒男は狼狽した声で飾り帽子を示したが、太刀男はいつものように黙していた。

成継は駒男の言葉をあざ笑った。

「この落下位置やと、鴇子おばさんは四階の張り出し間から落ちてきたんや。そうすると犯人は四階にいたわけやから、東廊下の部屋から来た僕らには関係がないゆうことや」

成継の言葉に一同は館を振り返った。

「皆様、実は鴇子様は……最後の今際の際に『篤道』という名を口にされました」

十和助の押し殺した声に、五人の顔色は見る見る内に青ざめていった。

5　闇への行脚

館は一個の黒い巨大な塊と化していた。

その黒い塊が身に纏う光の中に浮かんでいるのは幾つもの悲しげな修道士の顔である。

彼らはじっと鴇子の死を見守っているようであった。

天照大神(あまてらすおおみかみ)をも恐れさせた荒ぶる神に、『根の国、堅州国(かたすくに)』と呼ばしめただけあって、『熊野』は、昔の都のみならず、今の東京から……いや、日本国中の何処から行けど遠い場所である。

歴史的文化的要因に加え、地理的な要因が『熊野』を『根の国、堅州国』にし続けるのであろう。

アイヌの言葉では、『熊野』には『暗い所』、『影になった場所』という意味があるという。昔、京都や奈良の都から見れば、熊野は確かに吉野、紀伊(きい)、大峰の険しい山脈に行く手を阻まれた向こう側、山陰にある辺境の地であった。又、皇室の威信に照らされて輝く都周辺の『光の地』に対して、『光』が届かぬ『陰の地』でもあった。

山を行くのは、都を追われて隠れ住む落人(おちうど)。怪しげな加持祈禱(かじきとう)を売る無頼の山伏。だが人である物ならまだましなもの、時には鬼や、物の怪(け)、魑魅魍魎(ちみもうりょう)が木の下闇を徘徊(はいかい)するという。

大正モダァンが花開き、電車や自動車が往来する時代になっても、蛇行した傾斜道はその距離と徒労を五倍にも十倍にも長くしてしまう。熊野詣(もうで)の不便さは一向変わらない。まして宮中人から十津川【遠い川】と呼ばれた川沿いに続く細いくねくねとした街道を、大峰から熊野の方向へと向かうとなると、辺鄙(へんぴ)さたるは一入(ひとしお)だ。

大正十年。真言宗の僧侶(そうりょ)・慈恵(じけい)と聖宝(せいほう)はその街道を歩いていた。

二人は、高田銀行や光成銀行の大株主であり、経済界にその名を轟かす素封家・天主家の依頼で護摩を施しにいく途中だ。

慈恵は四十二歳、その法力で有名な真言宗の大阿闍梨だ。連れの聖宝はまだ十六歳。慈恵の息子で、正式の僧というわけでは無く、髪もある。学生である。しかし学校の冬休み期間を利用して、僧として父とともに修行をしているのであった。

行く先の天主家は謎めいた素封家一族として有名であった。

なにしろ金融界、軍人、政治家と太いパイプを持って、国家予算にも匹敵する膨大な資産を融通していると噂されながら、一族郎党が奈良の南端、丁度、和歌山との県境にある十津川村・平坂という辺鄙な集落に籠もり、全く中央には顔を出すことが無いのだ。また、天主家は古くから東寺と熊野別当の大援助者であっただけでなく、山岳信仰にも造詣が深く、代々の宗主は人の心を読んだり未来を見る不思議な力を持っていたと言われている。

さらに、一族の所有する膨大な資産をいかにして構築したかについても一向謎で、こうしたことが天主宗主の神秘の力の噂とも相まって奇々怪々な憶測が絶えず囁かれていた。

ともあれ、慈恵と聖宝が和歌山と奈良の県境にある十津川村・笹塚の温泉宿に到着したのは二月の中旬だった。

冷たい白銀色の空だった。

　ここ数日の冷え込みは激しく、かなり堪えるものだった。聖宝にいたっては、只でさえ少女のように色白な顔が蠟人形の様になっていた。

　慈恵は茶店で一服することにした。

　熱い渋茶を喫しながら四辺を見ると、古から行者の湯治場として発展した笹塚は、田舎の町にしては僅かな賑わいを見せている。

街道に沿い、茶屋、宿屋が数軒ずつ並び、行者、豆腐屋、魚屋などがその間を往来する。

だが、建物の裏手には山また山が続き、葉むらの高波のうねりが、町の音を消してしまう。

そんな程度の宿場町だ。

「静かですね……」

　聖宝が小さく咳きをしながら囁いた。そうしてつい、と空を見ると何かに心を奪われたように瞳が釘付けになった。

　鴉の群である。熊野の霊鳥であるからこの辺りにも塒が沢山あるのだろう。群は時々、茶店の屋根の上まで旋回して来ることがあった。

　かぁかぁ　けぇけぇ

　かぁかぁ　けぇけぇ

　頭上で、するどい咆吼が過ぎる。

群は太くなり、細くなり、くねりながら空を駆けている。そうして時折、黒く凝り固まって落ちてくるかと思わせると、途端に煙のように散らばって消える。なのにいつの間にか亡霊のように違う場所に出現しているのであった。

「東京で見ていると薄汚い鳥に思えますが、こうして見ると綺麗(きれい)な鳥ですね」

「ここ熊野では鴉は神のお使い。霊鳥だから、大事にされてるんだろう。どうも今日は冷え込みがきつすぎる。適当な祠(ほこら)などで宿借りしようと思っていたが、風邪を拗(こじ)らせて先に支障が出てもいけないので、旅館に泊まろう」

慈恵は『大野屋』と看板を掲げた小さな宿を指し、歩き出した。

「すいません、どなたかおられませんか？」

宿屋のとば口に立つと、五十がらみの女将(おかみ)らしき女が奥から歩いてきた。上等の辻(つじ)が花を上品に着こなしている。

「はい、お泊まりやろか？」

「拙僧は真言宗の寺・福万寺の僧で、慈恵といいます。こちらの者は聖宝といいます。部屋はすいてますか？」

そう言うと、女将は黙って上履きを慈恵の前に揃えた。

「ええ、どうぞ。この時分は部屋はがらがらです」

「それは忝(かたじけ)ない」

慈恵と聖宝は合掌して女将の揃えた上履きに足を入れた。

「旅をしてはるんですか？」

「ええ、そうです。行く先は此処から少し北の平坂というところなのです」

「平坂？　あんな……所へまたなんで……」

女将は怪訝な顔をした。

「一寸、祈禱のご依頼がありまして」

「ああ、て……天主様のところへ……ですか」

奇妙な雰囲気であった。女将はまるで聞いてはいけないことを聞いたかのように狼狽して口を閉ざした。

女将に案内されたのは、奥の高級な部屋だった。慈恵はすぐに火鉢の前に用意された座椅子に胡座をかいた。聖宝は部屋の中央でぐるりを見回した。

数寄屋造りのその部屋は、京間の十畳で、天井は舟形、襖は金箔張り。立派な本床もある。聖宝はその床の間に強烈に目を引かれた様子であった。

床の間に飾られていたのはザンバラ髪を振り乱した鬼らしき異形者の画像の一軸。その下には黒塗りの盆、中央に置かれた有田焼きの壺には、たった一輪、朱も鮮やかな寒椿がさしてある。なかなか奇手な趣だ。田舎の宿にしては洒落ていた。

「これは面白い絵ですね、誰の筆ですか？」

聖宝が訊いた。女将は、火桶に湯沸かしをかけ、茶盆を其処においた後、おもむろに答えた。

「ああ、それは百三十年程前のものです。熊野別当の聖典いう神主さんに書いてもろうたそうです」

聖宝は床の間に近寄って、長い間、画像を眺めた。

髭もじゃの赤い顔の中に大きな目玉が活き活きと光っている、鋭く尖った嘴のような鼻はまるで天狗だ。両手で支那の太刀を振り上げ、韋駄天のように白い着物の裾をまくって走っている鬼。その頬に蜘蛛が張り付いていた。

わざと古拙にユーモラスに描いているが、却ってそれが不気味さを感じさせる。

「神岡山にいる『血取りの爺』という妖怪です」

女将が沸いた湯で熱い茶を二つ入れ、卓袱台に添えた。

「妖怪？　神岡山と言えば、平坂のある所……天主さんの家の辺りだな」

「そうですなぁ……。まぁけど、昔の話やから……」

慈恵が訊ねると、女将はもどかしい返事をした。

聖宝はようやく慈恵の横に座り、卓の上に置かれた湯飲みを取って飲んだ。

女将は髷の柘植簪を直すと話題を変えた。

「お風呂と、食事とどっちを先になさいます？」

「そうですね……この寒さですから、どちらかと言うとお風呂を頂けると有り難い」

慈恵は念入りに、はぁっと両手に息を吹きかけて擦り合わせた。そして、まだ悴んでいる指を何度か握ったり開いたりしながら立ち上がった。

白濁色の湯煙が湧き上がり、部屋はじんわりと暖まり始めている。しかし、聖宝の方は、まだ瞳が掛け軸から動かない。随分と気になる様子だ。

やれやれ、又始まったか。

慈恵は仕方なく座り直し、二杯目の茶を自分で注いだ。女将は一寸困った顔をしたが、聖宝の無邪気な熱心さに観念の溜息をついた。

何も面白いような話やあらしませんで。

血取りやなんて、嘘の話に聞こえますやろうけど、ほんまの話なんです。

血取りの爺は、古くからこの辺りにいたようです。

うちの母も、お婆ちゃんも、よう言うてました。

親戚にも、ようさん血取りに攫われた者がおるそうです。

最近お泊まりになった偉い先生の言うことやと、近くに下田村いうところがあって、

そこの永禄十一年に建立された、下田若宮いう神社。

その神社の記録にも、血取りの爺に血を抜かれて死んだ未通女達を、年に一度、大供

養した記録が残っているんやそうです。

女将は立ち上がると窓の脇に立って細目に格子を開けた。と言って、何があるわけでもない。見えるのはただただ山側の緑の波と澱(よど)んだ白銀色の空ばかりだ。

やっぱり、雪が降り出したわ。

山の上は大変ですやろな。

けど、お坊様……。

雪見しながら露天風呂は気持ちよろしいで。

女将が、窓の開き幅を少し広げた。見上げると、細く切り取られた空から粉雪が舞い落ちて来るところだった。寒かったはずだ。

血取りのことは、いろいろに言われてますんや。

未通女を狙って血を取るとか……。

子供を攫って脂を絞り取るやとか……。

人を攫う時は竹藪(たけやぶ)の中に潜んで誰かが通りかかるのを待ってますんや。

神岡山に入ったら、竹藪には近寄ったらあきまへんで。

普段は大きな石の屋敷に住んで、鉄網の上で旅人を捕まえて燻すとか……言われてます。

深夜、山の方から、何や分からん哭き声が時々、聞こえてきますんやで。

それが「血取り」の声やそうです。

ざわり

と風音が一段高くなり、粉雪が突然渦を巻いた。

「血取りだ……」

聖宝が朦朧と熱っぽい声で呟いた。

緑の波の合間を、走り抜けていく白装束があった。

勿論、「血取り」などではない。

山伏……だった。

6　一箇目神の祟り

雪道というのは実に厄介な代物だ。

大野屋の女将が好意でつけてくれた案内の男は苦もなくつるつると歩いているのに、慈恵と聖宝は細く急な坂を、踏み出すごとに滑る足下に格別の用心を払いながら、歩かなければならなかった。

慣れなければ、樏も役には立たない。

それにいくら寒の内とはいえ寒すぎる。

坂を上って行くにつれ、際限なく気温は下がり、尋常ならざる冷気が体を包み込んでいた。修行で寒さには慣れているはずの慈恵ですら、手も足も凍えて思うように動かない。

そして、動かないと言えば、先ほどからの景色も、変化の無い鬱蒼とした木立と積もった雪と岩肌が繰り返し現れるだけで、同じところを何度も回っているような気分にさせられるのだった。

案内の男は、慈恵と聖宝が雪に足を取られて蹌踉めく度に、呆れ顔で振り返った。

「早くせんと、日が暮れてしまいますぞ」

そう発破をかけられたので、慈恵はついに「そう言うが、このような道に慣れとらんのだ。手をかしてもらえんか！」と叫んだ。

案内の男はやれやれという顔で坂道を戻ってきて慈恵と聖宝の間に入り、二人の腕を取って絡めた。

そうして神岡山の麓・下田村まで来た時、道を訊ねた村人と何事か耳打ち合った案内男の挙動が、途端に落ちつかなくなった。

それにしても、この寒波はどうや、二日前までは山の上は吹雪いてたんやで。きっと、一箇目様が怒ってるんや……。

ほんまにお坊さんらは、あないに恐ろしい家に行くんか？

案内の男が、白い息とともにぽつり、と呟いた。

「一箇目神……。『山神・天目一箇神』のことですか？」

聖宝が寒さに悴む声で訊ねると、案内の男は頷いた。

「さっきの男は平坂から買い出しに来たところやそうや」

「なにか言ってたのか？」

慈恵の問いに、男は皺だらけの頬を震わせて首を振った。

「余所の人には分からしまへんやろうが、この辺りの土地は一箇目神様に祟られてるんや。余所の人がわざわざこんな所に来たらあかん。神岡山はもともと鬼が造った山やと言われてるし、昔から怪しな事がいろいろ囁かれてる。血取りの爺もいますしな。こんな事、言いたないが、天主いう家はな、代々の宗主はんが妖術を使ういう噂や。その妖術で、血取りを使って大きな館まで建てたんですで。なんぼお坊様でも用心したほうがええ……。知ってはるか？　四十年前の祟りの事……」

「四十年前の祟り？　何のことです？」

「やっぱり……知らんのやな。あそこの館でな、先々代の当主はんの時に、先々代の奥さんと先代の御当主の家族だけ残して、皆殺されはったんです」

殺された？

「そうです、十六人も一晩で死んでしもうたいうことです。それも、全員の右目が無くなってたらしいんですわ……。わしの母親は平坂の出身でなぁ、村を出てから、気持ち悪い言うて一生涯、平坂には近寄らんかった。

母親の話やと、事件の年には、平坂の村人の多くに、目が潰(つぶ)れる病が流行(はや)った。中には急に死ぬ者もおったそうです。皆、一箇目様の祟りや言うて……祈禱(きとう)やお祓(はら)いやら大変やったらしいんです。それに怪しい軍服姿の男達が村の神社やら、天主の屋敷の周りをしょっちゅううろついてたりしてなぁ。そら、妙な雰囲気やったんですわ。ついには天主の御宗主はんも倒れはってな。その内、館の大石がひとりでに動いたり、一箇目様の祠(ほこら)の前で馬が死んどったりと、妖(あや)しいことが立て続けに起こったんや。

事件の数日前には、さすがに妖術を使う天主の御宗主はんも、一心不乱に一の宮社で御祈禱してはったらしいが……。それやのに十六人殺しが起こったんです。先々代の御宗主はんも殺されはった。それもこんな寒い日のことやったと聞いてます。ほいで、数日ほどしたら、今度はチフスが突然、平坂村で流行りましてな。八百人程いた村が死人で一杯になって、二百人に減ってしもうたんですわ。今はまたそれから五百人に増えたらしいんですけどな。

それからというもの、今度は先代の宗主はんもだんだんに頭がおかしいならはったんですわ。村に来た異人を館に住まわせるし、しまいには、さっきの大野屋はんに一族の方を長いこと泊まらせておいて、本家を建て直しはった。四、五年ほど前のことになるかいなぁ。見たことも無いような気味の悪い赤い建物を建てたんですわ。なんで赤いか知ってますか？　ようさん女子を人買いから買って、その血を絞って館の壁に塗ったいう噂ですわ。天主いう家は昔から妖術を使って栄えとるらしいんです。それであそこの館、『血祭りの館』って呼ばれてるんですで。呪われた家なんです」

鋭い咆吼が頭上でした。

男は、びくりと体を震わせた。霞がかった空の一角を、黒い一団が飛んでいく。

桑原……桑原……。

男が小声で祈った。

それから小一時間近く歩いただろうか。

逢う魔が時の赤紫の薄闇の中で、男が「ここですワ」と示したのは、巨大な楠の下にある『平坂』と彫られた花崗岩の石碑だった。村の辻まで来たらしい。

随分と登ったようだ。木立が切れ、忽然として景観が開けた。

右手は崖。眼下は紫色に煙り、目を凝らすと、麓の集落が広がっている様が分かる。その向こうに、金色に輝く中八人山の姿があった。

辺りには、中八人山を始めとして、法主尾山、高時山、天竺山などいずれも千メートルを超す高山が美雄を競い合っている。

神岡山もその一つだが、左手に現れた村落を見て、慈恵は感心した。

「比叡山や高野山のような宗教都市は別として、よくぞこんな高地に、ちゃんとした村を造ったものですな……」

案内の男は気もそぞろな様子で、慈恵の言葉には答えなかった。

村民が五百にも満たない寒村と聞いていたが、いざ見ると、村の佇まいは古めかしいながらもよく整備されている。貧しげな藁葺き屋根の民家が多いのだが、両端にかき分けられた雪の間から覗いている道は石敷きの立派なもので、ちゃんと碁盤目状に村落の中を走っているのだ。

「見て下さいよ父さん、この村、南は畑地で開け、北に山の頂を置く。西に蛇行した石積み、東に用水路。風水の理を心得て造られています」

聖宝はそう言うと、手折った小枝で、足下の水たまりに分厚く張った氷を叩いた。

暫く歩いて、慈恵はある事に気がついた。

庭や畑に出ていた村人が、二人と案内の男に気づくなり、家の中にかけ込み、音をたてて戸を閉めるのだ。そのような事は慈恵としては初めてであった。それに怪しい刺激臭が漂っているのである。何か得も言われぬ瘴気が村中を覆っている。腐った沼地からわき上がるメタンガスのような臭い……。

「これは火葬場の臭いではありませんか？」

聖宝が辺りを見回した。

確かにそうである。疑惑は直ちに確信となった。

すぐ近くで死体を焼いている臭いである。

死人が出たのだろうか？

それにしてはそんな気配はない。

ゆっくりと検討している余裕はなかった。薄暗かったし、案内の男がいよいよ足早になって、二人を引きずるようにして急かしたからだ。

男としても、真っ暗にならないうちにこの不吉な山を下りたいのだろう。

半時で小さな村落を突っ切ると、村の北側のどんづまりと思しきところから、さらに頂上に近づく為の階段が造られていた。

冷たい石敷きの階段が木の下闇に続いている。足を踏み入れると、トンネルのように真っ暗だった。しかも時折、木立の錯節に積もった雪が滑り落ち、ぞっとするタイミングで首筋や頭に落ちてくる。

随分と急な階段だった。二人の僧は、息も切れ切れの様子で階段を上っていた。

そんな時、突然、目の前に人魂らしき光が二つ……彷徨い出た。

「ひゃあ」

悲鳴を上げるなり案内の男が慈恵の横を掠めた。聖宝は突き飛ばされて尻餅をつき、したたか尾てい骨を打ったようだった。

蹌踉めいた慈恵の揺らぐ視界には転げ落ちるようにして階段を駆け下りていく男の後ろ姿が一瞬……。

そして男は闇に溶けた。

7 祟りに怯える人々

「誰や、この上は天主の館だ。ここから先は主筋の者しか入れんぞ！」

頭の上にぬっと突き出されたのは、提灯だった。暗闇慣れした目がくらくらとした。

光の中で、ケロイドのような酷い瘢痕に覆われた醜怪な初老の男の顔が覗き込んでいた。

駒男であった。

「これはお坊様や。もしかすると、慈恵様ですか？」

「あっ、そうだ。きっとそうですよ」

駒男の背後から弱々しい声が聞こえた。

「ええ、そうです」

答えた慈恵の後ろで、聖宝が尾てい骨をさすりながら立ち上がった。

「迎えに行くから待っててくれと、電報したはずですけど……」

提灯を手にして現れたのは、箱男であった。

箱男は蚊が啼くような細い声で喋って、青白いうらなり瓢箪のような顔で覗き込んだ。

暗闇の中で二人の男の亡霊のような顔が光っていた。

「おかしいですね。そんな電報は受けていませんでした」

「ああ……そうですか。それにしても遠いところを、ご苦労でした。……けど何でだろ……直吉め、一寸頭が薄いから、覚えられんかったんだろうか……けど、ちゃんと紙にも書いて渡したのに……ほんとうに……どうしようもない奴だ。後できつく言ってやらないと……」

箱男は人差し指に歯をたてて、神経質にぐずぐずと言った。

「ご都合の悪いことがおありなのでしょうか？　又、出直して参りましょうか？」

「いえいえ、そんな事はありません」

箱男は途端におろおろとして、

「大叔父さん、ど……どうしてもらったらいいでしょう？」

と、駒男に訊ねた。

「どうしてもこうしても、まずは館の方に御案内せなアカンやろ」

駒男は箱男の袖口を摘んで引っ張り、その際だって大きな耳元に囁いた。

箱男はびくびくとしながら、繕い笑いをした。

何かわけありげですね。

聖宝は訝(いぶか)しい顔で慈恵に耳打ちした。

箱男は引きつった笑いを口元に浮かべながら、

「館に案内しますので、飛び降り自殺をした義理母(はは)の供養のほうをまずお願いします」

と言った。

「飛び降り自殺？」

「えっ……ええ、一応」

「一応とはどういう事ですか？」

箱男と駒男は互いに顔を見合わせた。

「余り聞こえのいい話ではないので、お坊様方、とにかく館の方に……」

強引にそう言ったのは駒男であった。

木々の下を抜け出ると、空は夕日の残光のせいで僅かに明るさを止(とど)めていた。

石段の両脇には段々に整地された土地が現れた。下の農家とは明らかに造りの違う立派な住居が八棟。石段を上へと上りながら、それらは、天主一族の分家の家だと箱男は説明した。

だが、どんなに金を持っていると言っても所詮は片田舎の素封家である。黴の生えた古めかしい旧家を想像していた二人は、やがて上り着いた段状地の頂上に他の屋敷を見おろすように聳えている天主本家を前にして、その壮麗さに驚嘆するとともに、妖しい動悸を覚えずにはいられなかった。

まず慈恵達を瞠目せしめたのは奇観を呈した大岩であった。恐ろしく巨大だ。縄文の地に時空を超えて彷徨い込んでしまったような錯覚に捕らわれる。

その直ぐ側には不可思議な形をした鐘堂らしき物がある。

何故か鐘堂の周りには出入りを禁ずるかのように注連縄が張り巡らされていた。鐘堂のまたさらに横には獅子頭から水を吐き出す洗い場があり、下働きらしき女が水を汲んでいた。

女は慈恵達四人に気づくと「お帰りなさいまし」と挨拶した。

岩の脇を通って玄関に行く道々、傷口のような裂け目が見えた。それで、慈恵と聖宝はそれが一つ岩の様に見えるだけで実は二つの岩だと気づいたのであった。ただ、観察物の巨大さゆえに、これらの形状をしっかりと把握することは不可能だった。

立派な樹木が生い茂る庭の所々に石灯籠や彫像があった。

「これは驚きました。このお庭は庭師が造ったものなのですか？　さっきの大岩などは運ぶのが大変でしょうに」

訊ねた慈恵に、箱男は弱々しく笑って首を振った。

「まさか、門を入って直ぐのあの一角は聖域なんです。岩や鐘堂は大昔からあったものです。もともと本家の敷地はもう少し上にある一の宮社の脇にあったんですが、曾祖父の代にこの辺りを整地しなおして移って来たんです。それからまた祖父が三年の月日をかけて直しました。今の家が完成したのは四年前で、その時に庭をどうするかという議論はあったんですが、聖地に下手に手をつけて祟りでもあったらいけないというんで、そのまま手付かずにしてあるんです」

「なるほど。そうですか……。この辺りはまだ熊野の流れにありますな。一寸見ると神倉神社のゴトビキ岩や花窟神社の花窟岩にも似ている気がしますね」

慈恵が独り言を呟くと、駒男が周囲を気遣うようにしてわざとらしい咳払いをした。召使いらしき者達が往来しているので、聞かれたく無い様子だ。

天主家の召使いは、何故か全員が灰色で詰め襟の修道士のような服を着ていた。

「まぁ、これらの事は後々、ゆっくり説明しますから」

箱男が小さな声で言った。

目の前に聳えた異国風館。

なのにその姿がどこかグロテスクで醜怪に感じられるのは、不思議な印象であった。

不吉な印象は、館の建材に起因しているのかも知れない。

館外壁の深い赤の濃淡の具合は、『血を塗って造った』という、かのいかがわしい噂を、いかにも其れらしく感じさせた。

もしかするとこういう館が銀座の真ん中にでもあれば、浪漫的な異国風建築と評されるのかも知れなかったが、裏寂れた山中の高台に、場違いな豪奢で異形の建造物がぽつりと建っている様子は、まさに『血祭りの館』と呼ばれるに相応しい館の偏奇さだけを際だたせている。

胸騒ぎを感じながら玄関への石段を上っていく時、突然の光の翳りがあったので、慈恵はうそ寒くなる悪霊の存在の予感をさらに強めた。

一陣の風が館の周囲の松明の炎を吹き消し、辺り一帯の雲をまがまがしい磁場の糸で急速に搦め捕っていた。

漆黒のぶ厚い幕が塔の上空に垂れ込め、怯えた三日月を覆い隠すと、館は一刷け墨を引いたような単調色に変貌し、地獄の魔窟の様に見えたのだった。

六階は天井が低かった。天井は黒漆で平らで、金箔仕上げの大小大きさの違う丸い輪が同心円に重なっている。一番小さな円の中に、六階までくるとかなり細くなっている螺旋階段は吸い込まれていた。

同心円には十六本の軸が放射線状に組まれていて、丁度、法輪のような感じであった。内壁も黒漆塗りで、ドーナツ型の廊下の中心線上には、丁度正三角形を形作った三本の不可思議な柱が立っていた。

その材質は赤大理石。柱頭は外飛鳥（トスカナ）様式で基底部は鳥亜（ドリア）様式。柱幹には十八本の縦襞（たてひだ）が彫られ、五芒星や六芒星。薔薇（ばら）の花や、牛の頭や、八の字に結ばれた飾り紐（ひも）などの様々な魔術の象徴が彫り込まれていた。

四つの部屋の四つの扉があった。扉の周囲には十六弁の花を持つロゼッタ文様の浮き彫がある金色の尖（とが）りアーチ型の張り出しがあった。

装飾灯が無い代わりに、頭の高さに、流伊（ルイ）朝風の電気照明具が一列に並んでいる。それは磨硝子（すりガラス）で造られた貝の中に電気が灯（とも）り、貝の縁から奇矯（ききょう）な四足獣が這（は）い出してきているという代物であった。ここから放たれる光は、雲間の日の射し込みのようなぼんやりとしたもので、一種摩訶不思議（まかふしぎ）とも言える幽玄の調和を保った是（これ）ら超現実的な造作物を包み込んでいた。

二人は一族とともに部屋の中に入った。

鴇子の部屋の中には火の無いストーブと天蓋（てんがい）付きの白いベッドと白い化粧台があった。ベッドと化粧台はどちらも揃いの金鳳花（きんぽうげ）模様彫りの魚籠禽亜（ビクトリア）朝家具であるが、黒い壁に映えた愛想の無い白色は、無表情な死仮面を想起させた。

寒々しい印象は、ストーブの火が無いことや、鋭利な切磋（せっさ）面で突き放す印象を与える香水瓶の数々や、化粧台の脇に飾られた冷たい硝子細工の百合や、窓の両脇に閉じられた紺色の天鵞絨カーテン等だけから来るものではなかった。

鴇子という女の心の中に宿る虚無の匂いが、この部屋の空気に染み込んでいるような気がする。

慈恵と聖宝は、一瞬その静かな冷え切った空気に身震いした。

「此処は、只、寝室として使うだけの部屋でございますから」

十和助が答えた。

朦朧と霧のように薄紫色に光るオーガンジィーの帳幕に入ると、ベッドに横たわっている鴇子の遺体は、見事に硬くなって血の気を失い、何時かそれが生きて呼吸をしていた事など想像も出来ないほど、惨たらしいまでの無機質な塊となっていた。

体の上に、優雅な白鳥の姿を象った紫硝子の卓上灯から注ぐ光が落ちている為に、皮膚の色はぞっとする程蒼黒く、まるで鴇子の姿に似せて造られた青銅彫像のように感じられる。

いや、この命の無い青銅彫像こそが、鴇子本来の姿であるのかも知れない。

飾り帽子はそのままにされ、死人に奇妙な優雅さを添えていた。

「何ですか、この帽子は?」

「四階の張り出し間から落下した時に、これを被られていたのです。けど、こんな物は見たこともございません。鴇子様のものでないことは確かです。ですが、探偵様がいらっしやるまでそのままにしているのです」

聖宝の質問に十和助が沈痛な面もちで答えた。

聖宝は冷ややかな目で死体と帽子を見た。

「動物の形を模して造られた飾り帽は、中世欧羅巴では『悪魔的なもの』とみなされて聖職者の怒りをかった物なのです。人間は神の姿に似せて造られたのに、それに反して動物の低き霊性を真似るのは悪魔崇拝者の好むところだったんですからね。それでこんな風な被り物をしている女は、『魔女』と見なされて、その女に向かって『怨敵退散』と叫んで罵倒した者には十日間の贖宥が約束されたのです」

「何と！　これは魔女の帽子なのですか」

天主家の人々に供養を請われて慈恵が大日経を読み終えると、天主一族は固まってひそひそと囁き合い、暫くして十和助が二人に付いて来るようにと言った。

「十和助さん、あらかたの事をお聞きしましたが、大変ではありませんか。この事は警察にお届けになったのでしょうか？」

螺旋階段を下りながら控え目に慈恵が訊ねると、十和助は滅相も無いと首を振った。

「御宗主も安蔵様も死んでおられるという確かな証拠もございませんし、鴇子様も自殺かも知れません。万が一にも違う場合がございましょう？　なのにまだ何も分からぬうちから大騒ぎをすれば、歴史あるこの天主の家に傷がつくのでございます。皆様は慎重に処理されようとしておられます」

「つまり、家名に傷がつくことを恐れて、もしかすると殺人鬼が館内を徘徊しているかも知れない現状を放置しているのですか？」

聖宝は実に解せないという顔をした。その思いは慈恵とても同じであったが、僧侶である身が、人から事を内密にと頼まれれば、警察に通報するという訳にもいかない。

「勿論、一応の手を打ってございます。一両日中にも腕利きの探偵さんがこられる予定なのです。それに本当のことを申しますと……殺人鬼が徘徊しているのであればまだどうにか解決のしようもございますが、そういう事では無い可能性の方が高うございます」

「それはどういう意味です？」

「はい、わたくしどもでは祟りでは無いかと……そうであるとすれば人外の領域の事でございますし、警察など頼りにはなりません。むしろお坊様方を頼りにしたほうがいいのではないかということでして……」

「祟りですか、ここに来る途中でも噂を聞きましたが、この館は『血祭りの館』などと呼ばれて、四十年前に凶悪な事件が起こったそうですね」

聖宝がずけずけと物を言ったので、十和助は何度も咳払いをして辺りに人影が無いのを窺った。

「余り大きな声で言わないで下さいまし。召使いの中には勤めの短い者もおります。そんな者達が山を下りた時にでも悪い噂を触れ回りますと困るのでございます。『血祭りの館』

などと縁起でもない。『血』は土地の『地』でございます。天主家は代々、土地神を鎮魂してきましたので、『地祭りの家』と言われていたのでございます。それをまぁ、口さがない者どもが……。

明日、皆様からさらに詳しい話がなされると思いますが、取りあえず天主家の御一同様の願いとしまして、降魔の御祈禱をしていただきたいということなのです。慈恵様は大変な法力をお持ちということなので、心からお縋りしております。

それにしてもまずは天主家にかけられた恐ろしい祟りのことを知っていただかなくてはなりません。それも口でどうこうと説明するよりも実際を見ていただいた方がお分かりになると思います。お疲れのところを申し訳ございませんが、下働きの者に命じてお二人を一の宮に御案内させます。ただし、其処で見たこと聞いたこと、一切を他言せぬとお誓い下さいませ」

第二章　二人の証人

1　天主家の秘密

　二人は十和助に続いて北に延びる廊下に出た。廊下の入り口に一対の同じ青銅彫像があった。碁盤模様の台座の上で、GとMという外来の文字を刻んだ二つの柱を背にして座る人物像である。

　ベールを頭から被って鼻と口だけを覗かせ、優雅な羅馬風の布衣を身に纏ったその姿は、耶蘇教会にあるマリア像に似ているが、玻璃の玉を手にしており、非常に中性的な感じがするのであった。

「わたくしが最初にお仕えした先代の旦那様・安道様はそれはもう素晴らしいお方で、何をとっても私共のような庶民とは違っておられるのだと感じずにはおれない方でございました。例えば御容姿です。安道様はそれはもうお美しゅうございました。白磁のようなすべすべとした白い肌、鼻梁も高く素晴らしく高貴な形で、仏蘭西の文学者の様に思慮深い瞳をしておいででした。安道様が英国仕立ての紳士服などを着て、東京のお仕事に颯爽とお出かけになる姿は、男のわたくしが見ても恍惚っとりしたものです。それだけではございません。安道様は非常に才知技芸にも長けた方で、歌、楽器、舞に関しては玄人はだし。ハイカラな写真技術にも凝ってらっしゃいました。また、囲碁などの腕前は県下随一。大会で何度も優勝あそばした程でございます。

　これだけでも、世の貴公子としては才色兼備として通りましょうが、安道様の非凡さはそういう何処にでもあるような才知の突出ぶりで語れるようなものでは無かったのでございます。安道様は、天主家の御先祖様より授けられた摩訶不思議な『力』をお持ちだったのでございます。まだ手習いもしていない幼い頃から、漢字で綴られた難しい新聞をとうとうとお読みになって周囲の方々を驚かせたり、失せ物の在処をぴたりと言い当てられたりして麒麟児、八耳と噂されておいででした。明治の頃に、続々と設立されておりました銀行屋に天主家の財の一部を投資されたのも、安道様の御明断によるものなのです。その安道様が、このお館を選りすぐった西洋の建築家や技術者を呼び集めて建てられた時に、皆様にこのように仰いました。『この館は、天主家に再び魔が入り込まないよう、古今東西の霊学を結集させて結界として造ったものだ。普通の建築物では無い。ここにある全てのもの、そうして全ての形には深い意味が存在しているのだ』と……」

「全てのもの、全ての形には深い意味が存在している？」

　長い螺旋階段のせいで浮遊感がある。円筒状の構造の為、話し声があちこちに木霊して響くので、魔法の館の中で何かの呪文を聞いているようだ。

「ええ、そうでございます。わたくしの様な浅はかな者にはとても測り得ないことでございます。事実、安道様は、すぐれた先見の明で天主家の繁栄を築いたお方でございましたから、きっと深遠なお考えがお有りだったのです。きっとこれまでは安道様が天主家にかけられた祟りを封じておられたのだと思います。けれど、安道様が亡くなられてからは、この館に施された結界に何か不都合が生じたに違い有りません。空気がすっかり変わってしまいました。茂道様はあれ程までに安道様が嫌われていた軍人共や得体の知れない大陸商人と深く交流され、益々……」

十和助はそこではたと言葉を切った。

錯乱するほど夥しい蔦葉や薔薇花を象った金の浮き彫りで飾られた欄干。

それが延々と続く。床板の何重にも丹念に塗り重ねられた黒漆は透明感を醸し出し、鏡面の役目を果たしていた。朦朧と周囲の景色を映し込んでいる。

その為、建物の柱や壁はまるで夜の海に漂っている様だ。交錯する曲線と床板の反射効果によって、恐ろしくなる程、眩惑的な光景が生み出されていた。

慈恵と聖宝が驚嘆しながら足を踏み出すと、板張りの床の下で鶯が、ケキョと哭いた。

「これは、もしや鶯張りの廊下ですね」

慈恵が足下を見ながら言った。

「そうでございます」

「京都の知恩院にもありますな。大変な技術が使われている」

「ああ、そう言えば彼処にもございますね。しかし、これはどういう造りになって、こんな音をたてるのでしょう？」

「普通の廊下なら床板を廊下を支える横木に打ちつけるのですが、これの場合は、床板の裏に凹を作って、下の根太につけられた鉄製の鎹がはまる風になっているのです。凹部分が鎹よりやや大きい為に、人が歩くと床板が下がり、穴と鎹が摩擦して音を発するわけです」

「なる程……。やはりお坊様は蘊蓄がある。よかったよかった。これも安道様のお引き合わせでございますよ。今日は実は安道様の御誕生日にあたられるのです」

廊下は実に長かった。北の端にある召使い部屋に辿り着くには優に十分はかかっただろう。召使い部屋の土間では、賄いの女中が四人、料理や酒を忙しげに用意していた。

その後ろを通り抜けると、六畳ばかりの座敷があった。囲炉裏の前でキセルをくゆらす男がいた。

「捨吉、お坊様お二人をすぐに一の宮に御案内しておくれ」

捨吉と呼ばれた男はひょいと顔を上げ、残念そうに火鉢の中に煙草を捨てた。

「わたくしは色々と館内での用がございますので、これで失礼します。後は捨吉が御案内いたします」

十和助は丁寧に頭を下げると、去っていった。

「お坊様、今夜は寒さがきつい、そんな格好で行ったらこごえてしまう。さぁさ、これでも上から着いや。これで寒さが防げる」

捨吉は壁にかかっていた毛衣を慈恵と聖宝の背中にかけた。

二人は召使い部屋の裏手の北西の出口から外に出た。山頂に続く上がり斜面に雪の積もった段々畑が続いている。

「御老人、この辺りの冬は厳しそうだな」

「ああ、農家をやっている者は大変や。あんまり寒いと井戸も凍りよるしな。わしは下田村の出身やけど、徳川様の時代には税が払えんと娘を売る家も多かったなぁ。今でも農家をやりながら、山の仕事を手伝ったり、余り木材を焼いて炭を売ることで細々生計を立ててる家が殆どや。しやから山を持ってる天主様には逆らえん訳や」

「なる程……しかし天主家が官地として山を申告せずに持っていて良かった。明治七年の官民有区分で、税金を恐れて山を官地に申告してしまった者が多かったからな」

「それはそうやが、わしらには大きなおこぼれは無いわな」

「下田村と言えば、血取りの伝説があると、此処に来る途中泊まった宿屋の女将さんから聞いたんですけど……」

聖宝が白い息を手に吹きかけながら訊ねた。

「ああ、ほんまに哀れなことやで。なんで御先祖はこんなところに住んでしもうたんかいなぁ。米を作るんやったらもっとええ場所があったやろうに……」

「幕府の農地促進政策の歪みですよ。農耕に適してようと、いなかろうと、どんどん百姓に新しい土地を開墾させ、検地で税を搾り取ったんです。紀ノ川の流域は米所ですが、北に登ると農耕には向かない土地です。だから農耕も余り発達せず、熊野からこの辺りの吉野熊野にかけて稲作が始まったのは江戸の中期頃と記憶しています。幕府が農民統制を強化して、税を搾り取るのに血道を上げてた頃ですね。無茶な開墾もどんどん行ったようです。それまでは、この辺は木の実や山の獣の肉が主食だったんですが、それでは税金が取れないから無理矢理米を作らせたんでしょう。お爺さんの祖先は、その時に強制的に開墾に連れてこられて、苦しい税を払わされるハメになったんですよ」

捨吉は長い長い溜息をついて、いやいやするように首を振った。

「小坊主さん、あんた若いのにようそんな事を知ってるんやなぁ」

「これは困った奴で、坊主の勉強をせずに違うことばかりに興味を持つのだ」

慈恵にそう言われると、聖宝は桜のような唇を綻ばせて笑った。そうして、そうっと懐から二つの紙包みを取り出した。

「お爺さん。食べませんか？　実はさっき高級菓子が出ていたので失敬してきてやったんです」

悪党のようにそう言って聖宝がカスティラを差し出すと、捨吉は驚いた顔をして受け取った。そして、少し口の端を緩めた。

「なんやこの小坊主さんはけったいやなぁ」

聖宝はもう一つ取ってあったカスティラを半分に割って慈恵に渡し、頬張った。慈恵は暫く考えた後に懐に納めた。捨吉は慈恵の困り果てた顔を見ると、がらがらと笑った。

「何だ？　何かおかしいのか？」

「いやいや……」

渋い顔の慈恵に、捨吉は枯れ枝のような手を振った。

「この辺りでは村の者は天主家の奉公人でもない限り、直接天主の人らとは口を利いたり、顔を見たらあかんことになっとるんや」

「そうなんですか。だから僕達が最初、お館に訪ねていった時、村の人が皆、家の中に隠れてしまったんですね。けど、どうしてです？」

「わしらとは身分が違うということで、まぁ、昔からの決まりやな」

「なんだか、どっちにとっても窮屈な事ですね」

急な坂道を暫く歩いていくと、両脇に天を突き刺す様に伸びる竹藪が現れた。思いのままに茂っている。不気味な青銀色の光沢を帯びた一つ一つの直線は何かの骨を思わせた。合間に寒桜の白い花が見える。

ざわり、ざわりと風で竹がしなる音が四方から聞こえていた。いかにも気味が悪い。血取りが潜んでいるというような噂が立つのも良く分かる。

「もうすぐしたら、夜風が強うなりそうやな。じき嵐が来る」

捨吉が呟いた。

　聖宝は堅牢な石敷きの道を何度も確かめるように足踏みした。

「ここは辛気くさいところですが、この石敷きだけは素晴らしいですね。熊野那智大社に続く大門坂の石敷きの参道に造りが似ている」

「初代天主の御宗主様が、山に住まう鬼どもを使って造られたそうや」

　捨吉は短く答えた。そうして後ろを振り向くと、眼下遥か彼方にある麓の村の一点を指さした。

　慈恵と聖宝の二人も振り返ったが、闇は深く、村の姿は定かではなかった。ただ、捨吉の指さした一点だけに、皎々と大きな蛍火のような光があった。

「若宮祭の松明や」

「火祭りだな……」

「そうや、下村と下田村の若い衆で大松明を奪い合うんや。それから、巫女さんが神楽を踊った後に、小鰭が焼かれて村の衆に配られる」

「小鰭？」

「そうや、今時分に熊野灘で荷揚げされるんや。小鰭知らんか？　焼くとな、人肉に似た臭いがするんや」

「食べるには食べるが、焼くのは聞いたことがない。それに肉食はせんからな」

　慈恵と聖宝は互いに目配せをした。

「さようか……わしも若い頃は祭りに参加したもんや。これでも松明を取らしたら一番やったんや」

その時、突然頭上で、

ヒョーヒョー

と細い声が鳴いた。聞いたこともない薄ら寒い響きだった。

「なんです？」

聖宝は頭上を仰ぎ見た。

「鵺（ぬえ）や……。普通は夏に哭くもんやのに、こないな季節にどないしたことや……」

「ヌエというのは、頭は猿、体は狸、尾は蛇、足は虎に似ているという妖怪（ようかい）のことですか？」

「そうやが、別に妖怪やない。トラツグミいう鳥や、声がヌエに似ているいうんで、ヌエトリって呼んでるんや。けど普通は夏しかおらんもんなんやが……それもこんな夜中に哭くなんて妙なこともあるもんや」

そう言うと、捨吉は再び歩き始めた。

2　おぞましき無惨絵

神岡山の頂が黒々と目前に迫っていた。

境内に点在する石灯籠の灯りの中で、薄墨が滲む様に神社の全容が浮かび上がった。

平坂一宮とある。鳥居から拝殿への参道は急な上り勾配になっている。鳥居を潜ると道はすぐに二手に分かれ、拝殿前で出会う形になっている。

見ると、二筋の参道の違いは境内社の小社前を通るか、境内社の裏手を抜けて拝殿前にいくかにあるようだ。

いかにも事情有りげな参道のあり方と映る。

境内社に手を合わせたくない人々、あるいは恐れる人々の意志が、この小社を忌避すべく裏道をこしらえた様な風情である。

境内に茂る木立の整然とした具合や、掃き清められた参道。手入れは行き届いていそうだが、閑散とした神社であった。

「あの小社は？」

「さて、ようは分からん。かなり昔に麓の村で起こった一揆で死んだ天主の宗主はんのもんやと聞いたことがあるように思うけど……わしら村のもんはここまで来ることがないからなぁ。天主の人らは男の子が出来た時だけ、あの祠にお参りして色々と御供物を献上されるようやで」

捨吉がそのように答えた。

誰じゃい？

辺りの寂寞に包まれて、その声は実に異様に聞こえた。やがて鳥居のすぐ脇にあった屋敷から、片足を引きずって老人が現れた。
厳めしい鷲鼻、白髪を長く垂らし、毛衣の下に縮緬の着物。荒縄の帯をした、森の精の様な老人だ。

「九郎はんか、お坊様方を連れてきたんや。神社を案内して、御宝蔵の中を見ていただけと、天主様からの御命令や。わしはここで待っとるさかい」

「天主様に？……分かった……」

捨吉が鳥居の下に座って煙管をふかしはじめた。九郎は慈恵と聖宝の頭から足下まで、じっとりと視線を這わせた。

「お坊様方は熊野社の方やないな」

「真言宗の僧だよ」

「珍しいこともあるもんや。ここの門番をやって五十年にもなるが、御宝蔵の中に天主家の方以外を案内するなんて、滅多とないことや。わしの記憶では明治十四年の廃仏毀釈の調査に来たとかいう東京の偉い学者はんと軍の人らが最後やったなぁ」

「廃仏毀釈の調査？」

「わしらにはようは分からん話や。この熊野社には昔弥勒堂いう小さなお堂があったんやが、その年に焼けてしもうた。それは真言宗の坊様が建立したものらしかったけどな……」

九郎は小社の裏手を抜ける参道を拝殿に向かって歩き始めた。慈恵と聖宝はその後を追った。拝殿にたどり着いた九郎は、腰からぶら下げていた鍵の束の中から一つ選び出すと、拝殿の閂にある堅固な錠の鍵穴に差し込んだ。

がちゃり

と鈍い音が境内に響き、木が軋む音を立てながら扉が開かれた。とにかく真っ暗で何も見えなかったが、九郎は平然と中に歩いていった。

途端に紫の光が一点灯った。燐寸が擦られたのだ。

小さく火が灯り、その火が暗闇の中を移動して二本の百目蠟燭の先に点じられた。膨れ上がった明かりの中に浮かんだのは、一つ目の醜怪な鬼の像であった。

朱に塗られていた全身は、蠟燭の揺らめきのせいで本当に燃えているように見えた。

それは牙を剝いた憤怒の相で仁王立ちし、片手に長い剣を持っていた。両脇には、ノミと槌をそれぞれ手にした一対の小鬼が従っている。

像の背後には、光輪のような、それでいて何かの樹木のような彫刻があった。

「この御神像は天目一箇神様や」

九郎はそう言うと像の前に跪き、深々と頭を垂れて平伏の姿勢を取った。慈恵と聖宝も正座をして合掌した。九郎は暫くの間、口の中で何事か呟きながら平伏したままであったが、はぁっと長い息を三回ついた後、やおら頭を上げた。

「ここには、村と代々の天主御当主に関する記録、年毎の人頭帳、祭事の記録、産物の租税記録なんかの平坂の出来た長禄二年から今までの分が納められてあるんや。全部を見てたら、とてもやないが一晩で済むもんやない。お坊様方は何を見たいんや？」

「何を見たいといってもなぁ。突然、ここに案内されたのだ。何か祟りがあるとか言ってな」

九郎の瞳に激しい狼狽の色が浮かんだ。

「それならば、まずはあの祠に納められている物を先に見てもらったほうがええでっしゃろう……」

九郎が表を振り返って指差したのは、例の曰くありげな境内社であった。

「あれは、天主家の八代目宗主・篤道様をお祭りした物なんや」

それは猟奇、酸鼻を極める若い女の無惨絵の数々だった。

一つ一つの絵には描かれた年号が記されてある。始まりは寛文（かんぶん）七年、終わりは元禄（げんろく）二年になっている。三十五巻にも及ぶ巻物の紙面は、およそ人間が考えつく限りの様々な拷問の工程、そして無惨死体で埋め尽くされていた。

例えば『串刺し（くしざし）』である。

腹這（はらば）いにして手足を固定しておいて、先を丸くした杭（くい）を肛門（こうもん）から打ち込む。

その串刺しの状態のまま、杭が地面に垂直に立てられる。こうして放置されると、体の重みで杭が徐々に内臓深く突き刺さっていく。

そして最後には打たれた杭が乳房や脇の下から皮膚を破って現れた死体が描かれる。

『皮剥（かわはぎ）』もあった。

板の上に固定されて、鋭利な刃物で体中の皮膚をだんだんと剥（は）ぎ取られていくのだ。

腹を割って、腸を少しずつ滑車のような物で巻き取り、引き出して殺していく物もある……。

それでも最初の頃は火責め、水責めなどの凡庸な処刑も多い。ところが、貞享（じょうきょう）五年頃の絵から、男の無惨絵も混入し、サド侯爵の『悪徳の栄え』を彷彿（ほうふつ）とさせるような退廃靡爛（たいはいびらん）した血みどろの絵画が展開されていく。あたかもそれは、残酷性とエロスを美意識の内に追求した絵画のようであった。

十字架に縛られ、陰部から体をじわじわ竹鋸で切られる男女。両手足を背中側に縛られて、背に石を載せられて海老のように体が曲がったまま悶死する男女。両眼をくりぬかれ、その眼窩と口に花を生けられた女。

特に悲惨なのは、顔から胸にかけて生皮を剝がされた数名の女達が手足を平板に釘で打ちつけられ、鬼達に蹂躙されている絵であった。

場面は明らかに、此処、一箇目神の拝殿の前である。

女達の四方には忌竹。忌竹には注連縄がそれぞれ渡されている。これを前にして組まれた座壇の上で酒を飲んでいる男がいる。鎧姿で風変わりな支那刀を手にしているその男こそが天主篤道であることに間違いなかった。

これは……！

聖宝が余りに静かなのでふと見ると、少年は魅せられたように無惨絵に釘付けになっている。その瞳には異様な興奮の光が漲っていた。

「父さん、この男をよく見て下さい。頰に蜘蛛のような痣がある」

「痣……？」

「大野屋で見た『血取り』の絵ですよ。頰に蜘蛛が張り付いていたでしょう？　これじゃありませんか？　それにこの刀、これは支那の太刀です。『血取り』も支那太刀を持っていました」

慈恵は目を凝らした。確かに聖宝の言う通りだ。

「天主家の八代目の御宗主が『血取り』だというのか……？　天主家は代々信仰に厚い立派なお家だと聞いているのに」

当惑した慈恵は九郎を窺った。

「これは人身御供ですわ」

「人身御供？」

「この辺りは冷害の飢饉によう見まわれましてなぁ。飢饉がきそうな時には、天目一箇神様に人身御供を捧げたいうことです。天目一箇神様は残忍な祟り神で、人身御供は土地神をお祭りする天主家が祭祀を執り行う決まりやったらしいです」

「しかし……これでは人身御供の祭祀というより……」

「ただの嗜血趣味というところですね」

聖宝はずばりと言った。

「さて、わしにはこういう物はさっぱり分かりまへんわ。ただ番人をしてるだけや。社殿の裏の御宝蔵には他にも色々ありますけど、見はりますか？」

「見ます」

と躊躇わずに言ったのは聖宝だった。

九郎は手早く巻物をたたみ、杉の木箱に納めると、小社の祠下の観音扉の中に隠し戻したのであった。そうして、小社に手を合わせて何度も頭を下げた。

「さぁ……ほんなら御宝蔵や……入り口まで案内するさかい、後は勝手に見ていって下さい。わしら天主以外の人間は、番人といえども通常では見られんことになっとるからの……。まぁ、見ても分かりまへんが……」

御宝蔵は小さくはあるが二階建てだった。

黄金の鳳凰を頂に、その羽ばたく翼のように優雅に反った瓦屋根の具合といい、二階を取りまく回廊といい、一目で室町時代の会所の造りであることが分かった。

通常の会所の造りと違うのは、二階と同じようにあるはずの開放的な障子と回廊が一階にはなく、代わりに堅牢な白壁が四方を固め、出入り口と言えば、滅多やたらに鋲の打ちつけられた青銅の門がある点である。

会所の造りを後で改築したか、初めから秘密の会所として造られたかしたようだ。

会所が此処にあるということは、神社に隣接して旧天主の屋敷は建てられていたということだろう。いずれにしても片田舎にそれ自体が一個の美術品と言ってもいいような建物があることに慈恵も聖宝も驚嘆した。

九郎から渡された提灯の光を頼りに中に入ると、其処には凄まじいまでの数の唐物、すなわち絵画・彫漆の盆や香合・古銅の花瓶や香炉などが並んでいた。

聖宝はその一つ一つに明かりをかざして確認した。二階への階段を上がっていくと、其処には今にも二人を圧死させそうなほどの巻物や古文献を積み上げた棚が続いていた。

聖宝が、最初の棚の巻物の上に積もった埃を、噎せながら払い落とした。文献は年代別によく整理されて並んでいた。

「ありましたよ、篤道の頁です」

・慶安三年　篤道公、ソノ異母妹・磯姫様ヲ正室ニ迎ヘ給ヒ、
引継ノ儀ヲモテ、天主家ノ御宗主ト成ラルル。

・寛文七年　コノ年、冷害アリ、米、麦、粟ニ至リテモ賄ヒニ不足セリ。
カカル冷害ハ祟リナレバ、一箇目神ノ怒リヲバ鎮メントテ、下村・下田村ヨリ人身御供ヲ召シ上ゲタリ。
翌年、春。磯姫ニ女子誕生セリ。真魚羅ト名付ケラルル。
是、偏ニ人身御供ノ報ヒナルベシト、篤道公、
喜バレ給フ。

・延宝二年　諸国飢饉、下田、下、両村ニテハ餓死スル者八百余名ヲ数ヘル。
巷ニテモ、死人ノ肉ヲ奪ヒ合ヒ食フ様ハ、哀レ也。両村ニテハ、女八人ヲ一箇目神ノ

人身御供ニ献ジタリ。
コノ年、秋、生マレ給フ御嫡子ハ、竹丸(たけまる)様ナリ。

・延宝五年　下村御支配遠筋ヨリ葛姫(くずひめ)様側室ト成リ給フ。

・延宝六年　下田村遠筋ヨリ直姫(なおひめ)様、側室ト成リ給フ。
直姫様ニハ男子ヲ御懐妊サレ、是麻呂(これまろ)様ト名付ケタリ。

・延宝七年　春ヨリ打チ続キシ暴風雨ニテ、家、畑コトゴトク倒壊セリ。
下村・下田村ヨリ人身御供ヲ献ズ。

慈恵と聖宝は記録を読みながら寒々とした溜息(ためいき)をついた。冷害と餓死と人身御供の記録ばかりがその後も綿々と続いている。

・元禄一年　直姫様ノ御子、是麻呂様、名ヲ篤種(とくたね)公ト改メ、下田村御支配役ヲ任ゼラルル。

篤種公、仏ヘノ帰依篤ク、人身御供ヲ哀レナル事ト思シ召ス。

天主篤道公ノ圧政ニテ苦界ニ沈メル民ノ多キ事ヲ慮リ、篤種公、下田、下両村ノ民ヲ集メ決起サル。元禄七年五月ノコトナリ。

兵ヲ起コシ、深夜、本家ヲ襲撃サレルニ、一族ヲ皆打チ殺シ、一箇目神ノ祠ニ隠レアソバス篤道公ヲ捕ラヘ給フ。

篤種公、座敷牢ニ幽閉サルル篤道公ニアヒ迫リ、引継ノ儀ヲ強ヒタレバ、篤道公、恨ミヲ抱キテ自ラノ右目ヲ指ニテ潰シ、一箇目神ニ献ジ給ヒテ、篤種公ヲ呪ヒテ曰ク。

「下賤ナリシ篤種ガ子孫ガ天主ノ宗主トナランコトヲ呪フベシ。因果応報ノ報ヒニヨリテ、ソノ者達、代々父、息子ニ殺イサレ、又、兄、弟ニ殺イサレナン。我ガ祈願ハ篤種メノ子孫潰ヘルマデ続カム」

篤道公、憤死セリ。

篤種公、大ヒニ是ヲ恐レ、篤道公供養ノ祠ヲ建立シ給フ。又、人質ニ取リシ篤道公ガ息女・珠姫様ヲ御正室トシ、天主家宗主ト成リ給フ。

是ヨリ、毎年、篤道公ノ鎮魂祭、執リ行ハレタリ。元禄十年、珠姫様ニ女子誕生。正羅ト名付ケ給ハレル。コノ折、血筋ノ改メ役、御審議役ヲ制定セリ。

篤種公、御年、五十ノ冬、不幸ナル事続ケリ。

コレモ応報ヨト思ヒテ山中ヲ歩キシ時、不思議ナル僧侶ニ出会ヘリ。其ハ、真言宗ノ僧侶也。
一箇目神ノ祠前ニテ数珠(じゅず)ヲサラサラト揉ミテ、「一持弥勒(みろく)像、生生、加護、奉仕修行者、猶如薄伽梵」ト言ヘリ。
肝胆ヲ砕ヒテ祈リケル姿ニ、篤種公、信仰ノ心芽生ヘテ教ヘヲ求メタリ。カクテ篤種公、弥勒ニ深ク帰依シテ、弥勒堂ヲ建立セリ。

慈恵と聖宝が御宝蔵を後にして九郎の番屋に行くと、捨吉がいて、二人の顔を見るとむっくりと起き上がった。館(やかた)への帰り道、崖下(がけした)の眼下を深々と包む靄(もや)は、足下までも垂れ込めていた。この靄は華麗なる素封家一族・天主家の忌まわしい秘密を隠すベールであるのかも知れない。

天主篤道の恐ろしい呪いにあてられたせいで、二人の体は重く微熱があるようであった。

「下賤ナリシ篤種ガ子孫ガ天主ノ宗主トナランコトヲ呪フベシ。因果応報ノ報ヒニヨリテ、ソノ者達、代々父、息子ニ殺イサレ、又、兄、弟ニ殺イサレナン。我ガ祈願ハ篤種メノ子孫潰ヘルマデ続カム」

篤道の呪いの言葉は天主篤種の心に……いや天主一族の心に暗い影を落としたのであろ

う。小社を恐れるように迂回(うかい)して造られた参道の有り様はその為であったのだ。

男の子が生まれた時にだけ、小社前を通る参道を使い、供物を献上したのは、恐らく篤道の呪いが子に及ばないように御魂(みたま)を慰めるのであろう。

竹林を抜けた時、聖宝が突然、立ち止まった。

「あれは……」

「どうした？」

聖宝が指さしたのは天主家の館であった。此処(ここ)からは敷地の全容が展開していた。

「おお、もしやあれは……」

3　探偵登場

翌日、慈恵が広間で降魔(ごうま)の護摩の準備を終えた後、聖宝は庭に出た。

奇怪な彫像や丸石で埋まってはいるが、白い山茶花(さざんか)、薄桃色の寒桜、白、黄の寒菊、赤い寒椿と侘助(わびすけ)、廊下に沿った水仙の生け垣。冬でも花々で絢爛(けんらん)たる庭である。

雪は積もったままだが、今朝は、昨日までの気温の冷え込みに比べてずっと暖かかった。

聖宝は気になっていた星形の石を発見して駆け寄った。その直径五十センチ大の石は、昨夜、張り出し間から見ると館全体を丸く取り囲むようにして並べられていたのである。

石の表面に梵字(ぼんじ)が刻まれていた。

「ナム・ロキニ・ナコサタラ・ソワカ」

左手の方から見知らぬ男がステッキを回しながら歩いてきた。三十前後の男だ。銀鼠色の背広を着ていて、ひょろひょろと背が高い。歩くというより風に飛ばされて来るように見えるが、その額は聡明な輝きに満ちて広く、真鍮縁の眼鏡から覗く双眼は澄み渡っていた。

男は聖宝を見ると、ステッキを高く放り投げ、バランスを取って掌の上に垂直に受け止めた。そして体を右に左に微妙に傾けながら曲芸師のようにバランスを取って見せた。

「やぁ、綺麗な小坊主さん、お早う。片田舎には期待すべくもない美少年に出会えて嬉しいよ。どうやら君はその碑のことが気になるのだね。けど、やめた方がいい。一つ一つ読んでいくと大変に手間がかかってしまう。なにしろ、それは二十八箇もあって、そいつがこの館の塀沿いに一周して並んでいるんだ。僕も今しがた読み終えて来たところだが、二時間ばかりかかってしまったよ。その次からのは僕が教えて上げよう。いいかい、こうだ。ナム・モリガァカラ・ナコサタラ・ソワカ、次、ナム・アダラ・ナコサタラ・ソワカ、次、ナム・プナバソ・ナコサタラ・ソワカ、次、ナム・プシャ・ナコサタラ・ソワカ……」

男が尚も続きを言いかけた時、聖宝は面倒そうに遮った。

「つまり次はナム・アシレイサ・ナムサタラ・ソワカですね」

「そう、そうだよ御名答。しかし、直ぐに分かられてしまっては退屈だな」

男は滑舌よくそう言って、又、ステッキを上に放り投げると、今度は落ちてきたステッキを普通に摑んだ。

「そういう貴方はどなたですか？」

「僕？　僕はこの家から依頼を受けてやって来た東京の探偵で、加美高次という者だ。加美は加えて美しいと書く、高次は高次元の高次だ。探偵業をしているのは退屈だからだ。自己紹介はそれだけ。後は細々話をしても仕方ない程度の凡庸なものさ。ところで小坊主さんは何故こんな所にいるのかな？」

「僕の名前は聖宝です。小坊主ではありません。慈恵という僧とともに昨夜から此処に泊まっているのです」

「なる程、では君は事件のことは知っているかね？」

「ええ、今そのことで護摩をやってたんです」

加美は露骨にがっかりとした顔をした。

「護摩だって？　こんな時に護摩焚をして現実逃避か。なんとも迷信深いことだ。殺人が祈りで防げるものなら世話ないよ。ああ、それじゃあ、おそらく死体なども殺人現場から運び出してしまっているのだろうな。田舎者の依頼者というのはこれだから困る。いやね、僕とて信仰については頭から否定しているわけではないんだよ。寧ろ神や仏や森羅万象の様相について考えること、論議することは哲学や理学を学ぶぐらい価値のあることだと思っている。だが、知性の欠けた蒙昧な信心はいただけない」

「知性の欠けた蒙昧な信心……という言い方は一寸どうかと思いますが、確かに死体はべッドに運ばれてしまっていましたね。昨日、その枕もとで経文を読まされました」

「やっぱり！　何て事だ。僕が到着するまで、事件現場をあれ程弄るなと言ったのに。もう手がかりが一つ消えたも同じだ」

加美は大袈裟に額に手をあてて天を仰ぎ、嘆いてみせた。

「仕方がない。護摩に付き合うのも面倒そうだ。庭の中でも散策するとしよう。それにしても、君はどうして庭をうろうろしているんだい？」

「ここにある物は面白いですからね」

聖宝がにやりと笑うと、加美もにやりと笑った。

「君、一緒にどうだい」

「構いませんが」

加美は聖宝の言葉を聞き終えぬうちに、

「そうだ、次はアレを見てみよう」

と言って、すたすたと鐘堂の方へと歩いていった。

そうして、周りに張られている注連縄のことなど一向に意に介さず、ひょいと払いのけ、鐘堂を上った。聖宝は見習って後に続いた。

加美はステッキで鐘を無造作に叩いた後で、鐘の中を興味深げに覗き込んだ。

「これは面白い模様があるな」

舌には変わった象徴と樹枝図のようなものが刻まれていた。

「樹枝図を取り巻いているのは……確か、十種の神宝の図ですね」

「おや、君は良く知っているね。僕はこういう物は少し苦手なんだ。教えてくれるかな？」

「確か是は物部が祖神である邇藝速日命から伝えられたもので、石上神宮の祭神の一つ、布都御魂大神の本体だと言われています。右上から沖津鏡、辺津鏡、八握剣、生玉、死返玉、足玉、道返玉、蛇比礼、蜂比礼、品物比礼で、これを『ひふみよいむなやこともちろらねしきるゆいつわぬそをたはめくかうおえにさりへてのますあせえほれけ』あるいは、『一、二、三、四、五、六、七、八、九、十、百、千、万、かんながら　すめみおやたまちはいませ』と唱えながらゆらゆらと振れば死人でさえ生き返る呪力を持つという呪詛物です」

　呪詛物か……。

加美はくだらないという表情で眼鏡を軽く人差し指で持ち上げて、こほんと小さな咳きをした。

「こんな物が此処にあるとは摩訶不思議なことですね。この十種は、三種の神器の働きを細かく分けたものです。沖津鏡、辺津鏡は『鏡』。生玉、死返玉、足玉、道返玉は全て玉に帰し、そして八握剣。比礼というのは女性が首から肩にかける布帛のことで、高貴な女性の身につけた物が男を守るという昔ながらの信仰です。元来、揺らすという行為には、『勢いづけ』や『穢れを祓う』の意味があります。大嘗祭では天皇様の御衣を箱に入れて振るらしいのですが、天皇様の衣服とレガリアを揺らすことで天皇様の魂力を奮い立たせようとしているわけです。

持ち物や衣服に持ち主の霊が宿るという考え方が、古代宗教には強く存在しています。例えば沖縄のユタ（霊媒師）は、病人や危篤の患者を助ける時に、本人の衣服を体の上で揺らし、抜けようとしている魂をそれで押さえ込むんです。平たく言えば『十種の神宝の呪法』というのは病気平癒や長寿安泰、それから春に向けて太陽神である天照大神様の蘇生を祈る物です」

夢中で説明しながら聖宝は縄を思いきり勢いをつけて振った。カランとも鳴らなかった。

「やっぱり鳴らないぞ。どういう事だ……」

目が真剣な色を帯びる。加美は首を傾げて、又、ステッキで鐘を叩いた。軽い音がした。

「ステッキだと鳴る」

次には加美が聖宝から取り上げた縄を滅多やたらと振り回したが、やはり鳴らなかった。

「何かの霊力が宿っているために、これは決して鳴らないのだそうです」

「ふうむ。薄気味が悪いな。ところで『十種の神宝の呪法』というと、陰陽道や密教でも使うよな。心霊治療や憑き物落としなどに……」

「ええ、反魂の意味から死者の口寄せなどにも使う場合があります。あめのほのけをなかみちにいれ、ひくれひくれ、あめのしるしみつたからとくさのくしかむたからくさぐさのものをそへて、むなまとにささげてのりたまはく。おきつかがみへつかがみがみむらくもつるぎふゆるたまたまかへしたま、ちだるたまみちあかしたまうくるたま、みあかしのたま、いてるたま、まかるかへしのたま、をろちのひれ、はちのひれ、かぜふるひれ、なみきるひれ、なみふるひれ、これのくさぐさもののひれなり。あめのかみのみおや、かみむすびのかみ、のりたまはく、もしいたむところあればいまこのかみだからをそろへてならべていまよりさらにたねちらさず。いはひをさめこころしづめて、一、二、三、四、五、六、七、八、九、十、といひてひだりゆみぎりにまはしをへてうへしたにゆらゆらとふるへ、かくせばあめのしたのあめのあおひとぐさまたけものそらとぶとりつちはうむしのやからにいたるまでみまかるともたまかへしていけなむ」

　聖宝は凄まじく早口でそう唱え終わると、困ったように頭を掻いた。

「他にもいろいろな種類があります。しかしこういう類のものは大抵は後世の適当な創作です、酷いと腫れ物を落とす呪いなどに『ひふみ』の祝詞を使っていたりするんです。けど、一、二、三、四と数えるのは小さき物がどんどん増えていく様子に見立てて、力を喪いつつある天皇霊が力を得て蘇生することを祈っているんです。貴方、『君が代』は知っているでしょう？」

「なんて事を言う小坊主さんだ。君が代を知らない日本人なんているものか」

「あれは天皇様の治世を祝って作られた歌だから、『十種の神宝の呪法』になっているんです。『君が代は千代に八千代にさざれ石の巌となりて苔のむすまで』とあるでしょう。本来は巌が風化してさざれ石になることはあっても、さざれ石が巌となる事などないわけです。なのに何故、そんな自然の摂理に反した唄を詠んだのか？　それはつまり、太陽や月の満ち欠けを反映しているんです。

太陽は夏至に最高の勢いで光り輝き、冬至にその力を弱める。しかし、再び夏至に向かってその勢いを増していく。月もまた満月から新月、新月から満月へと永遠の循環を繰り返す。つまり色即是空の法則上、全ての形あるものが時の流れに風化されて消えゆく定めにあるこの世で、月や太陽だけが極大から極小へと移行した後に再び極大へと向かっていくという、時の流れに従わない神秘的な力を持っているわけです。

天皇様はその神秘力を持った太陽神の御子孫だから、小石が一つ二つ三つ四つと無限に集まって膨大な数となり、巌になると、逆さ事象を詠む事で呪詛が成立するんです。もともと『十種の神宝の呪法』は、不老不死を約束する女神『磐長姫』を天皇様が拒絶したことによって天皇家の繁栄が永遠のものでは無くなってしまったという旧事に対する処方箋ですから、『君が代』では、自然の摂理に反して数が増えていった挙げ句に、最後に『磐長姫』の岩が出来上がることによって、千代にも八千代にも天皇家が栄えることが約束されるということになるんです。

岩と言えば、この鳴らない鐘も不思議ですが、あの二つの大岩も不思議ですよ。何でもアレは『地獄の蓋』で、もともとぴったりくっついていたのが、誰も知らないうちに、ああして離れてしまったらしいんです。しかも、岩が離れると鬼が這い出てくるという伝説があります」

聖宝が大岩を指さすと、加美は眼鏡をハンカチで拭いて、しげしげと岩を観察した。

「なんとも呪われた話だな。あの岩がかい？　こりゃあ不思議だね。それが嘘でなければ、世界の七不思議に挙げられるだろうさ。それにしても、振れば死人も生き返るという『十種の神宝』を刻みながら、振っても鳴らない鐘に地獄の蓋か……気味の悪い所だ」

加美は鐘の中を再び見ながら呟いた。

4　四十年前の祟りの事情

暫く庭を徘徊した後、加美はおもむろに館の扉の前に立った。

「略奪せよ封印されたオルヘを……。ふむ。しかし綴りが変だな、Pが欠けている」

扉の目玉の下に書かれた逆さ鏡文字を頭をひねってようやく読んだ後、館中に入った加美は、天主家の一同と挨拶を交わし、一連の事件の詳細を聞いた。

緊張した顔で東京から来た探偵を見つめる天主家の主立った面々に取り囲まれ、事件の子細を聞きながら猫足の卓の上に腰を下ろした加美は、館をじっくりと観察した。

建物の曲に沿った横長の天窓と例のハーピーのような天使彫像から上部は、ドーム型の天井になっていて、八本の柱から海老虹梁に似た曲線の梁が天井を支えている。

天井中央にはミケランジェロの『最後の審判』らしき巨大絵画があった。ぐるりには四段四十灯の豪華な装飾灯が二十四箇も煌めいていて目を眩ませる。それは天上界の光芒をこの地上に具現化する為の巧妙な仕掛けであった。

螺旋階段は基督の胸元に開いた円形の穴を貫いてうねうねと登っている。

まるで龍が基督の胸を食い破って出てきたようにも見え、館の造型がこの古典宗教絵画の構図を超現実主義の芸術のように変貌させているのだった。

「やあ、これは素晴らしい。大聖堂のようだ。時に玄関扉にあった『目玉』は何なのですか？」

「あの『目玉』は恐らく天主家で祀っている天目一箇神様ではないかと思います」

太刀男が答えた。

「天目一箇神？　ああ、片目、片足の山の神様のことですね。もともと鍛冶をカヌチと言うのは眼一（ガンチ）のことで、鍛冶屋が鉄を鍛える時に片目を閉じて火の具合を見る事に由来しているといい、だから鍛冶屋の神は一箇目神なのだと聞いたことがあります。かの柳田先生は、古来、鍛冶屋は神に片目を献じたとも論じておられるが……。そう言えば下村の若宮の御祭神も天目一箇神ですね」

「そうです。よく御存知ですね」

「昨夜、下田村に一泊して火祭りを見に行ったんですよ」

「ああ、それで……」

「それと、目玉の下の文字、あれは何です？　逆さの鏡文字の上に、Ｐの字が欠けてますよ」

「近くの鍛冶屋に作らせたのだが、英文字など見たこともない男だったので、あんな風になってしまったということだ」

「それはいただけない。ところで、麓の村で聞き込んだところによると、四十年前にもこちらでは殺人事件が起こっているのですよね。その経緯も詳しく教えてくれませんか？」

天主家の一同は苦い顔をした。どのようないかがわしい噂が巷で広まっているか見当がつくからであった。

「あの十和助が一番よく知っています」

「なる程、では十和助さん、話をして下さい」

加美は天主家の一同を押し分けて十和助の前に立った。

「はい。今から思えば、あの頃が天主家の最も幸福な時代でございました……。安道様を始めとしてお父様の実道様、お母様の頼子様、お兄様の光道様。お兄様の光道様には奥様が三人、お子が七人。安道様は数年前に磯子様と御結婚されて、すでに茂道様がお生まれになっていました。そうして、妹君が十八歳の貴子様を頭にして四人おられたのです。俗筋の方々も合わせますと総勢、四十三名の大家族。きらびやかな方々が集まっての夕餉、その後の楽器の演奏会。真に理想郷のような暮らし。笑い声の絶えない毎日でございました。そんな時に、あの恐ろしい出来事が起こったのでございます。

あの年は、最初から厭な予感に包まれた年でございました。静かな十津川村に大勢の軍人や政府の役人がやって参りまして、廃仏毀釈の為の調査というような事をしているのだと言っておりました。その調査は年明けから暮れまで随分と長くかかっているようでした。神岡山の一の宮社にも何度か役人や軍人が出入りし、天主家に度々、呼び出しがかかっておりました」

「一寸待って、何故、こちらの家に呼び出しがかかるのかな？」

「恐らく弥勒堂のことでございます。一の宮社に弥勒堂を寄進したのは天主家の御先祖でございますから。その経緯について色々とお訊ねがあったようです。別に何一つ疚しいことがあるわけもございません。それでもあのカーキー色の軍服が昼夜となくお屋敷の周りを徘徊しますと、それだけでもう物々しい雰囲気がございまして、気が落ち着かないものでございました。先々代の御宗主、実道様も随分と気鬱になっておられました。そのせいという訳でも無いのでしょうが、梅雨に入りますと実道様はお体を壊され、床に就くことが多くなられました。それで実道様が言いますには、『私は老齢で、地鎮の力も衰えてきた。そろそろ宗主の代を譲りたいと思う』ということで、安道様に席を譲られる御準備を始められました」

「あれ、変だな。先代の御宗主にはお兄さんがいたのでしょう？　それがどうして弟さんのほうに家督相続が行ったのですか？」

「ああ光道様のことでございますか。そうでございますねぇ。光道様は、弟の安道様に比べますと不出来といいますか……いえ、決して悪く言うつもりは無いのでございます。ただやはり正直に申しますと、安道様に比べれば太陽の前の月のごとくであったと言うしかございません。いつも青白い顔をなさって、御病弱で、神経質な方でございました。けれど、安道様はお兄様のことをそれは慕われておいでで、御兄弟仲はよろしかった様に思えます。先々代の御宗主は、『今は乱世の時、あの様に館の周りで、軍人が血の臭いを振りまいている。こうなった上は宗主の跡目は病身の光道より、霊力も強く目先の明るい安道のほうが良いであろう』とそう言われました。その御意見は真にごもっともで、天主家の御親族一同様も、一も二も無く納得したのでございます」

　十和助は言いづらそうに光道の事を語った。

「なる程、良く分かりました。続きを話して下さい。ええと……安道さんが御宗主になる準備を始められたところまででしたね」

「はい、準備といいますのは、『引継の儀』のことでございます。天主家には『引継の儀』なるものがございます。天主家の御宗主となるもの、天主家が御先祖より引き継ぐ『御宝』を先代より賜り、正式な次の宗主となるのでございます。

　何でも天主家の『御宝』は、代々の御宗主以外の誰の目にも触れたことが無い上に、天主家の資財全てを合わせたよりも高価な品物でありまして、『家運衰える時には必ずや天主家を助けるであろう』と御先祖より伝えられたものでございますとか……金剛石(ダイヤ)の巨大な原石ではないかという憶測もございます」

助蔵がもの凄い顔をして睨んだので、十和助はこほんと咳払いをして話を切り替えた。

「ともあれ、実道様は安道様に代を引き継ぐべく御準備を始められました。その冬も、数十年ぶりとも言われる記録的な寒波が到来して、今のように寒かったと記憶しております。『引継の儀』は秘儀中の秘儀。御宗主と継ぎ目の旦那様が地鎮殿で三日間の儀式を行われる間中、大奥様と奥様は屋敷を離れて熊野社で物忌みを、他の御親族は御部屋に籠もられ断食をなさいます。わたくしども召使いはその間、お暇を頂いて里に帰るという事になっておりました。

忘れもいたしません、わたくしが荷物を纏め、旦那様に三日のお暇の挨拶に伺った朝のことでございます。庭先の掃除をしておりました下男どもが大騒ぎをしているじゃございませんか。わたくしと旦那様が様子を見に行きますと、なんとあの『千曳岩』が離れ、その間が五メートル程にもなっていたのです。下男どもの話ですと、昨夜は普段通りであったものが、朝来た時にはすでに岩が動いていたというのです。全く、信じられない奇怪な事でした。それは今回、御宗主がいなくなられる前にも同じことが起こっております」

「ええ、先ほど、聖宝君から聞きましたよ。その事で一つ、聞きたいのですが、岩が動いたのは、その四十年前が初めてなのですか？」

「はい、以前は一度としてそのような事があったとは聞きません」

「なる程ねぇ、それは奇々怪々だ。それで、その時動いた岩はどうしたのです」

「盛大な鎮魂祭を催して、その後、人足を雇って元に戻しました」

「人足と言うと、どのくらいの……」

「確か八十人近くの人手を必要としたと思います」

「それは一寸やそっとではありませんね」

「そうでございます。なのにその岩が動くなど、普通の事態ではございません。何かとんでもなく悪い事が起こるに違いない……。わたくしも何とも言えぬ胸騒ぎを感じました。そこで急遽里に帰るのを中止して平坂のある農家に泊めてもらい、『引継の儀』が終わるのを待つことにしたのです。だってそうでございましょう？　お仕えしている旦那様の身にもしものことがあった時に駆けつけられないようでは、執事として失格でございますから……。杞憂であることを願いながら、わたくしは眠るのも忘れて身を寄せた農家の庭から、毎夜のようにお屋敷の方角を見つめ続けておりました。

『引継の儀』も終わろうという三日目の明け方、何ということでしょう。わたくしの予感は的中したのでございます。まだ月も沈まぬ暗い空の一角が、いきなり光を放ったかと思うやいなや、みるみると鮮血のような赤色に染まっていったじゃありませんか。わたくしは大慌てでお屋敷への道を走りました。その途中で、軍人を乗せた車が何台も脇を通り過ぎた事を覚えております。悪い予感はわたくしの胸の動悸とともに益々に高まり、わたくしの足をせき立てました。後にも先にも、あのように速く走った事は生涯であれきりだったのではないでしょうか」

「軍人を乗せた車がそんな所を走っていたら変ですか？」

「ええ、全く変でございます。そんなに朝も暗いうちからこの辺りをうろついたとしても何もあるものじゃあございません。それでお屋敷の前につくと、そこはもう火炎地獄でございました。辺りの空一面に金粉と見まごうばかりに火花が輝き、蛇の舌のような厭らしい赤い炎が、お屋敷の屋根といわず廊下といわず執拗に嘗めておりました。酷い有り様でございました。わたくしは我が身のことも忘れて、『旦那様、旦那様』と叫びながら、お屋敷の中に駆け込みました。そうしてわたくしが最初に見たのは生首です……」

「生首？」

加美は険しい顔で十和助の言葉を反芻した。

「ええ、右目が抉られ、血塗れの空洞となった生首でございました。煙と炎で誰の首であるのか、判別は出来ませんでした。しかし旦那様で無いことだけは確かに分かったのでございます。わたくしは眩暈がするような恐怖に襲われましたが、ともかく引継の儀が行われているはずの地鎮殿へと続く襖を開き、回廊を駆け抜けました。そんなわたくしの足下にも、無数の死体が悶絶にのたうった姿勢のまま倒れ込んでおりました。そりゃあそりゃあ恐ろしく、わたくしはもう、自分でもわけの分からない悲鳴を張り上げながら、ようやく地鎮殿にたどり着きました」

「安道さんは無事だったわけですね」

「ええ、わたくしが呼びますと、声に答えて、『十和助か……手を貸しておくれ……』と、呻き声が聞こえてきたのです。それが旦那様でございました。地鎮殿の襖を開きますと、肩に深い傷を負われた旦那様が倒れ込んでこられました。中はもう恐ろしい程の炎で……」

「その時、安道さんは何か言われましたか？」

「ええ、わたくしは余りのことにこのように旦那様に訊ねました。『一体、誰がこのような事を！　あの軍人共でございますか？　大旦那様は、大旦那様はどうなさったのでございます？』と。わたくしはてっきり軍人らが行ったことだと思ったのです。しかし、旦那様は首を振られました。旦那様が言われるには、見たことも無い男が急に入って来て、大旦那様と旦那様を日本刀で斬りつけたという事でした」

「見たことも無い男と、安道さんは言ったのですか？」

「そうでございます」

「村の人間でも無いと？」

「そうではございません。平坂のみならず、下村にしても下田村にしても、大抵の者であれば顔を知っているはずでございますから」

「確かに人が少ないですからね……。それで？」

「傷の重かった旦那様を背負い、わたくしは出口へと向かいました。その時でございます。旦那様が顔を上げ、『しっ』と人差し指を唇に当てられました。茂道様の声が聞こえると言われるのです。わたくしはまさかと思いました。あのような修羅場で、誰がまだ幼い子供であった茂道様が御無事であられるなどと思えたでしょうか。でも、旦那様の仰ることは正しかったのでございます。弱々しいながらも、すぐ近くから子供の声が聞こえてくるではございませんか。

　半信半疑でその声の出所を追っていくと、廊下の角に巨大な置き時計がございました。独逸（ドイツ）製の置き時計で、十二時になりますと天辺（てっぺん）に拵（こしら）えた小屋の中から金糸雀（カナリヤ）が出てきて羽ばたきをするという精巧な物でございます。子供の泣き声は、その置き時計の中から聞こえてくるようなのでございます。わたくしはすぐさま駆け寄り、置き時計の扉を開きました。するとどうでしょう。振り子の下の所に、茂道様がお座りになっていたではありませんか。おそらく了守が、暴漢の侵入に危険を察知して、幼い茂道様を時計の中に隠したのでございましょう。全く奇跡のような僥倖（ぎょうこう）でございました」

　言いながら、和助は不思議な事に顔を曇らせた。加美は、それを即座に見抜いたが、天主家の人々の前で追及することは止めた。

「時計と言えば、この七階にも大時計がありますね」

「あれは茂道様が時計に救われた事を記念して旦那様が考案された、電気時計でございます」

「よく分かりましたよ。ところでさっきの弥勒（みろく）堂の件ですが、天主家の御先祖が弥勒堂を造ったのには深い理由でもあるのですか？」

　加美の疑問に、太刀男が天主篤道の祟（たた）りと、それを封印する為に造られた弥勒堂の経緯を述べた。

「いや、よく分かりました。さて、これから色々とこの館の中を調べながら質問をしていきたいのですが、こうも大勢でぞろぞろと付いて回られても仕方ありません。取りあえず十和助さんに案内してもらうことにします。他の方は聞きたいことがあった時に、僕の方から訊ねますので、皆さん部屋で待っていて下さい」

天主家の人々が各自去って、加美がまず最初に興味を示したのは例の絵であった。

5　絵画に隠された呪い文

西の一角に、中世のロゼッタ文様を象った色硝子が周囲にはめ込まれた、四角い凹面があった。そこには六つの絵画と金縁の大鏡が並んで飾られている。絵画の下には赤大理石で出来た背中の平らな豹の姿をした飾り棚があり、その上に、十本の腕を広げた燭台が一対置かれていた。一種祭壇のようにも見えるその空間は、痛々しく切り裂かれた暗い色彩の絵画のせいで、黒魔術結社のそれのように見えた。

「この絵が御宗主・茂道さんの失踪前に切り取られた物ですね。そして、大岩が動いていた」

「そうでございます」

「まさかその後に拭いたり、触ったりしていないでしょうね？」

「いえ、召使いが拭いて触っております」

十和助が申し訳なさそうに言った。

「困りましたね。指紋も期待出来ませんね」

「絵画の乾拭き(からぶき)は掃除の決まりですので、そうしてしまったらしいのです」

加美はやにわに鳥の絵を手にとり、額縁の裏の留め金を外した。

「あっ、何をなされるのです」

「何をって、調べるに決まってるでしょう。この絵を切り取ったということは何か意味があるに違いないのですから。第一、こんな風になってしまった絵を飾っておいてどうすると言うんです」

恐ろしく独断的に言って、無造作に裏板を外した加美は、「あっ」と小さく驚いた声を上げた。

「こっ……これは……」

言葉を発しかけた十和助に、加美が往来する召使いを見ながら目配せをした。

「まだこれは言わない方がいい、悪戯(いたずら)にここの人たちを動揺させて恐慌を起こさせるだけだ。もしかするとそれが犯人の狙いかも知れませんしね」

囁(ささや)いた加美に十和助が固唾(かたず)を呑(の)んで頷(うなず)いた。

落ちて死ぬは鳥也

メソポタミアの楔形文字のように、直線鋭角的な筆跡である。文字の端は全て三角形に尖っていた。

「これは、ペインターナイフの様な物で描いたのですね。筆跡照合は無理だな……」

「こんな事を誰が書いたのでございましょう？　わたくしが最初に額に入れさせていただきました時は、無かったのでございますよ」

「さて、恐らく犯人でしょうが……他のも見てみましょう」

加美は素早い手つきで他の絵画の留め金も外した。するとキャンバスの裏からは続々と不気味な文が現れたのだった。

岩屋の屍は黄金の死体也

天から神罰の剣は下る也

鏡を見て死ぬは穢れし者也

天の羽々矢は、返し禍矢也

魂筐に魂血とらせて運ぶ也

突然の啓示を得た預言者のように、加美はトランスめいた表情でぶつぶつと呟きだした。

その時、綺麗なボーイソプラノが広間に響いた。

あちめ　おお　おお　おお　天地に
きゆらかすは　さゆらかす
神わがも　神こそきねきこう
きゆらならば

あちめ　おお　おお　おお　石の上
振の社の　大刀もがも
願う其の子に　その奉る

あちめ　おお　おお　おお　さつらをが
持有木の真弓　奥山に
御狩りすらしも　弓のはず弓

あちめ　おお　おお　おお　登ります

豊ひるめが　御魂欲す
本は金矛末は木矛

あちめ　おお　おお　おお　三輪山に
在り立てるちかさを　今栄えでは
いつか栄えむ

あちめ　おお　おお　おお　吾妹子が
穴師の山の山のやまも
人も見るがに　深山づらせよ

あちめ　おお　おお　おお
魂筺に　木綿とりしでて
たまちとらせよ　魂上がり
魂上がりましし神は　今ぞ来ませる

あちめ　おお　おお　おお　御魂上り
去まし神は今ぞ来ませる

　玉筐持ちて　去りたる御魂魂返すなや
　一、二、三、四、五、六、七、八、九、十、百、
　千、万、かんながら　すめみおや　たまちはいませ

庭から戻ってきた聖宝が立っていた。

「なっ、何でございますか、それは」

「阿知女の神楽ですよ」

それは答えになっていなかったが、十和助は、はぁ、さようで、と答えた。

加美は、もはや上の空で考察に耽っている。しかし、暫くすると頭を掻きむしり、くるりと向きを変え螺旋階段へと向かった。

加美は螺旋階段の気の遠くなるような上昇を仰いで、恍惚としたため息を吐いた。

「素晴らしい、見事だ！」

「ええ、金箔ではございますが、それでも相当量の金が使われてございます」

加美はまるで貴婦人にでも触れるように、恐る恐る柱の表面を指先で愛撫した。

「ぞっとするような贅沢な触感だ。黄金は人類の夢ですよ。この金色の光の中に人はあらゆる輝かしい物の幻影を見る」

「その柱に刻まれているのは、籠目紋ですよ。これは密教では大悲・方便の男性力と般若

の女性力の合体の象徴。ヒンズー教ではプラクリティ・シャクティ・性力とプルシャ・純粋精神の合体を象徴します。猶太秘釈義の象徴・ソロモン王の六芒星でもある」

聖宝がそう言うと、螺旋階段の上から慈恵の呼ぶ声がした。

「坊主らしくない異教の話をしてはいかん。早く来なさい」

聖宝は肩を竦め、階段を上がっていった。

「おおっ、聖宝様は安道様と同様、こういう事がお分かりになるのだ！」

「こういう事？」

「ええ、安道様も古今の霊学によく通じておられ、著述もされたのです」

「へぇ、それは驚きましたね。彼はなかなか学のある子供ですよ。ところで十和助さん、この床は一体全体、どうしてこんな具合に市松模様が乱れているのですか？」

ステッキで床のタイルを一つずつ続けて叩き、加美は苛立たしげに言った。

「これでございますか、わたくしもこの事は気になっているのですが、亡くなった安道様にお聞きしても教えてはくれませんでした」

加美は暫く唸っていたが、突然、螺旋階段を駆け上がった。

6 事情調査

全く、この館は趣味が良いのだか、悪いのだか！

加美は四階から暫くの間、腕を組んで床の模様を観察していたが、大声でそう言って肩を竦めると、唖然として一階から上を見上げている十和助のもとに再び駆け下りてきたのだった。

「だが、この市松模様の全体は四角だ」

「えっ……ええ、そうでございますね」

加美は得心したように、にっこりと笑った。

「では、次に行きましょう。亡くなられた鴇子さんの遺体は何処ですか？」

「六階の寝室でございます」

「ではそこに案内して下さい」


六階に上がり、オーガンジィーの帳幕の中に入った加美は、腕を組んで絹のシーツに眠っている鴇子の死体を眺め回した。

「余り外傷は見あたりませんね」

「ええ、けど発見した時には、既に虫の息で、耳から夥しい血が流れておりました。おそらく内臓は破裂していることでございましょう」

「この綺麗な顔が潰れていなくてなによりだ。それでこの帽子は夫人のものでは無いのですね」

「いいえ、見たこともございません。聖宝様のお話ですと、それは欧羅巴では魔女の被る帽子であったとか。全く不吉なことでございますよ」

「魔女の被る帽子か……」

そう言うと、加美は飾り帽子から赤い羽根を一本抜き取り、裏を返したり、また表を見たりして、口元に笑いを浮かべた。

「極楽鳥のそれのように着色されているが、おそらくこれは鴉の羽根でしょう」

「鴉……でございますか」

「幅が太くて風切り部分が鋭い。根本の部分に着色しきれなくて黒く残っている所がある。この大きさから言って間違いないでしょう。ところで、鴇子さんが落下される前に、霊気琴の音が聞こえたと言うのは本当ですか？」

「確かでございます。わたくしは、この耳で聞きました」

「三階にいた十和助さん、メイドさん、箱男さんがはっきりと聞き、四階へと階段を上がろうとしていた助蔵さんは聞こえなかった。また、四階にいた太刀男さんと駒男さんには微かに聞こえた。そして東廊下の一番本館に近い剥製室にいた成正さんと成継さんも、霊気琴の音を聞いたわけですね」

「ええ、その通りです」

「他の召使いの方は聞いていないのですか？」

「召使い部屋は北の廊下の端の方にありますから、誰も聞こえなかったようです」

「ううむ、どういう事かなぁ……。皆さんの話を総合すると霊気琴は、塔の下の、しかも東側で奏でられていたということになるわけですよね。さて……こういう場合、落ちたとしても、四階の張り出し間から落下した鴇子さんの事件と関係があるのだか、無いのだか……。それに霊気琴の音がしたと言っても茂道さんとは限らないわけだ。誰かが茂道さんの振りをして奏でたということもあり得る」

顎を撫でさすって、ベッドの周りを歩き回りながら加美は呟いた。

「はぁ、そう言われてみればそうでございますねぇ」

「後で、鴇子さんが落下したという場所を正確に教えてもらいます」

そう言って加美は部屋を出た。その瞬間であった、何者かの足音が階段を駆け下りていった。欄干から下をのぞき込むと、女の後ろ姿がそそくさと四階の部屋へ消えていく。

「どうしたのかな？」

不可思議に思って呟くと、十和助が気まずげに答えた。

「おっ……おそらく華子様でございます」

「華子さんが？　何か用事でもあったんでしょうか」

「いっ……いえ、そういうわけでは……。華子様は何かと人のことを気になさるご性分なのです」

「人のことが気になる性分？　ということは、彼女は僕らの会話を盗み聞きしていたということなのですか？」

驚いた声を加美があげると、十和助はハンカチを取り出して汗を拭った。加美は薄気味の悪い女め！……と心の中で呟いた。

「この階の住人は？」

「茂道様と鴇子様と安蔵様でございます。あと亡くなられた安道様のお部屋と安道様の暗室でございます」

「なる程、つまり今は誰も使っていない状態ですね。鴇子さんの遺体がベッドに寝ている以外は……」

「さようです」

「ついでに五階と四階の部屋には誰がいるのか教えてくれますか？」

「五階は鏡子様のご一家の各個室となっております。四階には駒男様ご一家の各個室、それと助蔵様ご夫妻のお部屋。愛羅様、結羅様の子供部屋。沙々羅様のお部屋です」

「成行さんのご一家は？」

「俗筋の方々は本館には住めません。東廊下のお部屋に住まわれております」

「よく分かりました。ところで暗室とは何ですか？」

「安道様が趣味でお写真をしてらっしゃいました。収集した写真機類や現像の為の設備などが残っております」

「では一つ一つ、部屋を案内してもらえますか？」

十和助は腰に下げていた鍵（かぎ）を取り出して、まず鴇子の左どなりにある安道の部屋の鍵を開けた。そして、扉の直ぐ脇にあった電気の開閉器（スイッチ）を捻（ひね）った。

野良着を着た天使、蔓薔薇（つるばら）、聖人の名を刻んだ十字架、花の咲き乱れた神殿、蹴徒（ケルト）文字で書かれた祈りの言葉、鎧（よろい）を着た十字軍の聖徒等の夥しく込み入った模様の入った壁織が部屋を覆っていた。

英国葉巻の良い匂いがした。希臘（ギリシャ）神話の浮き彫りがあるウエッジウッドのジャスパーウェアの壺（つぼ）が窓際に数箇並んでいる。

暗褐色のベルベットの天蓋（てんがい）が付いたベッドの他には、百科事典や拉丁（ラテン）語、希臘語、英語の辞書、それから音楽書、美術書等が主に入った小さな書棚があり、三枚続きの薄い樫（かし）で出来た衝立（ついたて）に隠れるようにして基督（キリスト）が描かれた桃心花木（マホガニー）造りの露呼弧（ロココ）調机と背凭（せもたれ）椅子があった。

机と椅子はまるで粘土で出来ているように見えるほど滑らかに仕上げられている。

机の上には提琴（バイオリン）と羽根ペンと蜷局（とぐろ）を巻いた蛇の乗った葉巻箱と玻璃（はり）の灰皿と玻璃の珠が、無造作に置かれたままになっていた。

加美は葉巻を取り出して火をつけ、背凭椅子に足を組んで腰掛けた。肘（ひじ）置きは彫像になっていた。最初、てっきり獅子座（ししざ）かと思っていたが、それは耶蘇（ヤソ）教の聖獣・賢瑠美鵡（ケルビム）であった。

座っている位置からは衝立の裏側に描かれた絵が見えた。其れは高僧が被るような金の高い角帽を被り、太陽紋のある胸当てをつけた異国の魔術師であった。
魔術師は数頭の獅子に引かれた車に乗っている。
何処かで見たような気がすると思いながら、加美は机の上の物達に目を落とした。
玻璃の珠の中には陶器で出来たらしい赤ん坊が閉じこめられていた。その手に、

Orpheus's sweet music is scattered in all directions.

『オルフェウスの妙なる調べは引き裂かれ、あちらこちらとてんでばらばら』

という文字の入った手紙が握られている。人形の様子から見ると中世欧羅巴（ヨーロッパ）のものらしい。加美は不思議そうな顔で珠を手に取り、眺め回した。

「この館にある物は全て安道様が一生をかけて集められた逸品ばかりでございます。安道様という方は、どんな物にでも極端な芸術的洗練を望み、高邁（こうまい）な文学を何万冊も読破され、霊学についての著述を為（な）し、耶蘇教会の賛美歌と鉄管風琴（パイプオルガン）の音色を愛した方でございました。そして、またとない珍貴でなければ身辺におかないという徹底した美意識を持った方だったのです」

「安道さんは提琴（バイオリン）を弾かれたのですか？」

「提琴だけではございません。鉄管風琴も霊気琴（テルミン）も巧みに演奏されました」

「僕も少しはたしなみます」

そう言って、葉巻を銜えたまま提琴を取り上げた加美の目の前に、衣擦のようにささやかな音をたてて一枚の楽譜が滑り落ちた。提琴の裏に張り付いていたのだった。

Sage, set and pass

Cres.

楽譜には流麗な筆跡のタイトルがあった。

「……賢者よ、クレッセンドをつけて無視せよ……?」

加美は目を瞬かせて楽譜を暫くみていたが、やがて弓を手に取って、提琴の弦の上を優雅に滑らせた。

色硝子から薄暗い光の落ちる部屋の中に、幽玄の彼方から聞こえてくるような魔術的な旋律が響いた。色硝子の修道士すらもその音色に聴き入り、十和助は、亡き安道を思い出した様子で目に涙を溜めていたが、ふと顔を曇らせた。

短い旋律が終わった後、加美が呟いた。

「変わった曲だ」

「ええ、今わたくしは初めて聞きましたが、安道様が亡くなられた後、茂道様がこれと同じ曲を安道様の遺品であった霊気琴で演奏されておいででした」

それを聞いて慌てて葉巻を灰皿で消し、楽譜をじっと見た加美の表情が俄に真剣になり、やがて瞳に激しい興奮が漲ったが、何故か直ぐに消えてしまったのであった。

「……これはやはり分からない」

提琴をもとの位置に返した加美は、今度は羽根ペンに目を留めた。ペン先に、インクの固まった痕が残っている。

「インクをつけたままの状態で、放りっぱなしになっていますね」

「その楽譜を書いている時に急死なさったのです」

「急死？」

「はい、それまではお元気であったのに、心臓発作ということでございました」

「何年前のことですか？」

「引継の儀を終えられた四年前です。丁度館が完成したばかりの頃でした」

「発見者は？」

「茂道様が発見なさいました」

十和助が何かを仄めかす様に答えた。

加美は頰づえをついて考えていたが、ふと椅子の脚脇の床に獅子頭の取っ手があるのに目を留めた。

「ああ、それは葡萄酒蔵でございます」

十和助はそう言うと、獅子頭の口に指を差し入れて、むんと力を込めた。片開きの扉が開かれて、床に四角い穴が現れた。

加美はすぐにその中へ飛び降りた。思いの外、穴は深く、着地した時に両足に痛みが走った。

二メートル四方の空間である。壁に棚が取り付けられていて、葡萄酒が三十本ばかり寝かされていた。加美は葡萄酒を一本一本取り出して調べた。

「大丈夫でございましたか、そこの縄梯子（なわばしご）をお使いになればよかったのに。電灯をつけますので」

十和助の声で周囲は明るくなった。壁づたいにちゃんと梯子があるのが分かった。ところがその梯子は床を横断して続き、向かい壁の中程まで行って、その端を壁の中から突き出た陶器の腕に引っかけているのだった。

見ると狭い空間の中は、加美の立っている床と左右の壁上下に花網模様の壁材が張られ、中央に阿蘭陀芥子（クレソン）の模様の葡萄酒棚が取り付けられている。

葡萄酒棚の上には小さな曼陀羅（まんだら）の絵が写真立てに入れて置かれている。そして梯子が途中まで続く壁には装飾灯を真似た横付け式電灯があり、入り口から梯子の延びている壁には絨毯（じゅうたん）が敷かれていた。

騙（だま）し絵のような不思議な造りである。

その為、加美は、自分が頭を入り口に向けて壁に垂直に張り付いているような錯覚に陥った。

加美は暫く首を捻（ひね）っていたが、やがて閃（ひらめ）いたという具合に手を打つと、床や壁をステッキで叩いてみたり、また隅々まで部屋を点検して、どこかに秘密の開閉器が無いかを探ってみたりしたが、一向にそんな物の痕跡はなかった。

ただ、分かったのは、コルクにふられたアルファベットのSAGEの葡萄酒を抜き出すと、底の部分にFOOLと綴られていることだった。

どうやら館にからかわれているようだ。加美はムッとして梯子を登り、外に出た。

「いい葡萄酒でしたね」

「ええ、安道様は葡萄酒がお好きでしたから」

加美はハンカチで肩の埃を払い落とし、自嘲気味に笑った。

「なかなかに貴族的な趣味だ。ではそろそろ茂道さんの部屋へ行きましょう」

宗主・茂道の部屋の壁には、重苦しい雷文が浮き彫りされ、猟銃が三丁置かれていた。

それから鹿の頭、獅子の頭、鷲の頭などが暗い壁面の各所からぬっと現れ出ている。

随分ととっちらかった乱雑な部屋であった。

安道のものと揃いで造られたらしき机の上には、成正と成継から贈られた剥製芸術が置かれている。

それは孔雀の頭と背中に蝙蝠の羽根を持つ悪魔像的な物であったが、胴の部分が何よりも加美を唸らせた。

グロテスクに爛れて赤茶けた皮膚。だが、どうも人間の赤ん坊の胴体に見える。

加美の恐怖に満ちた視線に、十和助が気づいて小声で囁いた。

「それは猿でございます。特別な方法で皮膚を焼いて、毛を抜いているのです」

確かに中世欧米貴族の間でも奇天烈な剥製標本や狩猟は流行であったが……。

次に加美はベッドと窓の間に置いてある真鍮作りで鋲だらけの奇妙な機械に近寄った。

七つの歯車と、鞭の取り付けられた回転板と巨大な格子戸を二つ組み合わせたような物で、機械の歯車を動かす為のゴム紐がベッドの頭近くに置かれた脚のある車ハンドルに繋がっていた。

「これは一体何です？」

加美は格子に取り付けられた革の椅子のようなものにまず触れ、それからベッド脇のハンドルを回してみた。すると、

軋、軋……

と、厭な音をたてて二枚の金属格子は段々とくの字型に折れていき、その後ろで、回転板の動きによって、鞭が風音をたてて振り回されたのだった。

十和助は言いづらそうに首を垂れ、

「それは折檻機械でございます」

「折檻機械ですって！」

「はい、その椅子に女を座らせまして、鋲だらけの格子に手足をしばりつけるのです。そして、茂道様がハンドルをお回しになりますと、女の身体はくの字に曲がる形になりまし

て、その格子の間から窓の修道士様に向かって、臀部を突き出す姿勢になります。すると修道士様にはしたない真似をした罰として、回転板で廻っている鞭が、臀部を打つという仕組みに出来上がっているのでございます。他にも色々と違う使い方もあるようですが……」

加美は色々と想像して冷笑を浮かべた。

「それは随分と痛そうだ」

ある異臭に気づいた加美は徐にハンカチを取り出して鼻を覆った。ベッド付近に染み込んだ強烈に癖のある臭い。体液や汗と混じった酸鼻な臭いがある。

「お願いでございます。余りこの部屋のものはお触りにならないで下さいまし。旦那様が帰ってまいられた時に、きっと激高なさるに違い有りませんので。そうするとわたくしも酷い折檻を受けることになります」

「なる程、分かりました」

加美は不機嫌にそう言って、壁の銃を指さした。

「茂道さんの趣味は狩りですか」

「ええ、ことの外お好きで……」

十和助がちらりと目で合図を送った。その視線の先には絵画があった。

「あれは？」

「天主篤道公が描かせた無惨絵の写しでございます。あれのこともことの外、気に入られておりました」

加美はよく見ることをせず、顔を背けた。

「なる程、つまり有り体に言うと血や残虐を見るのが好きなわけですね。いやそれだけではない、偏奇を嗜み、悪徳に耽溺する。そういう性質が茂道さんにはおありだった」

加美はそう言うと、柘榴の花と蔓草模様を側面に彫り込んだアカシア材の猫足装飾箪笥の上に無秩序に並べられた酒瓶や首を振る陶器の支那人形といった雑品に目を転じた。そしてその中に混じっている一本の煙管と硝子瓶を取り上げると、瓶の中の白い粉末を指につけて一嘗めし、煙管の匂いを嗅いだのであった。

「やっぱり阿片だ」

十和助は黙って俯いた。

「大陸商人や軍人どもが悪い遊びを茂道様に教えたのです。茂道様は好んで毒物を体に取り入れられるようになりました。奴らはいろいろと珍しいものを茂道様に与えたり、男を喜ばせるように訓練された支那の女を連れてきたりして、満州への資金投資を誘っていたようでございます」

「安道さんはその事を知っていたのですか？」

「ええ、安道様がお分かりにならないような事は、何一つございません。安道様は旦那様に御宗主を譲られる際に随分と躊躇われたようでございます。何をしでかすか分からないと言われまして……」

十和助は最後のほうを囁くような声で言った。

西の一角は暗室であった。窓は無い。中には十数種類の写真機の他にも幻灯機やのぞきからくり、バレリーナが踊るプラクシノスコープ劇場といったものまでもが収集されてあった。加美はゆっくりと時間をかけてそれらを見まわった後、螺旋階段を下りた。

7　贄にされた犠牲者

十和助は羅沙で張った戸を開けて、加美を暗い廊下に連れていった。

長い廊下を歩いていく。洋風とも和風とも断じきれない雰囲気を持った高欄のある廊下である。

紅色の欄干には蔦の浮き彫りが巻き付いている。廊下に沿ってある建物の壁面には、豹やフラミンゴや駱駝や鰐や眼鏡猿などの動物達に取り囲まれて行進する聖者の一団が描かれている。黒漆の廊下からは鶯の声が聞こえる。

妙な心地だ。見上げると、天井の虹梁に巣くった禽獣の顔や蛇腹や金色の雷文が見えた。

十歩歩くごとに高欄に取り付けられているランプ台がある。それらは青銅製で、痘痕の皮膚に似るまで打ち鍛えられて光り、その下にも台を支える馬頭の怪人が潜んでこちらの様子をうかがっている。この館の中には奇怪な装飾の獣達が山程巣くっているのだった。

床下の暗黒の海の内側に引きずり込まれてしまいそうな感じがし出した頃、蛇を象った階段を下った。蔵の前についた時、加美は十和助に確認した。

「ここは鬼門ですね」

「そうでございます。館内の鬼門の角には、ちゃんと一箇目神様を祠にお祭りしてございます」

「鬼門に、一箇目神の祠を？」

加美は首を傾げかけたが、開かれた蔵の中の光景を見たために、すっかり思考を抹消されてしまった。


赤黒円と白い輪郭線。

不可思議な犯罪現場であった。


「もしかするとこれは……」

座って血痕を見つめていた加美はたちまち無表情になり、立ち上がって背後に引き現場の全容を見据えた。

「何なのでございます？　何か心当たりがあるのでございますか？」

「いや……若宮の鎮魂祭ではないかと思うのです……」

「若宮の鎮魂祭？」

「若宮の祭りでは、松明で円形の陣を取り、榊を並べた板の上で神の贄となる小鰭を血抜きするのです。そら、円陣に並んだ蠟燭といい、榊といい、そうは思いませんか？」

「贄ですって……？　つ……つまり安蔵様は贄にされたということなのですか？」

「そうかも知れません」

加美は冷静に言った。

言いながら加美は、あらためて四辺を見回した。

がらんどうな空間だった。岩穴の奥の壁は積み石になっている。もっと奥まであったのが、積み石で塞がれたのであろう。

血痕の上に注がれた光を目で辿っていくと、扉と反対側の天井に近い部分に鉄格子の入った天窓がある。

「ここは何に使っていたのですか？」

「普段は使っておりません。昔、牢として使われていたのです。篤道公がお亡くなりになられたのも此処でございます。その壁に痕がございますでしょう……」

十和助が示した北の壁には、錆びた鎖で繋がった手枷が二つぶら下がっていた。

加美はぞっ、とするような寒気を感じて体を震わせたが、単に気温が低かったせいかも知れなかった。

「犯人は安蔵さんを殺害した後、榊を置いて、その上に安蔵さんを寝かせ、それから蠟燭を円形に周囲に並べて火をつけた。そうして、蠟が下にたれ落ち始めてから流血せしめた……ということですね」

加美はそう言いつつ、状況を確かめる為に、扉の側に歩いていった。足下に水たまりがある。

扉は観音開きになっている。外鍵（そとかぎ）は金製の閂（かんぬき）だが、内鍵は、片側の扉に金具で留められた横木を下ろすと、もう片側の扉の金具にはまるように出来ていた。加美は扉と天窓を交互に見比べた。

「十和助さん、確か、あの天窓の向こうは上り坂の為に地面と近くなってますよね？」

「はい」

「いえね、この蔵は内から鍵がかかって密室状態になっていた訳です。そこに犯人がどうやって出入りしたのか、あるいはどのように密室を作ったのかということを考えていたわけです。この蔵には、あの天窓と扉しか外に出る方法がありませんよね？」

「ええ、その通りで」

加美は十和助の答えに満足した。そして、足早に蔵を出た。

「何処に行かれるのですか？」

「表に回って、天窓のほうを調べるんです」

「わたくしも行きます」

二人は斜面を登って天窓の方へと向かった。坂道の地面から少し盛り上がった丘状の部分に天窓はあった。地面から僅（わず）か六十センチほど上である。天窓の上には金属で出来た庇（ひさし）が留められていた。

二人は座り込んで庇の下に体を曲げ入れ、天窓の様子を見た。天窓は真四角で、辺はどうみても四十センチ強というところであろう。金枠の四隅の内側から、金属製の三つ格子が太いボルトで留まっている。

格子の間から血痕の隅の辺りが見えていた。

「脚立のような折りたたみ式の梯子はありませんか？」

「あるにはありますが……何をするんです？」

「犯人がどうやって出入りしたか、いろいろ試してみるんです」

思い立てばすぐに試してみるのが加美の信条だった。加美は十和助をせきたてて再び屋敷への道を戻り始めた。

やがて蔵に戻った加美は十和助に脚立とネジ回しを所望し、十和助は直吉を呼びつけて脚立とネジ回しを持ってくるように命じた。

十和助に命じられた直吉が所望した品々を持って戻ってくると、加美は脚立を天窓の下に置いた。そして上がると、ネジ回しで天窓のボルトを外していった。

天窓は真四角だ。当然のことながら格子枠が窓枠より大きいので加美があれこれしても、外に出すことは出来なかった。それで加美はなる程と頷き、窓の外に待たせていた十和助に命じた。

「さぁ、十和助さん、この紐を引っ張って下さい」

加美が差し出した紐の先は脚立に結ばれていた。

「取りあえず犯人が出られたと仮定して、脚立を引っ張り出せるかどうかをやってみるんです」

十和助は懸命に脚立を引っ張り上げ、窓の外に取り出そうとしたが、上手い角度で脚立が窓の庇に引っかかり、取り出すことが出来なかった。

「なる程ね。いいですか、この建物には外への連絡口が一つしかない。つまり天窓と正面の扉です。犯人が殺人を犯した後に逃亡したとすれば、このどちらかを使ってです。しかし、今見た通り、脚立を利用して天窓から逃げる方法は否定されました。後は紐を使って逃げる方法はありますが、残念なことに外は御存知のように畑地になっていて、木一本ない。つまり逃亡の際に紐の先を結んでおくような物が見あたらないわけです。梯子も紐も使わずに、この窓まで到達するのは不可能だ。なにより、格子は内側からしっかりとボルトで締められていたし、狭い格子の間から手を差し入れてネジを締めることも不可能。と、すれば犯人がこの蔵の中に安蔵さんの殺害目的の為に出入りしたのは、その扉からだということだ」

加美が指さした扉を十和助と直吉は一斉に見た。

「さて、ではここで考えてみよう。犯人が何故、安蔵さんをこのような儀式的な形式を取って殺害したかだ。すなわち榊の葉を敷き、その上に死体を置いて並べ、かつ蠟燭で円陣を作る……。一見意味有り気に見えるが、たった一点を除いて、これは目眩(めくらま)しだ」

加美は安蔵の死体の周囲にある蠟の周りを、崩さないように心がけながら一周回った。

　ここで改めて加美は内鍵を指さした。

「この内鍵は簡単な構造だから、外に出た後で鍵をかけるのは極めて簡単だ。氷を使えばいい。つまり横木を鍵をかける手前の状態に斜めにし、氷柱で支えるんだ。氷柱が溶ければ自然に横木が落ちて鍵がかかる。夜は氷点下の温度だったから、普通の状態では氷が溶けない。そこで犯人は百本は下らない蠟燭をもやし、その熱で氷を溶かしたというわけだ。扉から蠟燭の端までわずか四尺程度。可能だろう。そして、密室にした方法を偽装する為に、儀式殺人を装ったんだ。おそらく殺人は以前から周到に考えて準備されたものだろう。桶は氷柱が倒れない様に利用したんだ。わりと初歩的な密室トリックだ」

「なる程、そうでございましたか。さすがは探偵さんです。わたくしどもには思いもよらないトリックを易々と見破られるとは……。わたくしどもなど、すっかり恐れおののいて祟りと信じて疑いませんでしたのに。それでは、やはりこれは誰か人の仕業で、祟りとは違うわけですね」

「当たり前です。祟りなどというものは只の想像の産物ですよ。文明開化の頃に、血取り、脂取り、子取りといった奇怪な噂が日本全国に飛び交った時期があるんです。明治七年の某新聞にはこんな記事が載っていたらしいです。『今般、御取設の電信線に付、安芸長門辺りにて種々の邪説を生じ、機線を以って音信用便を達するは、これぞいはゆる切支丹に相違なしと、かつ機線には女子未婚者の生血を塗り用ゆる由、すなはち軒口に記せる戸番号の順序を以つて、処女を召し捕らへるべしなど、暴説風伝し、或いは処女にして歯を染め、眉を卸す者あり』と。

この時期以前にも、『異人は女の血を絞りて飲み……』ですとか、『子供らの生き血は毛唐人に啜られる』といった流言蜚語が飛び交っていた形跡があるのですが、事の起こりは、太政官から布告された徴兵告諭の文章を庶民が誤解したことから始まったんですよ。『オヨソ天地ノ間、一事一物トシテ税アラザルハナシ。モッテ国用ニアツ。シカラバスナハチ人タルモノ、モトヨリ心力ヲツクシ国ニ報ゼザルベカラズ。西人之ヲ称シテ血税ト云フ其生血ヲ以テ国ニ報スルノ謂ナリ』と、徴兵告諭には書かれていましてね、当時の庶民は、『血税』というたとえを、本当に国民の血を搾り取ることだと思ったわけです。それでこの血を外国に輸出して、飲用にしたり、染料に使うのだと信じられたんです。これらが誤解から生じたとはいえ、全国にまで流布するに至ったのは、矢継ぎ早に打ち出された明治新政府の諸政策に対する民衆の深層的不安から生じた集団発狂現象ですよ。何故ならば『血取り』『脂取り』なるものの噂は、明治初期に限らず、人心が不安なる時代において常に存在していた流言だからです。

例えばですね、鹿児島県の喜界島には、多くの女性が逆さに吊されて脂を取られるという話があり、また宮崎県にも七兵衛なる男が鬼婆に脂を搾り取られそうになる話が伝えられています。このような伽話においては脂を搾り取るのは大体において鬼とか鬼婆ということになっているんです。この事については、血取り、脂取り、子取りなどの伝承が多くの場合、『人買い』『人攫い』の伝承と深い繋がりを持っているからに違い無いのですが、本当は鬼等は存在しません。鬼と呼ばれたのは山に住まう鉄鋼民の事です。恐らくこの神岡山にもそうした人々が沢山いたんです。

彼らは、鉄鋼民で有る以外にも芸人であり、社寺の増改築や祭りの興行などを職事としていた人々ですから、農民などとは違って、臨時の人手が火急に必要となることがあります。こうした場合、不作などで困窮する農村に仕事の賄い手を買い付けに行ったわけです。買った女子供を連れていく彼らの姿が非常に不気味に映ったものですから、農民は色々と恐ろしい想像をしたのです。江戸時代までは照明用の油が大変に高価なものだったので、買われていった人間は、『油を搾る』為に求められたのだとかね。こんな風にね、恐れることは無いのです。想像の産物です」

「そうでございましたか」

「ともあれ、安蔵さんが姿を消した夜から翌朝にかけてこの辺りをうろついていた人物がいるはずです。不在証明を調べてその人物を絞っていけばいいのです」

「そやったら、箱男さんが怪しい」

直吉がへらへらと笑いながら言った。十和助はぎょっとした顔で直吉を見た。

「なっ……何を言うんです直吉、滅多な事を」

「夜に伊厨様と二人で、この辺で話をしてはった」

「本当か、直吉君」

直吉は無言で頷いた。そして、突然気がついたように言った。

「そうや、十和助はん、乾燥剤は何処やろ？」

「乾燥剤？ いったい何のことです」

「物置の乾燥剤を取り替えなあかんのですけど、探してもないんです」

「まったく、こんな大変な時に下らないことを……。沢山あったはずですよ。また、ぼんやりして何処かにしまったんでしょう。捜しなさい」

直吉は不服そうに頭を掻くと、「けど、血取りの爺は本当におる」と言い残して蔵を出ていった。

「ほんとうでございましょうか……。我が甥ながらぼんやり者で信用がおけません。あの千曳岩が動いた時も、見ていたなんて言ってるのでございますよ」

「見ていた？」

「ええ、それが岩が勝手に音も立てずに離れていって、鬼が出てくるのを見ただなんてことを……。寝ぼけたんだか、本当のことなのだか、さっぱり分かりません」

加美は黙り込んでいたが、突然、目覚めたようにだっと血痕の円陣の脇に駆け寄って、這い蹲った。

「穴だ」

地面に小さな穴が開いている。棒状の物を突き刺した痕だ。加美は這い蹲ったままで円陣の脇をぐるり一周した。

「全部で三つ穴がある」

「なんでございましょう？」

加美は懊悩の淵に暫くの間沈み込んでいた。

「……テントのような物を周りに立てたのかも知れない」

「テント？」

「斧で切ったにもかかわらず、血が他の部分に余り散っていないのは、周りが覆われていたからと考えればいいのか……？」

黒雲から差し込む入り日の色で、庭は見事に不吉な鮮血色に染まっている。館には一種鬼気たる空気が漂っていた。

加美と十和助は夢境の廊下を歩いていた。

「そうか！」

ぼんやりと庭を見ながら歩いていた加美が、突然、興奮して叫んだ。

「いやぁ、僕とした事が迂闊だった。何かが見えてきそうだぞ、ここは平坂……平坂村だ。これはもしかすると黄泉津比良坂のことではないだろうか。熊野の七里御浜には花窟という大岩がある。これは伊邪那美命の御廟と伝えられている大岩なのだが、その付近のことも黄泉津比良坂と言うんだ」

「あの世とこの世の境目にある坂のことですか？」

「もともと熊野は、昔から伊勢の光と対称軸にある闇の世界・根之堅州国（現世と容易に交信することの出来ない幽界）と見立てられている。つまりここ自体が黄泉津国の中だ。そこに平坂があって、千引き岩がある。古事記上巻十八段。黄泉津国から追いかけてきた伊邪那美命から逃れる為に、黄泉津比良坂まで来た伊邪那岐命は『千引き岩』で道を塞ぎ、あの世とこの世の境界を引く。だから千引き岩は地獄の蓋で、それを開くと亡者が這い出してくるわけだ」

古事記上巻十八段

最後に其の妹伊邪那美命身自ら追い来ましき。

すなはち、千引き岩を其の黄泉津比良坂に引き塞へて、其の石を中に置きて相向き立たして、事戸を渡す時に、伊邪那美命言したまはく、

「愛しき我が那勢命如為たまはば、汝の国の人草、一日に千頭絞り殺さむ」

とまをしたまひき。

ここに伊邪那岐命のりたまはく「愛しき我が那爾妹命、汝然為たまはば、吾はや一日に千五百の産屋立ててむ」とのりたまひき。是を以て一日に必ず千人死に、一日に必

ず千五百人なも生まるる。

『他の追ってがすべて追い払われたので、最後に伊邪那美命が自ら追いかけてきた。そこで、伊邪那岐命は千引き岩（千人かかって引くことの出来る大岩）で黄泉津比良坂を塞ぎ、両神は岩を挟んで向かい合った。

伊邪那岐命が離縁を伊邪那美命に申し渡す時、伊邪那美命はこのように言った。

「貴方がそのようなことをするならば、私は貴方の国の人々を一日に千人殺すことにします」

伊邪那岐命はこれに答えて言った。

「貴方がそうするならば、私は一日に千五百人の人が生まれるようにするでしょう」

そういう事で、これから後、一日に必ず千人が死に、千五百人が生まれることとなった』

「古事記の中で重要な死の表現がもう一つある。天照大神の岩戸隠りだ」

そう独り言を言って、加美は素早く思考を張り巡らせた。

岩戸隠り……それは、月が太陽を覆う時、すなわち日食の時なのだ。千曳岩の月型と日型が重なった状態とは、すなわち日食を意味し、最も偉大な者の死の象徴だ。

開かれた千曳岩……。

地獄の蓋……。

日食の型。

そして天目一箇神に献上された死体。

鐘堂には十種の神宝の図がある。

どうやら全ては古（いにしえ）の祭祀（さいし）儀礼に通じているらしい。

この時、荘厳な調べが館中に響きわたった。大時計が午後六時の廻盤琴（オルゴール）を奏で始めたのである。

ド・ファ・レ　ファ・ソ・ド
ド・ファ・レ　ファ・ソ・ド

ミラレ【和音】　ミラレ【和音】
ミラレ【和音】
ミラレ【和音】　ミラレ【和音】
ミラレ【和音】

ソラシ【和音】ソラシ【和音】
ソラシ【和音】
ソラシ【和音】ソラシ【和音】
ソラシ【和音】

かぁかぁ　けぇけぇ
かぁかぁ　けぇけぇ

空を行く鴉達がまるで伴奏をつけるように啼き叫んだ。加美の表情は忽ち停止した。そして廻盤琴の音が止むと同時に何とも不可解な顔をした。

放蕩に倦んだ貴人が、退屈紛れの奇想を凝らしただけなのか……？

十和助は一階の回廊を左に折れると、南廊下の前で立ち止まった。

「加美様、案内の途中でございますが、夕餉の時間になってございます。わたくしは皆様の食事のお世話をしなければなりません。加美様の分のお食事はこの廊下の最初の部屋に用意がされておりますから、ひとまず食されて下さい。お着きになったばかりでございますから、お疲れでもございましょう。その他の部屋を御案内するのと、御家族の皆様にお話を聞かれるのは、明日にでも……」

第三章　神の怒りを盛った七つの音

1　旋律暗号

南廊下に沿ってある建物は、主に客室用として使われている様子である。加美が十和助から示されたその扉を開けると、火炎のように揺らめく赤と金の花模様の衝立(ついたて)があった。衝立の脇を抜けて部屋に入る。中は見事に燃えるような赤色で統一されていた。

壁にある金の浮き彫りは騎士と高杯の姿である。恐らく、円卓の騎士と基督(キリスト)の聖杯であろう。

二段式の湾曲した枝を持つ装飾灯が、もう少しで頭をぶつけそうなぐらい低い位置にぶら下がっている。

東壁の修道士の窓の下には金の取っ手を持った化粧細工の装飾簞笥(コモード)がある。流伊(ルイ)十六世様式の物である。装飾簞笥の上四隅からは金の羊の顔が飛び出ている。その首は典雅な流線に変貌(へんぼう)して角に沿って長く下に伸び、そのまま脚の部分が羊の足になっていた。装飾簞笥の上には人間の肩と首を持つ円盤型の時計が置かれていた。

北の位置には、三つの屋根と四つの尖塔を持つ教会の姿を模した御馳駆調の西洋食器箪笥がある。その化粧板の上には、十字架にかけられた基督や復活の様子が物語絵巻のようにして綴られていた。

　薙枝様式の食卓には慈恵と聖宝がすでについていた。食卓は東西を縦にして置かれている為、加美が座ると真ん前に西洋箪笥が来る位置となった。

　三人の召使いがいて、食事の世話をした。慈恵と聖宝の二人に出されたのは精進料理であり、加美に出されたのは仏蘭西料理であった。

「何か発見はありましたか？」

　召使い達の動きを気にしながらも、食事の途中でもはや待ちきれないという様子で聖宝が切り出した。好奇心旺盛な少年は、この時を心待ちしていたのである。

　召使い達はただもくもくと自分達の仕事に従事している。訪問客の話などに神経を向けていない様子だが、加美は念のために声を低くして隣の少年の耳に囁いた。

「あるような無いような……まだ判然とした物ではないね。この館の構造の表すところは君も気づいているのだろう？」

「この上の一の宮からの帰りに気がついたんです」

　聖宝も囁き声で答えた。

「成る程、俯瞰図を見て閃いたわけか。職業柄、お馴染みの物だからね」

「それが今回の事件と何か関係があるんですか？」

「さて、それはいちがいには答えられないな。全く関係が無いのかも知れない。それにしてもこんな館を築き上げるには、相当の情念が必要であろうし、生半可な事ではないな。まぁ、投入された資産も凄いだろうしね。それにしても、ここの住人は皆、日光不足の青白い顔をしていて気味が悪い。誰もが腹に一物持っていて、隠し事がありそうだしね」

「相続のことで色んな思惑が渦巻いてるみたいですね」

「そうだな。この事件に関しては、財産を巡る争いという線が濃厚だね。ところで、一の宮にもとあった弥勒堂を建立したのは、真言宗の僧だったらしいが」

加美はちらりと慈恵を見た。

「そうだったとは聞いているが、拙僧どもには何の関係もないことですからな」

しらっと言った慈恵に、加美は残念な顔をして、葡萄酒を空けた。

「それにしてもこの館の中にある奇妙な調度品や彫刻には興奮させられる。グロテスクな代物が多くて、いかにも悪霊を呼び込みそうだな……」

「僕も館にある不思議な具象達のことが気になってしょうがないんです。本当にこの館は面白い建物です、ティコ・ブラーエの星の宮殿を彷彿とさせます。あるいは四十九区画から成る半円劇場に宇宙そのものを凝縮したジュリオ・カミルスの世界劇場でしょうか。一見、気紛れと放恣から出来ているように見えても、この館は iconologia によって創造された物だと思うんです。言葉によって殆ど説明不可能な難解極まる概念を、これを造った天主安道は現世的な視覚世界に持ってきたんです。まさにこの建造物は iconologia の結晶ですよ。

　そう言えば、中世欧羅巴の耶蘇教によく見受けられた聖なる記号、寓意像が大気や天体の円花窓や黄道十二宮の円環の内側にある図像も、東洋の曼陀羅の潮流を汲むものだと言われてますね。この館はこれ自体が一つの巨大な呪物なのかも知れない。強力な魔力を持った器物がこれだけ揃えば、この熊野に彷徨う怨霊でも精霊でもより集めることが出来そうですよ」

　聖宝は長い睫毛を瞬かせて身を乗り出した。

「どうだい、その嬉しそうな顔。君はどうやら僕と同じような質性の持ち主らしい。知的な遊戯に身を焦がす質のね……」

　加美は軽く笑うと、窓の色硝子を指差した。

「iconologiaか……、その色硝子にも謎が隠されているようだ」

　慈恵と聖宝は悲壮な修道士の姿を振り返った。

「聖宝君、あの色硝子には幾つの色彩が使われているかな？」

「赤、橙、黄、緑、青、藍、紫の全部で七色ですね」

「そうさ、その七色は太陽の光の解析色に相当する。この七色を最初に発見したのがニュートン博士だということは知っているよね。では、ニュートンがこの七色が偶然では無く、どの光でも同じ構成であることを確かめる為に音階と比較してみたことは知っているかな？」

「初めて聞きましたね」

「そうだろう。そこまではなかなか知られていないんだ。中世欧羅巴では、音階の規則性が科学の重要な尺度になっていた。そこでニュートンはプリズムに分解されて板の上に映った七色に赤から紫までの八本の境界線を引き、さらに赤から紫の幅を二倍したところと赤の始まりの線上に釘を打って、一本のギターの弦を張った。そして、それぞれの色の境界線で弦を押さえて鳴らしてみると、見事にドレミファソラシの音が奏でられたんだ。つまりこのことで光の規則性が発見されたという事になる。大事なのは音律と光の解析が結びついているということだ。そして、僕は今日、先代宗主・安道の部屋で一枚の楽譜に巡り会った。恐らく安道の造った即興曲と思われるもので、それを書いている途中で心臓発作を起こして死亡したという代物だ」

そういうと加美は、魔術的な音階を口ずさんだ。召使いの一人が不思議そうな顔をして振り向いた。

「旋律暗号ですか？」

聖宝が瞳を輝かせた。

「そうとも、僕もそう思った。西洋の音楽家達が旋律に暗号を秘めて作曲を行ったことは有名な話さ。それで、この色硝子が光解析色で出来ていることと、意味ありげな楽譜とが結びつくと思ったんだ」

「違うんですか？」

「違いはしない。それで解読出来た。だが、まるで意味不明だ……。この館の扉にあった神秘の文、『略奪せよ封印されしオルヘを』から考えても、旋律暗号に間違い無いと思ったのに。ここの全てがそうだ。正体を掴（つか）みかけたと思った途端に、亡霊のように手からすり抜けてしまう。さながらこの館に奇跡のように結晶したオカルティズムが、異次元を顕現させたかのごとくだ」

「封印されたオルヘとはどういう意味でしょう？」

聖宝が真面目くさった顔で訊（たず）ねると、加美はナイフを手放して背凭（せもたれ）椅子に体を預け、小さな欠伸（あくび）をした。

「オルヘというのは、希臘（ギリシャ）神話に登場する虎貴亜（トラキア）の詩人であり音楽家のオルフェウスのことだ。彼は死んだ妻を冥界（めいかい）から連れ戻そうとして訪ねていくが、現界までの道のりで妻を振り返ってみてはいけないという約束を破った為に、永遠に彼女を失うことになったんだ。伊弉諾尊（いざなぎのみこと）と伊弉冉尊（いざなみのみこと）の比良坂神話を彷彿（ほうふつ）とさせるだろう？　そして此処（ここ）は平坂。『地獄の蓋（ふた）』もあるし、君に教えてもらった死者を蘇（よみがえ）らせる『十種の神宝』もある。

僕はこの館を造った安道は、オルフェ神話に『平坂』を重ねたのだと思うんだ。そして、オルフェと言えば、音楽の名手だったことも忘れてはいけない。太陽神・アポロンから授かった竪琴（たてごと）を弾きながら彼が歌うと、鳥や獣、山河までもが魅せられたということだ。この館にある楽器は、風琴（オルガン）、霊気琴（テルミン）、提琴（バイオリン）、廻盤琴（オルゴール）と全部、琴。すなわちオルフェウスの楽器であるわけだ。だから『略奪せよ封印されしオルヘを』というのは、錬金術の詩人・先代宗主・安道から天主家の秘宝を狙う誰かに向けられた不敵な挑戦状であるように思える。そして、秘密は楽譜の中に存在するのではないかとね」

「加美さんは希臘（ギリシャ）語も堪能（たんのう）なんですか？」

「残念ながらそうもいかない。独逸（ドイツ）語と英語を少し嗜（たしな）む程度だ」

そこまで答えて、加美は、はたと言葉をと切った。

「どうしました？」

「この修道士の十字架、僕の記憶では六階にあったものと違う。これは十字架の上の部分にUの文字があるが、六階の物にはSの文字があった」

「十字架に刻まれる文字……。もしかすると四大精霊を示す文字かな。Uは……水の精（ウエンディネ）。Sは火の精（サラマンダー）の頭文字でしょうか」

「うん、きっとそうだ。君、異教に随分と詳しいじゃないか。坊主よりもむしろ探偵に向いているぞ。僕のところに弟子入りしたらどうだ」

「考えておきます。ところで加美さんはどちらで探偵事務所をやっているんですか？」

「僕？　本所（ほんじょ）だよ」

「そうですか」

にっこりと笑った聖宝に、慈恵はつくづく困った顔をした。

ここで召使い達が食器の片づけと共に去っていったので、聖宝は解放されたかのように声を大きくした。

「ところでさっき、事件は相続争いの可能性が高いと言いましたね」

「そうだよ。君もこの家族の複雑な事情は分かるだろう。もっかのところ、一番、動機として怪しいのは、茂道や安蔵が居なくなって得をする太刀男、あるいは太刀男を宗主にさせたがっている鏡子、または駒男だ。まぁ、鏡子一家の共同犯罪ということもありうる」

「しかし太刀男さんは、家を継ぐ気持ちは無いと言ってましたよ」

「周到に計画した犯罪であれば、ずっとそうやって芝居をしていたということもあり得る。しかし直吉の弁によれば、安蔵が殺されたらしい現場付近を深夜にうろついていた箱男と、駒男の娘の伊厨も怪しい。あの鏡子一家というのは相当の悪だ。僕の調べたところによると、鏡子という女は池田という軍人の情婦をしていて、茂道に紹介されたんだ。それも自分の間夫の池田からね」

「どういうことです」

「つまりは、天主家の財産目当てで送り込まれた女だということだよ。池田という軍人は、関東軍司令部の下っ端軍人だが、同じ関東軍司令部の策謀家で東という男とつるんで、いろいろとやっているらしいんだ」

「いろいろと?」

「そうさ、いろいろとやるのに、資金が必要なのだろう。その池田が、十日前に十津川の宿に泊まっていたという情報を僕は収集した。十日前といえば茂道が失踪した日だ」

「随分と調べているんですね」

「当たり前じゃないか。探偵たるもの、現場につく前に、ありとあらゆる情報を取っておくのが規則というものだ」

聖宝は急に顔を曇らせて囁いた。

「ところで血取りの妖怪のことは聞きましたか？」

「ああ、下田で聞いたが、馬鹿らしいね」

「そんな事は無いですよ。それにまつわる天主家の因縁と人々の恨みを考えれば、この一族にいつかこういう財産がらみの犯罪が起こるのは当然の話なんです」

「因縁と恨み……」

「そう。僕達は上の一の宮で天主家の歴史のことを丹念に調べたんです。加美さんも気づいたかも知れませんが、神岡山の土壌は辰砂……すなわち水銀を含んだ赤土です。それに、鐘に刻まれた『十種の神宝』の図が意味するところは、すなわち猿氏の存在ですよ」

「猿氏？」

「そうです。古代totemismにおいて猿を象徴とする氏族です。この一族は、その祖を天宇津女とするように神事や芸能にも深く関わっていますが、その一方で鉱脈師一族としての顔を持ち、掘り出した金銀を資金に、闇金融の歴史と深く関わっているんです」

「ふむ。闇金融か」

「一の宮には『熊野初穂米』の誓約書がごまんとありました。『熊野初穂米』というのは中世から江戸時代にかけて痕跡の残る『闇金融』のことです。もともと熊野修験は、陰陽師、博士等とともに金山、銀山の開発に深く関わってきたんです。保元元年閏九月十八日に定められた公家新制の第四条にはこうある。『僧供料ト号シテ出挙ノ利ヲ加増シ、或ヒハ会頭料ト称シテ、公私物ヲ掠メトル』。新制はそのような悪僧の存在を訴え、禁止しているんですが、中に熊野山、金峯山の先達が挙げられています。又、治承二年七月十八日に出た新制の第十条にも、『京中ヲ横行シ、訴訟ヲ決行シ、或ヒハ諸国ニ発向シテ田地ヲ侵シ奪フ神人、悪僧ヲ搦メ進メヨ』とあり、中でも延暦・興福寺の悪僧と日吉社神人とともに熊野先達が挙げられています。

古来、熊野の山伏は金融に関わり、寄沙汰を請け取って執行する集団として活動していたんです。彼らの所行は、今の銀行屋に武力の行使権をつけたような強力なもので、借りるにあたっての誓約書を書かせ、返済を滞れば暴力を行使して取り立てることが出来ました。例えば正治二年、熊野別当院の山伏達が、取り立ての為に金剛峯寺領同国大田荘に乱入した記録などが残っています。その金融の資本となったのが、『熊野初穂米』、『熊野加上物』、『熊野御初穂物』であって、中枢を握っていたのが猿一族です。

そういう意味で、熊野は信仰だけで理解出来るような霊場ではないんです。熊野の山伏は畿内の山道と、紀ノ川、熊野川を押さえることによって、四国から畿内、伊勢に至る範囲に広大な物流経路を確保していて、それによって木材、薬草、『熊野初穂米』といった物資・金融を日本全国で流用し、膨大な利益を生み出す一大経済圏とも言うべきものを作り上げた裏の顔を持っていたんです。

天主家は、熊野別当院や銀行との太い繋がりがあります。そこから考えても、熊野金融に関わる有力な金主であったに違いないんです。数百年に及んで蓄積された金融資本であれば、今のこの繁栄も理解出来ます。この神岡山の辰砂を見ても、下には金鉱脈が唸っていたに違いありません。いや、今でも唸っているのかも……そうすると、『御宝』とは天主家を支えてきた金の在処……あたりでしょうか？」

聖宝は瞳を輝かせて夢中で喋り通した。

「それは凄い。君はなんだってそんなに物知りなんだ。それにしても金脈とは価値がありそうだな」

「でしょう？　ところで蹈鞴神は女人を嫌うから、初期の鍛冶村には殆ど女がいなかったはずです。そうすると麓に出来た貧しい村から、人足だけでなく女を買うこともあったわけです。一度買った者は村に帰して金山や銀山の所在を喋られても困るから、帰すことも無かったでしょう。それでも貧しい農村は自活していく事が出来ず、山の仕事と天主の財力に頼らざるを得なかった。

やがて天主家は下村と下田村の有力者と縁組みで遠筋を作り、両村を支配下に置いた。村に下りた遠筋と呼ばれる天主一族の末端の人々は百姓に仕事を回旋する一方、必要に応じて本家からの金を貸し付け、返済出来なければ田畑を取り上げるなり、人手で返済させるなりしたようです。巧妙なやり方ですよ。まさしく百姓を食い物にして利益を貪る『血取り』です。なる程、『人買い』や『人攫い』の噂が生まれ、『血取り』や『脂取り』などの妖怪に変化して、恐れられるわけです。そうすると『血取り』とは、天主家が祀っている『一箇目神』そのものの別称というわけです。

　この辺りは『一箇目神』に祟られた土地といわれているらしいのですが、それはこの天主家に巣くっているんです。天主篤道の祟りは知っているでしょう？

　確かに、この一族には一箇目神の黒い呪われた血が流れているんです。西洋の吸血鬼伝説そのまま天主篤道のおぞましい性癖は、『血取り』の血脈が凝縮されて表れたんです。暴君・天主篤道の記憶と祟り、それが四十年前に起こった血腥い謎の殺人劇を呼び起こし、今回のこの事件にも繋がっている。村人と天主一族の『血と先祖の記憶』に焼き付いた『血取り』は、こうして事あるごとに新しい生を得て蘇り、天主家の人々を襲うんですよ」

　渋い顔をしている慈恵を後目に、聖宝は確信的にそう言って、人頭を枝からぶら下げた銀の燭台を加美の目の前に置いた。

2　新たなる惨劇

　その頃、鏡子の部屋では不安な顔を突きつけた三人が集い合っていた。

「ああ、どうしよう。あの探偵がつまらないことを言ったものだから、見回り番が館の中をうろうろしている。こんな事じゃ、あれを何時までたっても運べやしない」

　鏡子はちらり、と部屋の隅にある夫の死体が入った櫃を見た。

「何だか臭っているような気がする……」

箱男が青白い顔で訴えた。鏡子はぞっとして、子宮病的（ヒステリック）な声を上げた。

「馬鹿なことをおいいでないよ。そうならないように、私はこの寒いのにストーブもつけずにいるんだ。それに香水も部屋の中にまいてるよ」

「でも、臭っているような気がする……」

鼻を摘（つま）んで、尚も神経質そうに箱男が言った。

この時、カタンと廊下で物音がしたので、鏡子は慌てて扉に駆け寄り、勢いよく開けた。

誰もいなかった。只（ただ）の物音だ。

「は、華子ちゃんかな？」

箱男がますます怯（おび）えだした。

「違ったよ。ただの風さ。全く、あの華子の盗み聞き趣味にはうんざりだ」

猫背でずんぐりとした華子が人の戸口で陰気に聞き耳を立てている姿を想像して、鏡子は吐き捨てるように言った。

箱男は殆ど泣き声を漏らした。

「きっと華子ちゃんだよ。にっ……臭いで知られたんじゃないかな」

「そんな事無いよ。弓子、あれが腐ってるかどうか見てごらん」

弓子はぎくりとして、鏡子が指さした方向を見た。

黒い不吉な塊が其処（そこ）にあった。それがまるで命を持った生き物のように段々と膨れ上がり、目の前に差し迫って見えたので、弓子の心臓は早鐘のように打った。

「厭だわ。あんな気味の悪い物を二度も見たくないわ。お母さんが見てよ」

唇を尖らせて喚いた弓子の頬を、かっとした鏡子は思わず平手で打った。

弓子がわっ、と泣き崩れた。

まったく、我が儘な娘だ……と、鏡子はため息をついた。

「それこそ厭だよ。私は毎日、あれと一緒に寝てるんだ。それもお前達を可愛いと思う親心からこうなったわけじゃないか。なのに、そんな物を見たら、とても部屋に置いておけなくなるじゃないか」

鏡子は最近では死体と一緒に眠っていると思うと薄気味悪くて眠れないので、睡眠薬を飲んで寝ることにしていた。

鏡子がそっぽを向いて暫くすると、弓子はしゃくり上げるのをやめ、

「じゃあ止めましょうよ。蓋を開けたら誤魔化せなくなる臭いが部屋につくかも知れないし……」

と縋るように言った。

「そうだね」

それで三人はすっかり黙り込んでしまった。

櫃が不気味な存在感を持ってその場の空気を制し始めていた。

まるで暴君だった夫が生きているようだ。鏡子はそれに耐えきれず、ついと立つとマン

トルピースの前にあった衝立をベッドの脇から移動して、櫃の前に置いた。取りあえずこれで不吉な物は視界から消える。そうしておいて、彼女は無理矢理、景気よく言った。

「それにしても、安蔵や鴇子までいなくなってくれて万々歳じゃないか」

箱男は疑惑の眼差しで母の顔を見た。

「あれはお母さんじゃないの？」

「私じゃないよ。そりゃあ、私も何れはそうしてやろうと考えはしたけれど、その前にこうなったんだ。私は色々と考えてみたんだけど、これはきっとあの人の仕業さ」

「お父さんね」

弓子が目を輝かせた。鏡子は、寄せ木細工の魚籠禽亜朝式飾り棚の中から双頭の鷲模様の夢見人風グラスと洋酒を取り出し、なみなみと注いで一口飲んだ。

「そうだよ。お前達の本当の父親だよ。だってこんな都合のいい話、そうとしか思えないじゃないか。十日前には下田にいるってこっそり連絡を受け取ったんだ。手下をよこすってね」

「まぁ、じゃあ私達の天下ね。此処の財産の全てが私達のものになるのね」

両手を打ってはしゃいだ弓子に、鏡子はにっこりと笑って頷いた。

「そっ、そんなに上手くいくんだろうか……。ねぇお母さん、僕らはここから逃げたほうがいいんじゃないかな」

箱男は震える声でそう言った。

鏡子は、一番高価な金剛石(ダイヤ)の首飾りを宝石箱の中から取り出して着けた。

「馬鹿言うんじゃないよ。私が何のためにこんなに長い年月を我慢してきたと思ってるんだい。あの汚(けが)らわしい男の劣悪な趣味に耐えてたのはこの時の為なのさ。奴は寝室の中で女をいたぶるのが大好きだった。矮小(わいしょう)な罪さ。お前達も知っているだろう、私の鞭(むち)の痕(あと)のことを。私は数えるのも億劫(おっくう)なぐらい、纏足(てんそく)をした支那(しな)の女と一緒に折檻機械(パニッシュマシーン)に座ったんだ。あいつは強ぶってても、鴇子にはそういう事が出来なかった。本当は弱い卑怯(ひきょう)な奴だったのさ。だから代わりに私が奴の欲望を満たしてやったんだ。ああ……軋(ギシ)、軋(ギシ)と、今思い出しても厭な音だよ。もしも、私が強くなかったら、お前達だって折檻機械に押しつぶされていたところだよ。お前達は私のこの忍耐と復讐(ふくしゅう)心から生まれた子供なんだ。結局、奴より私のほうが強かったからね。けど、弱い女は死んでしまったものさ。そして、死んだ女は竹林に埋められたのさ。

奴はこの天主家に生まれてなければ、ただの悪党だった。世の中にはごまんとそういう奴がいるものさ。こうやって死んでしまったのも、奴の罪に対する神の裁きさ。実際、あれは事故だったんだからね。心配なんてするもんじゃないさ。きっとお前達の父親の手下がこの館のどこかに隠れていて、私達を手助けしてくれているんだ。うっかり放っておいた霊気琴(テルミン)まで持って行ってくれるなんて気が利いてるじゃないか。あのお陰で、あいつは何処かに行方を晦(くら)ましたと思われているのだもの。絵を切り取って、ここの人間を錯乱させたのも上出来だよ。さあ、だから今に死体も何とかしてくれるよ。手下も人目があるから用心しているんだよ。用心深いあの人の命令ならあることさ。心配せずに今日はもう眠ろう。私達は事が治まるまで発見されないように、用心しておけばいいのさ」
鏡子はそう言うと、やおら立って鏡台から香水を取り出し、匂いの強い麝香を部屋中に振りまいた。

*

私は竹藪の中を歩いていました。
私の後ろには数人の人達がついてきています。
どこに行くのかよく分かりませんが、とにかく歩いているのです。
随分と長い時間を歩きました。
ふと気がつくと、すっかり日は落ち、木の下闇が本当の暗闇に変わっています。
そうして辺りの木立が、ざわざわと不穏な夜の音を立て始めました。
それで私は、あの噂を思い出したのです。
『血取りの爺』
なんだか、厭な予感に足をせかされながら、ただひたすらに歩き続けていますと、
後ろをついてきていた足音が、

段々に……。

一人……二人……三人……四人……と減っていくのに気づきました……。

悲鳴のような物も聞こえます。

骨がばりばりと砕けるような音もします。

胸が早鐘のように鳴り始め、私は振り返らぬようにと自分に言い聞かせたのです。

何故なら、山で血取りに後をついてこられた時は、絶対に振り返ってはいけないと教えられていたからです。

血取りは、振り返った者を襲うのだそうです。

ずっとずっとそうやって歩いていくうちに、ついには私の後ろには足音が一つしか聞こえなくなっていたのです。

後ろの人は血取りに追いかけられているのでしょうか？

だんだんと足早になってきます。

それとも、後ろにいる者こそが血取りなのでしょうか？

私は矢も楯もたまらなくなって、走り出しました。

後ろからも走ってきます。

息を切らしながら辿り着いたのは絶壁。もう逃げ場がありません。

そう、あの階段しか。

その階段は、錆びきった巨大な螺旋階段で、まるで天に昇っていくような高みに続いているのです。しかも支柱がありません。風でぐらぐらと揺れています。

「……　……　……　……」

後ろで何か叫んでいます。ああ、でも間違いありません。あの恐ろしい声は血取りに違いありません。何故なら、耳を塞ぎたいほど、恐ろしい事を言っているのです。

私は覚悟を決めて、その螺旋階段を駆け上がりました。

どおん、

鈍い音が響きました。私の歩む一歩ごとに、螺旋階段は振動し、体を激しく揺すります。

そして後ろから追いかけてくる足音の度にも、ブランコのように揺れるのです。

地上が遠くなっていきます。恐ろしく高くて眩暈がします。

ああっ、でも、でも、私は上って逃げなければならないのです。

＊

がちゃり、がちゃり

深夜、鵜子の遺体が安置された部屋では、不気味な金音が響いていた。

それは甲冑の軋む音、鎧武者の足音であった。

鉄兜が闇の中に鈍く光り、鎧武者の荒い息の音が聞こえている。

鎧武者はベッドの周りを暫く歩き回った後、ベッドの上から肩に大荷物を背負い上げ、扉の方へと向かった。

ああ、一体誰が、この洋館の中に時代錯誤な鎧武者が幽鬼のごとく徘徊する光景を想像し得たであろうか？

館の中にひっそりと忍び込んで餌の鼠を狙っていた梟さえ、部屋からぬっと現れた鎧武者を見て、驚いて飛び立ったのである。

常夜灯に照らされた梟の影が、天井一杯に翼を羽ばたかせた怪鳥に変貌し、螺旋階段の下から、

「ぎゃあ」

というこの世のものとは思えぬ悲鳴が上がった。

客室の柔らかなベッドで眠りについた加美であったが、天主家を徘徊する幽鬼は、そうやすやすと彼を平和な眠りの中においてはくれなかった。

深夜、加美の部屋の扉が勢い良く叩かれた。

飛び込んで来たのは洋灯を手にした十和助であった。

「大変でございます。鴇子様が！」

「鴇子さんがどうしたんですか？」

「鎧武者に鴇子様の死体が攫(さら)われてしまったのでございます」

十和助の話はこうであった。

今夜は、十和助と下男が一人、夜の見回り番をしていた。十和助が南廊下を見回って本館の方に戻ってくると、恐ろしい悲鳴が聞こえた。

駆けつけると、騎士像の下で下男が形相も凄(すさ)まじく、蒼白(そうはく)な顔をして腰を抜かしている。どうしたのかと聞くと、六階の螺旋階段の上で、絹のシーツにくるんだ鴇子の死体を肩に担いだ鎧武者が仁王立ちしていて、太刀を抜いて下男に襲いかかってきた。それで螺旋階段を転がるようにして駆け逃げ、下についた途端に腰が抜けてしまったのだと言った。

蒼(あお)ざめた天主家の一同が集まった広間で、若い男ががたがたと震えていた。

「何があったんだ？」

加美の質問に答えて、男は凍えた声で答えた。

「鎧武者や。支那(しな)の太刀を持った鎧武者を見たんや」

「何処で？」

「六階です。六階に上っていこうとしたら、螺旋階段の下り口にぬっと立ってたんや。肩にシーツでくるんだ鴇子様を担いでいて、私を見た途端に太刀を振り上げて襲ってこようとしたから、洋灯を放り投げて慌てて逃げましたんや」

「この男がこう言うので、六階に見にいきましたところ、やはり鴇子様の遺体が無くなっていたのでございます」

「よし、見にいきましょう」

加美がそう言って、螺旋階段に足をかけた途端、異様な大音が館（やかた）中に響きわたったのであった。

「なんだこれは、悪魔の音楽か！」

そう叫んだ加美自身の声も、自分の耳に届かなかった。

「ああっ、これは、三階にございます、空気で動く自動鉄管風琴（パイプオルガン）の音です」

十和助が天井を仰ぎ見ながら大声で答えた。

そう、それは紛れもない先代宗主・安道が愛した鉄管風琴の音色なのであった。

三階の広間にある鉄管風琴が、牛革の鞴（ふいご）によって動く青銅管から、殷々（いんいん）たる雷鳴の音を吐き出していたのである。

鉄管風琴の音はずっしりと館内の空気を震わせて響き渡った。それは荘厳で厳（いか）めしく、罪人を打つ神の裁きの音のごときであったので、人々は体の重心がぐらぐらと怪しくなるのを感じ、耳を押さえ、身を縮めた。

音は暫くして止んだ。

一同は時が停止したような静寂の中にいた。

耳が馬鹿になっていて、何も聞こえなかったのである。

動揺と沈黙の後、十和助が口を開いた。

「誰が自動風琴を動かしたのでしょう……？」

「ともかく、誰かが上にいて、自動風琴を動かしたということですよ。さあ、行きましょう」

加美は上着から短銃を取り出し、それを構えて頭を軽く振りながら言った。後ろに十和助と下男と太刀男がついてきた。

三半規管が痺れている為に足下がまだふらついている。螺旋階段が恐ろしく危ういもののように感じられる。

勢いをつけて走っていると、遠心力で外に吹き飛ばされそうな具合に感じられるのであった。

六階の階段を上がった正面には、鼻は洋梨、頬は林檎、眉はエンドウ豆という具合に、身体も顔も全て果実や野菜のパズルで出来上がった珍奇でグロテスクな人物像があった。

十六世紀の寓意画家アルチンボルドの絵画だ。

六階に辿り着いた一行は鴇子の部屋の扉を開け、加美はベッドの帳をステッキで持ち上げた。

ベッドには何もなかった。

昼過ぎにこの部屋を訪れた時に鴇子の遺体の下に敷かれていた白い絹のシーツも存在しない。

「確かに盗まれている。なんという事だ。遺体まで盗まれるなんて、手がかりがどんどん消えていく。この部屋に鍵はかけていなかったのですか？」

加美が短銃をしまいつつウンザリした声で叫んだので、十和助は慌てて首を振った。

「いいえ、とんでもございません。わたくしがちゃんとかけました。もしやと思って、さっきこの部屋を見にきた時にも、鍵を開けて入りました」

それを聞くと、加美はイライラとした顔で扉の方へと向かった。

「頑丈な扉だ。鍵もしっかりしたものだ。外連を使って閉めるには無理がありそうだが……。そうすると犯人が出入りしたのは何処からだ？」

次に加美は窓に向かった。

「あっ、それらの窓は開きません」

「開かない？」

「ええ、この尖塔は階が高くて危のうございますから、開かないようにしてあるのです。お小さいお子様方もいらっしゃいますので。それで、其処の排気口で換気が出来るようになっております」

十和助が指さした所には、縦長の暖炉のようなものがあった。炉の部分には薬用サルビアの花を象った華奢な金属格子が塡っている。

加美が格子を引っ張ってみると、枠は簡単に外れた。

「それは暖炉に見えるように設計されておりますが、実際は主に石油ストーブを使っております」

十和助は部屋の中央にあるストーブを指さした。

「入ってみてもいいですか？」

訊ねると、太刀男は相変わらず青白く無表情な顔で頷いた。

穴は天井まで真っ直ぐに続いていた。加美はステッキを伸ばして、天井と四方の壁を丹念に叩いて音を確認した。重厚な音がする。

何処にも仕掛けらしき物は無かった。又、加美の目前と肩の高さの二つに五十センチ角の外部へと向かう丸い通路があった。これは狭く、加美が入るには無理があったが、上の通路を覗き込んでみると、ほんの二十センチ向こうで換気扇が回っていて、外が見えているのだった。下の通路でも換気扇が回っていた。加美は館の構造を思いだしながら呟いた。

この換気扇を外しても、出入りはとうてい無理だな。飛び降り自殺するようなものだ。

「上のほうが外の空気を吸い込み、下は吐き出すようになってございます」

十和助が中を覗き込みながら説明した。

加美は納得して穴から出てくると、また丁寧に格子をはめ直した。

「一瞬、この穴が何処かに通じていて犯人が出入りしたのではないかという妄想に取り付かれたのですが、これは無理ですね。この部屋の合い鍵は無いのですか？」

「皆様の部屋の鍵はそれぞれ個人と、わたくしが持っている物だけでございます」

「すると貴方（あなた）が怪しい」

加美の指摘に、忠義な老執事はみるみると蒼くなって、激しく首を振った。加美がせせら笑った。

「と、早計には結論が出せませんね。とにかくその鍵は、僕が預かります。もしも、今後このような事件が再び起こった時に、疑われたくはないでしょう？」

十和助は大慌てで鍵を加美に差し出した。加美はにっこりと笑って受け取った。

「君、鎧（よろい）武者が立っていたというのは何処だ？」

下男は、

「あそこです、あそこです」

と言いながら三人を誘導し、六階の階段口に立った。

「ここです。ここにこうして立っておりました」

「つまり、鎧武者は君の方を向いて立っていたということだね」

「はい、シーツにぐるぐる巻きにした鴇子様を肩に担いで、太刀を振り上げたのです」

召使いの男は右手で肩に何かを担いでいるふりをして、左手を大きく振り上げた。

「鎧をつけ、婦人とはいえ人を軽々と肩に担いで、太刀を振り上げたところを見ると、相当の強力の持ち主だ。十和助さんでは無いですね。さしずめ、この太刀男さんの様に……」

一瞥された太刀男は口の端を少し動かしそうになったが、やはり黙ったままだった。

「ところで鎧武者の顔は見なかったのか？」

「面をしていたので見えませんでした。けど、兜の角が変わっていました。鹿の角のような形をしたものでした」

「おお……それは」

十和助がわなわなと体を震わせた。

「心当たりがありますか？」

「きっと天主篤道公の鎧だ」

太刀男が低い声で加美の耳元に囁いた。

階段を上がってくる足音が響いた。現れたのは息を切らした箱男だった。

「にっ、兄さん。弓子の様子が変なんです」

「変とはどういうことだ」

顔色が変わり、太刀男は初めて声を荒らげた。

「この騒ぎなのに、広間にいないからおかしいと思って部屋へ行ったんです。そうしたら、いくら呼んでも扉を叩いても、出てこないんです」

それを聞くやいなや、太刀男は箱男を押しのけて階段を駆け下りていった。加美と十和助はその後を追った。

五階の造りは概ね六階と同じようであったが、六階にある奇妙な柱は存在せず、壁は赤大理石張りであった。それで六階のような幽玄という雰囲気は消え失せていた。

「弓子！　弓子！　どうした開けなさい！」

先の安蔵のことがあるだけに気色ばんだ太刀男の腕力の為、五階の弓子の部屋の扉はぎしぎしと軋んだが、中から人が起きてくる気配は無かった。

騒ぎにかけつけた母の鏡子は、目の前で起こっている事が信じられないという表情で、箱男と手を握り合っていた。

「開けてみましょう」

加美が十和助から受け取ったばかりの鍵を鍵穴に差し込んだ。鍵の開く音はしたが、相変わらずドアは開かなかった。

「きっと内鍵がかかっているのです」

十和助が言った。

「内鍵はどの辺に？」

「この鍵のすぐ上にございます」

加美は突然、胸元の短銃を取り出した。

「何をするの？」

鏡子が頬に手をあて、甲高く叫んだ。

「どいて下さい。もし早ければ、助かるということだってある」

扉の前に立っていた太刀男と十和助が後ずさった。

加美は一発、二発、三発と扉に向かって発射した。

構造故に音は三方向に反射し、またそれが下の階へと順々に伝わって、複雑な木霊となったため、まるで戦争でも始まったかのような物々しい銃声が館内に響きわたったのであった。

下の広間の方から、不安げなどよめきが聞こえてきた。

硝煙の上がっている扉を太刀男が一気に開くと、鹿の毛皮が頭を持ち上げていた。室の中が異様に熱い。

一同は、逆台形の巨大な金細工の花瓶にいけられた薔薇の脇を通り抜け、白檀と紫檀の寄せ木造りのベッド脇に駆け寄った。なんとも艶めいた淫靡な匂いがしている。

十和助が弓子のベッドの卓上灯を手早くつけた。

うわぁ！

きゃ——！

箱男と鏡子は互いに悲鳴を上げて抱き合った。太刀男は呆然として、少し足下を蹌踉めかせた。十和助は絶望に顔を覆い隠し、加美は眉を顰めた。

絹の白い寝間着姿でベッドの中にいる弓子の目に、深々と矢が突き刺さっていたのである。

一滴の血すら流れず、また傷などが見あたらないその死体は、却って作為的な不気味さに満ちていた。

加美は少し身を屈めて冷徹な目で弓子の死体を確認していたが、凶器の矢を一層近寄って確かめると、

「ああっ」

と愕然とした声を上げて頭を抱えた。

「これは絵だ……」

絵だって！

そうなのである、弓子の目に突き刺さっていたのは、紛れもなく広間の絵画から切り取られたぺらぺらの矢の絵なのであった。驚嘆の声が一同の口々から漏れると、矢は、自らの正体を証明してみせるかのように、軽くひらひらと揺れたのだった。

「どっ、どういう事なんだ……」

太刀男が掠れた声で質問した。

加美は思わず閉じられた弓子の瞼を指で開いた。

ひっ

と鏡子の短い悲鳴が上がった。

太刀男は自分の目にまで痛みを覚えた気がして、一瞬、左の目を閉じた。

矢の絵は、弓子の瞳（ひとみ）の部分に鋭く深く刺さっていた。加美は弓子のフリルの胸元に幾筋もの桃色の破線が残されていることに気づいた。

断末魔に苦しんで、弓子が長い爪で胸元を掻（か）きむしった痕跡（こんせき）である。

「物音かなにかで目覚めた途端に、この紙の矢を射込まれたんでしょう。だが、いくら深く刺さっていても、これだけではなかなか死にいたるものではない。見なさい、苦しんで一時、藻掻（もが）いた後がある。しかも一時だけだ。恐らくこの矢の先に、入ったが最後すぐに死に至るような猛毒がしかけられていたのです。……それにしても、こんな薄くて軟らかい絵画の矢が、こんな具合に射込まれるなんて、どんな仕掛けを施したのか……？」

考証に耽（ふけ）り始めた加美の脇を擦りぬけて、鏡子が弓子の死体に取りすがり、泣きわめいた。

ああ、なんてことなの。

こんな馬鹿な。

こんな馬鹿なことがあるはずがないのよ。

「何が馬鹿なことなんです、どうしてあるはずがないんです？」

太刀男が鏡子の後ろで抑揚の無い声で質問した。

鏡子は、振り返ってきっと太刀男の顔を睨むと、その隣で震えている箱男の手を握って立ち上がった。

「なんでもないわよ。母親が子供の死を悲しんで、何が悪いというの、本当に貴方って子は、冷血で厭な子」

鏡子はそう言うと、箱男の手を引き、憤った様子で部屋を出ていった。

「どうしたんです、鏡子さん、急に逆上しましたね。娘さんの遺体を見捨てて出ていってしまうなんて。太刀男さん、貴方とお母さんは仲が悪いんですか？」

意地悪い口調で訊ねた加美に、太刀男は、べつに、と低く答えた。そうして哀れな軀となり果てた妹の顔を辛苦の刻まれた瞳で眺めた。

加美は肩を竦めると、扉の方に戻り、自分が銃弾を撃ち込んだ鍵の状態を調べた。そして、念のためにと言って、鴇子の部屋にあったのと同じ造りの換気口の中に入り、又出てきた。そうして、今度は窓際に立って、色硝子を押してみたりしていたが、最後に部屋の中央にあるストーブを見て、ふっと、憂鬱なため息をついた。

「どの個室も同じ造りなのですね」

「さようでございます」

「ストーブを消したほうがいい。遺体が早く傷みますよ」

加美はそう言ってストーブを指さすと、少し曇った眼鏡を外してハンカチで拭いた。

「それにしてもこれは参った。部屋は内鍵も外鍵も閉まっていた。この部屋の鍵は外連で外から閉められるような造りではないし、窓からも換気口からも出入り出来る状態ではない。完全密室だ。しかも凶器はこのぺらぺらした矢の絵ときている。尋常じゃありませんね。なにもかもが魔術的だ」

「ああ、わたくしはわけが分からなくなってまいりました。加美様は祟りや妖怪など想像の産物だと仰いましたが、あの大岩が動いてから理解不能な事ばかりが起こります。篤道公の亡霊が、鴉子様の遺体を盗んでいったかと思えば、こんな……こんな事があるだなんて」

十和助はそう言うと、へたへたと床に尻をついた。

加美は不機嫌な顔をして、十和助から顔を背けた。そうして、修道士の胸に抱かれた十字架のアルファベットを読んだ。

「J……ジュルフ……風の精か……。ところで弓子さんの殺害に使われた猛毒が問題です。犯人は何処で毒を手にしたのか、そして何の毒が使われたのか」

「毒でございますか？　下の階にあります薬品室には、確か毒物の類も保管してございますが……」

「其処に行ってみましょう」

加美は弓子の遺体をじっと見守っている太刀男を残して部屋を出た。

３　毒の華

十和助は四階の西側にある薬品室に加美を案内した。ここにも窓が無い。直射日光で薬品の品質を劣化させない為であろう。

部屋は葡萄蔓が絡まった浮き彫りの面取作りで、部屋幅の限りに棚が立ち並んでいた。

「右側には薬草関係が並んでおります。傷薬のアオキですとか、胃腸薬のカワミドリ、熱冷ましのオオジシバリ、止血剤のクロモジなど三百五十種類の薬草がございます。化学薬品類は左側に、特に、劇薬のようなものは左端の棚四列に並んでございます」

「こんな膨大な薬品類が何故置かれているのですか？」

加美は戸棚に陳列された薄気味悪く光る薬瓶の数々や、精巧な髑髏標本、そして内臓や小動物のホルマリン漬けを見ながら訊ねた。

「はぁ、このような田舎にはろくろく医者もおりません。それで昔から天主家は医者のような役目も果たしていたのでございます。ちょっとした薬ですとか、害虫用の薬剤ですとか、そういう物は今でも天主家が村人に支給いたしております。そういう歴史もございますし、先々代の実道様が薬理博士であったことなどもありまして、このように沢山の薬品が保管されているのでございます。それに、成正様、成継様などは狩猟に薬などを使われますし……」

「なる程ね、まだ田舎では寺や神社が医者や薬局のような真似をしているとは聞きますが、この地域では天主家がそうなのですね。それにしても狩猟に薬を？」

「はい、といいますのは、お二人は狩猟が趣味というよりは、剝製作りのほうが趣味でございまして、弾痕があるのを厭がられます。それでもっぱら、餌に毒物を混ぜて、それで狩りをなさるのです」

「それにしても物騒だ。これだけの毒物があれば、何百人でも殺せますよ」

「ちゃんとお役所から劇薬許可は得てございます」

「あれ？　ここは空棚になっている」

「空棚？　そんな事はございません。ちゃんと順序よく並べているはずでございますよ」

「という事は、つまり誰かが持ち去ったということですよね」

棚に書かれている薬品名は tetrodotoxin であった。

「テトロドトキシン……」

「なんでございますか、それは？」

「フグ毒の成分です。強烈な神経毒の一種で、微量でも呼吸筋や感覚の麻痺を起こして死亡します。恐らく弓子さんはこれで殺られたんだ。あのように矢尻が脳の近くに毒物をもたらしたのだから、神経毒の効き目は相当に速かったでしょう。テトロドトキシンはまず呼吸困難をおこすので、苦しくなって藻掻いた。それがあの胸元の傷ですよ。しかし、すでにその時には全身の麻痺が始まっている為、叫んだり暴れたりすることは出来なかった。麻痺の為、手足も顔の表情も動かせない状態で小一時間から数時間放置され、見回りの足音を聞きながらも、声も出せずにやがて息が上がり、死んでいったに違いない」

「なんて恐ろしい……」

「恐ろしいのはこれからですよ。瓶が盗まれているということは犯人はまだまだ毒を使う気だということです。他はどうです？　他にもまだ何か無くなっているものが無いか調べてみましょう」

加美と十和助は手分けして棚の薬瓶と表記を照らし合わせていった。

「どうです？」

「硫酸が無くなってございました」

十和助が蒼くなって答えた。

「僕の方は麻酔薬が無くなっていました。猛毒テトロドトキシンと硫酸、そして揮発性の麻酔薬。この犯人は三つの薬でまだまだ犯罪を演出しそうですね」

「はい、ですが二つとも成正様と成継様がお使いになられているという可能性もございます」

「三つとも？」

「今思い出したのですが、一週間程前に、御兄弟がこの部屋で薬品を物色されておりました。テトロドトキシンはよくお使いになるのかならないのか存じませんが、麻酔薬と硫酸は何度か無くなったということで、お二人から注文をするように承ったことがございます」

「麻酔薬を使って剝製を作っていたとなると、時には動物を眠らせておいて、生きながら剝製にすることもあるということだ」

加美は兄弟の猟奇趣味的光景を想像して、眉(まゆ)を顰(ひそ)めた。

「成正様と成継様の剝製は、継(つ)ぎ接(は)ぎ芸術でございますから、余った部分はよく硫酸で溶かしてお捨てになっておりました。それと、剝製の皮膚を一部分焼いて、引きつりなどを作られる時にも利用されます」

「引きつり……ああ、あの茂道さんの部屋にあった剝製もそうやって作ったんですね」

「はい」

十和助の声は震えていた。

顔を見合わせた二人は、扉の付近で小さな物音がしたのに気づいた。

「誰だ？」

（また華子か……？）

「聖宝です」

何処にいるのか姿が良く見えない。ちらちらと黒い影が棚の向こうを横切ったような気がしたが、裏に回ってみても聖宝の姿は無かった。

「聖宝様？　どうしたのですか」

「いえ、実は母のほうに連絡もしていないので心配になってきたんです。電話などはどうやってかければいいんでしょうか？」

声だけが聞こえた。風邪気味なのか、少し声が変だ。

「電話機でございましたら、三階の一番西の間にございますよ。お仕事上の不便がないように、この館（やかた）からは交換局に直接に交信が出来るようになってございます。鍵（かぎ）はありませんが、使い方がお分かりになりますかどうか……」

「大丈夫です。何度かかけたことがありますから」

そう言うと足音が廊下の方で遠ざかって行った。

加美と十和助は再び話を再開した。

「そうなると、薬品の使い方を良く知っている成正、成継兄弟も怪しいが、不在証明（アリバイ）が難しい」

「不在証明ですか？」

「茂道さんがいなくなった時と、安蔵さんが殺害されたらしき時、そして鴇子さんの遺体の隠匿および弓子さんの殺害に関しては、不在証明が無い点において、この館の誰もが同じ立場にあります。しかし、鴇子さんが四階の張り出し間から落下した時だけは話が別です。貴方と箱男さんは三階にいてそれを目撃していた。また成行、成継兄弟は東廊下から駆けつけたわけですから、夫人に手を下すことは無理でしょう。駒男さんと太刀男さんは四階にいて、互いに扉を開けて出てくるところを見ているから、これも一応、不在証明があるということになります。

ともかく、これ以上、遺体を攫われて証拠を失わない為に、弓子さんの遺体には順番で一日中見張りをつけて下さい」

十和助と加美がそうした会話を繰り広げている時、騒動から去った成正と成継は兄弟に与えられた東廊下の二番目の部屋で、奇々怪々な剝製達に囲まれて、卓上灯もつけぬまま暢気に発泡酒を傾け、こんな会話を繰り広げていた。

「人が死んだぐらいで、どうしてこんなに大騒ぎをしているんやろう？　鏡子おばさんなんて、鴇子おばさんの事をあんな風に言ってたのに、酷く気を取り乱していたやろう？」

白耳曼の寓話が背凭れに浮き彫りされた羅馬風の揺り椅子を忙しく揺らしながら、一向に解せないという表情で成正が呟いた。

「あれを見て、助蔵大叔父はひそかにほくそ笑んでたに違いないワ。どうせ御宗主も安蔵さんも殺されてしまったんやったら、いっそ鏡子おばさんの一家も死んでくれたらいいと思ってるんや。だが、僕らの父ときたらどうや。真っ青な顔をしてたやろう。母さんの話やと、近頃は経文を抱えて寝ているらしいで。死に神の手にかかるのが次は自分やないかと、余程に不安らしい」

「それが大騒ぎをする程、恐ろしいことなんか？」

「きっとそうなんやろ。だって僕達が殺す動物達にしたって、死の瞬間には微弱なりとも抗（あらが）いを見せるやないか」

同じ型の揺り椅子に腰掛け、次の作品の下描きをしていた成継は残忍な笑いを口元に浮かべた。

「彼らは自分が死んでから、生きている時よりも素晴らしい物になることを知らへんからや」

「人間だって同じじゃないのかな？　死んでしまったら無惨な灰になってしまうだけやろう？」

「けど御宗主の場合は違う」

「ああ、何でも違うらしいな。あの噂は本当やと思うか？」

「年寄り共はひた隠しにしているけど、本当や。一の宮の上にある立ち入り禁止の洞窟（どうくつ）があるやろう？　僕はあそこに行ってみたことがあるんや。そうしたら、本当のことやったで」

「見たんか？」

成継の声が変わった。

「ああ、見たとも。あんな所にあったんや。けど目を覆うばかりの酷い代物や。僕はあれを見て、どうせこんな風にするなら、もっと芸術的に……つまり僕らのようにすればええのにと思ったワ」

すると成継は瞳をきらきらと輝かせ、成正の方に上半身を寄せた。

「僕もそんな風なことをよく考えてるんや。もしそう出来たら素晴らしいなぁ」

「うん、出来たらな、さぞかしええやろう。けど、今の法律では若干無理があるんやないかな？」

「殺人はまずいよ。けどすでに死体となったものやったら、多少触ったところで、見つかったとして数年すれば出てこられる程度の罪やないのかな？」

成継の言葉に成正は興奮気味になった。

「確かにそうやな。けど人間の死体をどうやって調達するんや？」

「まだまだ死体は出そうやけど、他のものの死体は駄目や。無くなったら大騒ぎしよるもの。盗むにしたら危険性が高いワ。けど、僕らどちらかのなら、大丈夫やないのかな。剥製作りに熱中している時には、一週間やそこら剝製室に籠もっていても誰も怪しまへんし、あの部屋には近づかんやろう？」

「なる程、どちらかが食事を取りに行けばばれへんわな。双子だからどっちが取りにいってるか分かりはせん」

「うん、そうなんや。僕は常々死んだら美しい剥製にしてもらえたらどんなにええやろうと思ってた。けど、一方では人間の剥製を作ることも一度してみたいという欲求があるんや」

「それは僕もや。けど、この場合一人でどっちも同時にというのも無理やな。阿弥陀籤（あみだくじ）でもするか？」

「どうせなら露西亜式（ロシアン）ルーレットがええよ。手間が省ける。それに羽根布団を銃口と体の間に当てて発射すれば音がせんらしいんや」

成継はそう言うと、揺り椅子の脇机の上に置かれていた短銃を手にもって、こめかみに当てるふりをした。

成正は余りの興奮に大声で笑い出したくなるのを必死に押し殺した。そして、この弟は何て提案をするのだろうと、高揚して赤く染まった成継の顔を、驚嘆と愛情の瞳で見た。

今、成継が出した提案こそは、日頃から彼が漠然と心に描いていた虚無を満たしめる唯一の提案に違いなかった。

小動物でいくら玩具（おもちゃ）を作っても飽き足りない。

求めているのは、もっと何か自分達の崇拝対象にすらなるような特別な物なのだ。

そう、ある種の人間の中には、いくら理性や道徳の力を借りて吹っ切ろうとしても、決して逃れられない熾烈（しれつ）な欲求が存在するのだ。あのサド侯爵のように。

多くの場合、それは余りに個人独自のものなので、完全な共鳴者を得ることは難しい。

だが、同じ顔と同じ魂を持った自分達二人だからこそ、共有する虚無と狂おしい妄想が同じだった。そして二人が永遠の苦悶と輪廻から解脱する方法を、弟は釈迦のように解き明かしたのである。

この時、快楽物質が堰を切ったように成正の脳内に溢れ出した。

快楽物質の効果は彼自身気づかぬまま意識の膜下にあっためくるめく倒錯の破片を、みるみるうちに金剛石と成し、不埒で恐ろしい計画に対するあらゆる否定的な要素を粉砕してしまったのである。

たとえ鎖に繋がれようと、自分と同じ顔を持った獣人神のような物が創造出来るなら、どんなに素晴らしいだろう。

「この八連発銃に、銃弾を一つだけ入れておいて、朝起きた時と夜寝る前に、適当にバンとやるんや」

「その時、どっちが死んでも恨みっこなしやな」

「そういう事。どちらかが死んだら事は迅速に処理されなアカン。まずは、見つかった時を考えて念の為にこうしておいたらどうや……」

成継は成正の耳に口をあて、彼の用意していた計画を囁いた。

彼らの密かな計画を扉の外で盗み聞きしていた華子は、ひっそりとほくそ笑んだ。

4　鏡子の憂鬱

ド・ファ・レ　ファ・ソ・ド
ド・ファ・レ　ファ・ソ・ド
ミラレ【和音】ミラレ【和音】
ミラレ【和音】
ミラレ【和音】ミラレ【和音】
ミラレ【和音】
ソラシ【和音】ソラシ【和音】
ソラシ【和音】
ソラシ【和音】ソラシ【和音】
ソラシ【和音】

天主家の館（やかた）に午前六時半の廻盤琴（オルゴール）が響いた。昨夜殆（ほとん）ど寝ていないも同然でありながら、一族はそれぞれ何時ものように身支度をすませて朝食の間に集った。

館内で恐ろしい殺人事件が発生しているにもかかわらず、恐慌も起こさずこうして正確な日常を過ごしているのは、何も彼らが冷静であるからではない。

ただずっと習慣的にそのようにしてきたので、そうしているだけであった。

普段から色硝子の為に夜昼なく薄暗い館内部であるが、今朝は一層に陰々とした空気を漂わせていた。

それは弓子の死体が見張り番を二人伴って、大広間の一角に安置されているせいでもあった。

何故、広間の目立つところに死体を安置しているかと言うと、加美探偵が「もうこれ以上、証拠を消されてはたまらない。見張り番をつけるだけでは安心出来ない。始終、人目のある目立つ場所にあったほうが、犯人が近寄れないだろう」と主張したからである。

さて、食卓に会した天主一族であるが、鏡子と沙々羅の姿だけが無かった。

「お母さんは？」

「気分がすぐれないから、今朝は朝食はいらないと言ってるんです」

太刀男の問いに、殆ど消え入りそうな声で箱男が答えた。一連の事態による心的疲労の為に、箱男の目と口元には絶えず顔面麻痺症的な痙攣が走っている。

太刀男は厭な顔をした。

「沙々羅は？」

太刀男が次に訊ねると、正代が不安気に答えた。

「昨夜から高い熱が出て、眠っております」

「解熱剤は飲ませたんですか？」

「ええ、勿論。けど、慈恵様に御祈禱もしていただいた方がええと思います。あの子はこのところずっと夜も魘されていることが多かったんや。昨夜などは、私の寝所に入って来て、『血取りが来た』と泣き騒いで、それから額が火のように熱くなったんですワ。身内の形見は災いから守ってくれるといいますから、御義姉様からあの子に授かった雛を枕元においてやっていますけど……」

愛羅と結羅が心配そうに顔を見合わせた。

「怪しい。毎年、毎年、篤道公の鎮魂祭はかかさずしているのに、何故こんな不吉なことばかりあるんや？」

駒男が神経症的に頬を掻きむしった。頬に引っ掻き傷が出来ている。上娘の伊厨が「アカンやない、お父様」と言って、父の手を止めた。それをちらりと見た妹の華子は痘痕の顔を顰めた。伊厨はそんな妹にまで余裕のある微笑みを送った。

自分の女らしさを常に強調し、折に触れていかにも心優しい仕草をしてみせる姉のことが、華子は好きでなかった。いや、姉は本当に心優しい女かも知れなかったが、それはどうしても並より小綺麗な程度の自分の容姿を、他の美しい従姉妹達より際だたせる企みに思えてしかたないのだった。

自分は他人への疑念が異常なまでに強い。そうして、そんな風なのが、自分が醜い痘痕顔で有る為の妬みからかも知れないという事にまで思い至ると、姉への嫌悪感に惨めさまでもが加わって、華子は言いようのない憂鬱と憎悪を感じるのである。

姉に対する感情は特別であるにしても、誰に対しても素直に言うまま見たままを信じられない。芯から美しい物や健全な物が、この世に存在することが腑に落ちないのである。

「心根の良くないものがいるからやないかな」

助蔵が駒男を横目で睨みながら、ねっちりと言った。

駒男がむっとした時、成行が口を開いた。

「……このままやとおちおち眠ってもいられん。こんな風に殺人がはっきりした今となったら、御宗主も安蔵さんも殺されたに違いないと思える。警察に届けないままにしているのは不味くは無いやろか……」

天主家の一同は一瞬にして青ざめ、沈黙した。

特に箱男は喉が詰まりそうになるほど動揺していた。音を立てて足が震える。自分の動揺を気取られてはならないと思いつつも、震えを止めることが出来なかった。

警察が来る。そうすれば家中を捜査されてあの櫃の中を見られてしまう。

あれを……。

だが、天主家の一同の中には警察に届けるという事に抵抗を覚えるものが少なくなかった。

確かにそれが安全かも知れないが、この大量殺人劇の犯人が身内の中に存在しているのではないかという疑惑がある。その可能性は高い。

何故なら余所者が狭い村に入り込んでいたとすれば、直ぐにも分かっているだろうし、平坂の住人で天主家の人間の命を狙うような大胆な者など居るはずが無い。

もし事を公にして、身内の犯行であったというような事態が発覚すれば、栄誉ある天主家の名と御先祖の顔に泥を塗ることになる。

この家に囚われ、また守られ、並ならぬ誇りを持って代々生きてきた一族にとって、それはあってはならない事だった。

只でさえ、天主家には忌まわしい噂が囁かれているのに、そんな事になれば先祖代々の田畑や土地も売り払ってどこかに移り、泥棒猫のようにびくびくとして暮らしていくしかない。それに東京の財界に数多送り込んでいる親族達にも波紋が及ぶであろう。

「何を言う、事がハッキリするまで待つべきや」

真っ先に口を開いたのは助蔵だった。

「ハッキリとはどういう事なんです」

訊ね返したのは成継であった。

「犯人が分かるまでや」

箱男はほっと胸を撫で下ろした。

「天主家の中で起こった事は、天主家の中で始末する。決して公言しないこと」

太刀男が天主家の家訓、第四箇条を口にした。

「そうや。四十年前のあの事件の時も、役人に賄賂を渡して事を内々に済ましたんやからな。今度もそれがええ」

駒男がすかさず同じた。

「まず、昼間は必ず複数でかたまっていること。それに夜の警備を強化しましょう」

太刀男が答えた。

「犯人は扉や窓に鍵をかけていても弓子の部屋に忍び込んだんやぞ」

「では、成行おじさんの部屋の前に見張りをいつも置いておきましょう。それでも厭だと言うなら、掟に従って蟄居してもらうしかないんではありませんか？」

成行はぎくりとして黙った。蟄居とは、縁切りという事である。館の人間にとってはそれが最も恐ろしい言葉であった。

彼らは生まれてこの方、働いたことはおろか、まともに世間と接触を持ったことも無いのである。

彼らは天主一族という機構の中でしか生きていけない生物なのであった。

長い寡黙な朝食の時間が終わった後、太刀男は鏡子の様子を窺いに部屋に出向いた。

五階の構造は階段の正面に太刀男の部屋があり、時計回りに箱男の部屋、鏡子の部屋、弓子の部屋、二つの空屋となっていた。

鏡子はいつも自分の部屋について文句を言っていた。鴇子が上階に住んでいるのに、自分が子供達とともに下階に住まわされるのが気に入らなかったのである。

現に鴇子が死んだ途端に、上階の部屋を自分に譲るべきだとゴネて太刀男を困らせたのであった。

太刀男は自己顕示欲が強く、虚栄心の塊である母の気質を思って、うんざりとした。

「お母さん、太刀男です。入りますよ」

趣味の悪い女王陛下が住んでいるかのような装飾過多な鏡子の部屋に太刀男が入っていくと、鏡子は首回りに孔雀(くじゃく)の羽根飾りのある天鵞絨(ビロード)の長いネグリジェを着たまま、化粧台の前で気が触れたように白粉(おしろい)をはたいていた。

苛立(いらだ)った時や不安な時、鏡子は必ずこうして化粧に没頭するのが癖であった。

その姿は如何(いか)にも成り上がりの下賤(げせん)な女らしく見え、太刀男が嫌うところであった。

「いくら息子でも、人が入ってきたら上着ぐらい着ればどうですか」

珍しく不快の感情を露(あら)わにして言いながら小さな卓の前にあるかつら椅子に腰を下ろした太刀男に、鏡子は興ざめた吐息をついた。

「お前という子は、母親に文句ばかり言うのね。妹が殺されてしまったというのに、他に言うことは無いの？　可哀想な弓子、まるで見せ物のようにあんな所に寝かせるなんて……。本当にお前は私の血よりも、あの厭な人達の血を濃く受け継いで似てしまったんだ」

鏡子が詰め寄ると、太刀男は冷たい声で答えた。

「似ているのは当然でしょう。僕の体の中の半分には天主の血が流れているのですからね。弓子のことは仕方ありません。鴇子さんの様に死体を奪われてもいいんですか？」

「ああ、本当に、まったく何処の誰だか分かりゃしないけど、何て酷い奴なの。あの唐変木の加美とかいう探偵は何をしているの！　探偵まで雇って、弓子を殺されてしまうなんて」

鏡子は、嘆きながらベッドの脇卓に置いてあった夢見人風グラスを無造作に摑んで、酒を飲み干した。

「お母さん、あの櫃……」

と太刀男が衝立に視線を向けた。

えっ

と鏡子は自分でも不味いと思うほどの大きな声を上げていた。

「何故、衝立で隠してあるのです」

「なっ、何も隠してなんぞいないわ。ただ模様替えをしようと思って、衝立をどけたところだよ」

言い訳をしながら、喉がからからに渇いた。鏡子はグラスに酒をそそぎ込んだ。

「そうですか、ところでお母さんはあの櫃のことをちゃんと聞きましたか？」

「櫃のことって、何のことだい？」

「あの櫃は篤道公の遺品なのだそうですよ。何でも、鎧入れに使っていたものだということです。それだから、ここの人間は祟りを気味悪がって物置に放置していたのです」

鏡子は、ぞっとして混乱した。

もはやどんな事態の中に自分がいるのか分からなかった。池田がやっていると確信していた時は、全てが笑いが出る程に順調に行っていると思えていた。なのに、突然として現実は不条理に変容し、いつの間にか自分は厭な男の死体と呪われた櫃とともに、この暗鬱な館に閉じこめられてしまったのだ。

「それと、探偵のことで私に怒っても知りません。あれは天主家の顧問弁護士が寄こした男なのです」

太刀男は確かめるように鏡子の顔を眺めた。

「ああ、そう、そうだったね」

譫言のように言って、鏡子は太刀男と向かい合って座った。

太刀男は暫く、喉を鳴らして酒を飲んでいる母親の顔を見つめていたが、やがて部屋の隅にある衝立に再び視線を注いで、声をひそめた。

「あの夜、御宗主に何をしたのです？」

「何だって？」

鏡子の瞳が驚愕に色を変え、頬に小さな痙攣が走った。二人の視線は衝立でぶつかり合った。

「池田から電報が来ていたのを知っているんですよ。貴方が落とした電報を庭で拾ったんです」

「なんて子なのお前は、そんな物を盗み見るなんて、厭らしい子だわ。誰がそんな物を見ていたというの！ 誰もそんな物を見やしない。見てなぞいない！」

鏡子は支離滅裂で子供じみた反論をしながら、太刀男の分厚い胸板を平手で何度も叩いた。そして、最後に金切声を上げた。

「池田なんて男のことは知らないわ！ お前は母親に何てことを言うの！」

太刀男は、狂態に呆れ果てた表情で母の手を払いのけた。

「池田を、あの池田達夫を知らないとは、無謀な嘘をつかないで下さいよ。私だって知ってるのですよ、子供の頃、貴方に連れられて東京に観劇に行くと、いつもあの男が来ていたことをね。貴方は今、母親に何てことを言うのかと仰いましたが、母親だからこそ、こうしてこっそり聞いてやっているのです」


それで、貴方は一体、何を隠しているんですか？


太刀男は殺した低い声で言うと、突然笑い出した。

その顔が夫の顔と二重写しになった。

鏡子には確信があった。たとえ全てをうち明けて、母の罪を見逃してくれと言ったところで、この息子はあざ笑うのだろう……と。

　まるでこの子は奴の亡霊じゃない。

　鏡子はこんな息子を産んでしまった自分の運命を心から呪った。財産に目が眩んだとはいえ、こんな思い通りにならない、怪物のような子供を何故、産んでしまったのか。

鏡子は唇をわなわなと震わせて、一気に酒瓶から酒を飲み干すと酒臭い息をまき散らし、扉の方を指差した。

「出て行って、お前の顔なんて今は見たくない」

「出て行けというなら、出て行きましょう。でも一つ質問をさせて下さい」

「何なのよ！」

「弓子が死んで悲しいですか？」

「当たり前じゃない、自分の娘なのよ！」

「弓子のことを娘と思っていたのですか」

「何、それは？　私があの子のことを娘でなければ何だと思っているというのよ！」

「そう、それならよかったです。貴方は世の中の物を全て利用するだけの道具だと思っているのだと心配していたのです。それで私は？　私のことは何だと思ってますか？」

出て行って！

鏡子は地団駄を踏んで再び扉を指差した。

「御宗主のことは、又改めて伺います」

太刀男はたちまち青白い無表情な顔に戻ると部屋を去って行った。

篤道の鎧櫃だって？

ああっ、何てことなんだろう。

誰もそんな事を教えちゃくれなかったじゃないか。

そんな呪いのかかった品物を部屋に置いてしまった上に、死体まで入れてしまったなんて……。

5　明かされた殺意

明け方まで考証に耽って眠れなかった加美は、大時計が十時を知らせる音に目を覚ました。

ベッド天蓋の中央に浮き彫りがある。廊下の入り口にあった像と丸で同じものである。

ベールの隙間からモナ・リザのような謎めいた笑みを浮かべて加美を見ているが、その緩やかに微笑んだ唇が、何故か今朝は悪意に感じられた。

像の四肢のあらゆるところから、曲線的な植物の蔓が伸びていて、小さな花びらの先が鋭く尖ってこちらを向いている。それらが天蓋を覆い尽くし、ベッド四隅の柱に纏いついていた。

朦朧と見ていると、細工は微細さ故に、小刀を編み込んだ蜘蛛の巣のように見えた。加美は、それに搦め捕られていくような恐怖を感じてガバリと跳ね起きた。

その時、扉の向こうから声がかかった。

「加美様、まだ眠っておられるのですか？」

十和助であった。

「いや、今起きました」

「朝食は、どうなさいます？」

「まだ食欲は無いので、珈琲でもいただきます」

「さようでございますか、ではお部屋の方に持って参りますので暫くお待ち下さいませ」

十和助の足音が遠ざかり、暫くすると扉が叩かれた。

加美はその間に服を着替えていた。

客室は寝室と、寝椅子と卓の置かれた居間に分かれていた。加美は十和助が薔薇模様のカップに銀の木菟型ポットの口から丁重に珈琲をそそぎ入れたのを見ると、鼻をひくつかせながら席についた。

「ああ、良い香りだ。これは最高峰ですね。巷のミルクホールにあるような物とは違う。ところで、今日は御家族の方々にいろいろと事情をお聞きしたい」

「事情でございますか、それでは昼食で皆様がお集まりになった後ということでようございましょう。太刀男様に相談してみます」

「皆さんは今何をしているのですか？」

「護摩に出ておられます。もうそろそろ終わられるかとは思いますが……」

「また護摩ですか」

「はい、慈恵様に三日間の護摩修法をしていただくようにお願いしております」

加美は、興味無さそうに、ふうんと相槌を打つと、珈琲を一口飲んで目を細めた。

「聖宝君は？」

「御参加されているようでございますよ。加美様、今日は空も晴れ上がってかなり暖かくなってございます。どうやら春も近いような……。これを機に災いも止んでくれればいいのですが」

「ああ、そう言えばそうだ。ストーブもつけていないのに、息が白く無い」

「はい、大寒波が来た時は、いつもこんな風なのでございます。昨日寒かったと思ったものが、急に暖かになるのです」

十和助は加美に見せるかのように扉を開いた。庭の雪が少し解けかけて地肌が覗いている。

人の踏みしめたところは、泥土のようにぐずって、庭は全体的に薄汚れてしまった感じに見えた。

加美は指を組んで暫くそれを見ていたが、やがて思い出したように十和助に話しかけた。

「十和助さん、僕は一寸(ちょっと)、貴方の話が気になっているのですよ」

「何でございますか？」

「貴方、御宗主の茂道さんの話をする時に、随分と言葉を選んでいたように感じましたが、違いますか？」

十和助は困ったように口ごもった。

「大丈夫ですよ。誰にも言いはしません。探偵という職業は口が固くなくてはやっていけないんです。僕を信用して下さい。とにかく何でも話をしていただかない事には、このような事件は解決のしようがありませんのでね」

十和助は観念したように頷(うなず)いた。

「わたくしのような者が言うのは僭越(せんえつ)なことでございますが、茂道様は御宗主として望ましい御人格のお方ではありませんでした」

「例えば阿片(あへん)で戯れたり、残虐な一面があったり？」

十和助が真っ赤な顔をして頷いた。

「大陸の不良軍人やいかがわしい商人と交流していたり？」

加美がさらに追及すると、十和助は両手で顔を覆い、上擦った声を上げた。

「ああ、ですがそれは茂道様が悪いというわけでは無いのです。天主家の皆様は段々に、今回のことは人の仕業であろうという意見に傾かれておられますが、わたくしは……わたくしは……」

「十和助さんは祟(たた)りだと思うのですね」

「そうでございます」

「何故そうも祟りにこだわるのです？」

「そっ……それは……」

「四十年前の事件の経緯を知っているからですか？」

十和助はぎょっとした顔で加美を見た。

「何故その事を？」

「さぁ、言ってごらんなさい。楽になりますよ」

加美はそう言うと立ち上がり、十和助の肩を抱いて自分の座っていた寝椅子に腰掛けさせた。そうして、珈琲を手渡した。十和助は固唾(かたず)を飲んで、珈琲を一気に開けた。

「わたくしが直接それを見たわけではございません。安道様の口から恐ろしい事実を知らされたのでございます」

「何です？」

震えだした十和助の耳に加美が囁(ささや)いた。

「あれは……あれは安道様のお兄上、光道様の仕業だったのです。御自分を差し置いて安道様が御宗主におなりになることを激しく嫉妬されて……、あの夜、一家もろとも無理心中しようとなされたのです。けど、あのような普段は大人しい方が、よもやあんな狂気の仕業をされるとは……。しかも御自分の奥様やお子様の遺体から目玉をくりぬくなど考えられないことでした……。旦那様は、『光道様は篤道公の怨霊に憑依かれたのだ』と仰っておられました」

「篤道公の怨霊に憑依かれた？」

「はい、何でも子供の頃にお二人は悪戯をされて、旧お屋敷の禁所の土蔵の中に潜り込まれた事があったらしいのです。そうすると、変わった兜が置いてあって、光道様はそれを被られたりして弄ばれたとか……。安道様は何とはなしに厭な感じがしたので手をお触れにならなかったということですが、後で光道様が高熱をお出しになられ、それから光道様はめっきりお体が弱くなられたということなのです。思えば、それが篤道公の兜であったということでございます。安道様は、その時に光道様が篤道公の怨霊に選ばれてしまったのだと仰っておられました。そして、茂道様にもあんな事が起こるとは……」

「何が起こったのです？」

「痣でございます」

「痣？」

「あの事件までの茂道様はそれはすべすべとした傷一つない林檎のような頰っぺをしてお

られました。ところが、時計の中から助け出された翌日に、薄い染みのような物が頬に出来たのでございます。ああっ、まるであの業火がお屋敷を焦がしていったように、その薄い染みがみるみる黒くなって頬全体に惨たらしく広がり、やがてあの忌まわしい蜘蛛の形となって張り付いたのです」

「篤道公と同じ形の痣ですね」

十和助は怯えた表情で頷いた。

「安道様は深く胸を痛められ、それはそれは御熱心に茂道様をお小さい時から導こうとなされました。ですが、駄目だったのです。茂道様は年を重ねるに連れ、残忍で不道徳な気質を顕わされていかれました。それですから、安道様は御宗主をお譲りになる時に長い間、躊躇なされたのです」

十和助は深い息をつくと、朦朧と思い出を手繰る瞳をし、そして次の瞬間、眉を顰めた。

「忘れもいたしません。茂道様がまだ聖宝様と同じぐらいの年の頃です、女中が茂道様のお部屋にお掃除に上がった時、たまたま開いていた机の引き出しの奥から、とんでも無いものが見つかったのです」

「とんでも無い物？」

「目玉でございます。ホルマリン漬けにされた大小の目玉を標本用の瓶に入れて、机の引き出しに隠し持っておられたのです」

さすがの加美もぞっとして、背筋を震わせた。

「安道様には報告しないから、どうしたか理由を話して下さいとわたくしが追及しますと、その辺りにいる犬や鳥やの小動物を見つけて殺しては集めていたのだと答えられました。どうしてそのような恐ろしいことをなさるのですかと問いますと……」

何でか知らないが、血塗れ（ちまみ）の死体の夢を見るんだ。
その夢を見た後は、必ず動物を殺したくなる。

『ハレルヤ　グロリア
ハレルヤ　グロリア
罪深き子らよ、
汝達の仕業にて、獅子と蛇は戦う
その時が来たことを告げよ
主の名前を呼べ
犠牲の十字の先を、その四隅に置きたまえ
ハレルヤ　グロリア
ハレルヤ　グロリア』

加美は思わずその歌を口ずさんでいた。

それを聴いて、十和助はわっと泣き崩れた。

「そうして安道様は……安道様は知っていて毒を受け入れられたのです」

「毒ですって？」

「そうです。茂道様がお父様である安道様に毒を盛られていたのです。間違いございません。御宗主をお譲りになられてから安道様が見せられた御病状……あれは余りに怪しゅうございました」

「どんな状態だったのです？」

「最初は、時たま御夕食の後で吐いたり戻したりする事が多くなられました。お年で体が弱られているせいだろうと思っていたのですが、その内、歯茎から酷い出血を見せられるようになり、髪の毛がこう、束になって抜けていくのです。皮膚のあちこちが爛れて……。そうしてあの日、突然、心臓発作で急死なさったのです」

「……ヒ素の症状だ。ヒ素は細胞を次々と殺していく恐ろしい毒物だ。最後には血圧の急激な変化でショック死する。欧羅巴では毒殺用によく使われたということだ。あの有名なメディチ家の毒もヒ素だったという。

だが、ヒ素は一方では『愚か者の毒薬』とも言って、すぐにバレるものなのです。蛋白質に混ぜるとすぐに反応して変色する。何故、安道さんほどの人がそんな安直な罠にかかったんだ？」

「ですから、知って飲まれていたのです。安道様はお子様である茂道様の所行に深く絶望され、御自分の宿命を受け入れたのです。ある意味で自殺されたのだと思います」

「何故、茂道さんが安道さんに毒を盛らなければならなかったのです？」

「茂道様は安道様になかなか御宗主の座をお譲りいただけなかったことと、お小さい時からの厳しい躾を逆恨みされていたのでございます」

「そんな事で自分の父親を？」

「本当でございます。世の中には生まれながらに悪の気質を宿す人間というものがあるのでございましょうか、そうでなければ、やはり篤道公の怨霊が茂道様の中に巣くっていたのです。茂道様がまだお若かった時、一の宮の篤道公の鎮魂祭の由来を助蔵様からお聞きになって、残された無惨絵を見たいと言いだされ、わたくしが止めるのも聞かず、あの無惨絵を開封されたのです。ああ、その時の茂道様の天啓を受けたかのような瞳の輝き……。わたくしには茂道様が、この天主家を滅ぼす為に生まれた宿命の子であるように感じられます。日々、放蕩に明け暮れられ、天主家代々の掟を破り、あまつさえ御自分の父上を、いえそればかりか……安蔵様のことにしても、今から思えば茂道様の仕業であったのかも知れないのです」

「安蔵さんのこと？」

「ええ、安蔵様が口も利けず、突然口から泡を吹いて痙攣を起こす発作に苦しまれるようになったのは、幼い頃の事故が原因なのです。それまでは、どちらかと言うとお父様の茂道様よりもお爺様の安道様に似て、お顔も愛らしく、頭の良いお子様でした。ところが七歳の時に、天主家の皆様とともに猟に出かけて、誰かの流れ弾が頭に当たってしまったのです。倒れている安蔵様を最初に発見されたのが茂道様でした」

「それを茂道の所行だと疑っているんですか？」

「どうして疑わずにおれましょう。茂道様は普段から、御自分のお子様達を少しも愛してはおられないように接しておられました。中でも安蔵様と太刀男様のことは酷く疎まれておいででした。昔は太刀男様にも時折、酷い折檻（せっかん）をなさる事がありました」

6　微笑む美少年

加美は、南の廊下を本館へと歩きながら、鐘堂と巨石のことについて考えていた。

まず、離れると地獄の蓋（ふた）が開いて『鬼』が出てくるという言い伝えの石がある。そして『振れば死人を生き返らせる』という十種の神宝を印しながら、振っても鳴らない鐘がある。

何か鳴らない細工をしてあるのだろうが、『鐘が鳴るとこの世が終わる』と伝えられているということは、あの鐘も巨石も、何か蘇（よみがえ）って欲しくない『悪霊』とか『悪神』とかを封じ込める為の『呪物』だと考えられる。

それは一箇目神か、あるいは篤道の怨霊か？

庭番の直吉が大きな背中を丸めて『千曳岩(ちびきいわ)』の付近を掃き掃除している姿に加美は目を留め、声をかけた。

直吉はのっそりと歩いてきた。

「お早うございます」

「やぁ、お早う。一寸(ちょっと)聞きたいことがあるんだが、君がその岩が動くのを見たというのは本当かい？」

「本当です。夜中に梟(ふくろう)に餌をやっとったんです」

「どんな風だった？　本当に周りに人影は無かったのか？」

直吉は頭を激しく振って、次のような話をした。

直吉は密かに野生の梟を餌づけしている。いつか翼を怪我して道に蹲(うずくま)っていたものを、こっそりと納屋で手当して、三日程おいて放してやったら、以来、食べ物を無心に来るようになったのだ。

それで直吉は台所の鼠捕(ねずみと)りにかかった鼠を、主に与えていた。梟は深夜に来て、何時も門の柱頭に止まって直吉を呼ぶ。

その日も梟が呼んだので、直吉は洋灯(ランプ)を手にして、鼠の死骸(しがい)を二匹持っていってやった。

餌を与えて、鐘堂の石段に座って梟が餌を啄(ついば)むのを見ていると、突然、横でごろごろと鈍い音が響いた。

驚いて見ると、あの大岩が少しずつ動いているではないか。周囲には誰も居なかった。しかも不思議なことに、隙間が離れていく真ん中の辺りから白い煙のような物が立ち上っているのだ。ランプを翳して尚もよく見ると、その煙の中に巨大な人影が現れた。それは直吉が見上げるほどの大入道で、もぞもぞと体を揺らして動いている。直吉は恐ろしくなって、走って自分の部屋に戻ると、朝まで布団の中で震えていたのであった。

「本当に？」

「本当です。本当です」

直吉は何度も頷いて、再び煙の中に蠢いていた影を見た時の恐怖を語った。

直吉が去った後、加美はまた考え込みながら歩き出した。

直吉の話にしても十和助の話にしても、理論では説明のつかない奇怪な事だ。『祟り』などは想像の産物だという信念が揺らいで不安になってくる。

取りあえず加美は、昨日は見ていなかった三階を調べてみることにした。

南廊下を本館まで辿り着き、一階の回廊を玄関に回って中に入る。横目で弓子の遺体があることを確認して螺旋階段を上がった。

館の三階は、時計回りに大広間、二つの着付室、三つの衣装室、電話室、図書室、となっている。

天井には、いきり立った牡羊、草をはむ牡牛、竪琴と弓を持った双子、蟹、獅子、長い髪の乙女、天秤（てんびん）、尾をくねらせた蠍（さそり）、人頭半馬のケンタウロス、下半身が魚の山羊（やぎ）、美少年の顔が彫られた水瓶、二匹の繋（つな）がれた魚等、十二星座の浮き彫りがあった。

加美はまず大広間に入っていった。

魯貝喩（ロカイユ）様式の広間には三段二十四灯の装飾灯が煌（きら）めき、色とりどりの貝殻がその内壁を埋め尽くしている。その殆（ほとん）どは巻き貝であった。

部屋の中で真っ直ぐなのは馬足を持った象牙（ぞうげ）の長卓だけで、それ以外は至るところが曲線で出来ている。

曲線は広間を支える太い四本の柱にまで及び、蛇のように身をくねらせ、波打っていた。

螺旋と曲線が生み出すうねる津波のようなエナジーが、空気を揺り動かしている。加美は一瞬、船酔いのような症状に陥って目を瞬（しばたた）かせた。

此処（ここ）は天主家の一同が顔を揃えて食事や座談をする場所である。

東の窓は壁一面に大きくとられ、上三分の二が色硝子、下が普通の硝子になっていた。その為、他の部屋より少し明るい。

南面には煉瓦（れんが）作りの暖炉がある。この暖炉は本当に使われているらしく、薪（まき）の燃え残りがあった。

食卓を挟んだ北側には花綱模様が側面を彩った小舞台のような壇がある。其処（そこ）に巨大な鉄管風琴（パイプオルガン）が置かれていた。その演奏台と鉄管には数多（あまた）の天使像が彫り込まれている。

加美は鉄管風琴の開閉器（スイッチ）と思（おぼ）しき物を捻（ひね）ってみた。暫（しばら）く「シャー」という空気音がしていたかと思うと、途端に透明人間が存在するかのように鍵盤が動き出し、昨夜と同じ雷鳴のような大音が響きわたった。

加美は音の強弱を調節するネジを捻って音響を下げた。

それにしても鉄管の吐き出す調べに浸り、揺らぐ空間にいると、まるで異次元に放り込まれたような気分になる。

旋律は、モーツァルトの歌劇『魔笛』であった。

加美は真剣に耳を傾けた。どうやら、旋律暗号のような物は含まれていない。原作通りの旋律である。

「魔笛だ」

少年の声が響いた。

何時の間にか戸口に立っていた聖宝であった。彼はこの時、法衣を脱ぎ、学生服に着替えていた。黒い学生服に希臘神話の美少年ガニュメデスのような美貌が良く映えている。

聖宝は硬い革靴の音をたてながら近づいてくると、鉄管風琴の枠に片肘をついてしなだれかかり、横目で加美を見た。

「そうだ、よく知っているね」

「歌劇場に時々行くんですよ」

「聖宝君、君は不良だな」

口笛を吹いた加美に聖宝はにやりと笑った。

「加美さん知ってますか？　この歌劇を作曲したために、モーツァルトは水銀によって暗殺されたと噂されているんですよ」

「ああ、モーツァルトだけじゃないぞ。『魔笛』の台本に大きな影響を与えたといわれる、イグナーツ・フォン・ボルン――ウィーン最大のフリーメーソンロッジの事務総長だった人物だが、彼もモーツァルトの死と同じ一七九一年に、激しい悪寒と痙攣に襲われて謎の死を遂げている。恐らく毒殺だ。これは呪われた曲だよ。安道は何かの予感に導かれてこの曲を好んだのかも知れない」

「さっき十和助さんが随分と取り乱した様子で加美さんの部屋を出て行きましたけど、どうかしたんですか？」

「見ていたのか。君は随分と目ざとい子供だ。では教えてあげよう。いいか、まだ誰にも言ってはいけない……」

加美は人目が無いのを確認して、小さな声で囁いた。


彼は告白したんだ。

告白？　何の告白ですか？

この家の呪われた過去さ。四十年前の殺人事件は先代の宗主の兄、光道がやったんだとね。

それに、実は先代の宗主も、茂道に毒を盛られて殺されたということだ。

認めたくはないが、本当にこの家族は呪われているらしい。


聖宝は驚くほど冷静にこう言った。

へぇ、仏蘭西(フランス)の薬理学界のルネ・ファーブル教授の『毒物学研究序説』には毒殺者の犯罪動機の分類が出ていましたね。それによると、毒殺の動機は、家庭内のいさかい四十三パーセント、母親の手による幼児毒殺二十四パーセント、復讐(ふくしゅう)九パーセント、金銭上の欲望九パーセントです。何故か家族の愛憎問題では毒殺が殺しの手段として好まれるようですね。中でも遺産相続と愛欲問題に関する犯罪が殆どらしいです。


事件の経過について二人は暫し(しば)の間、意見を交わし、加美は三階の各部屋を見まわると、四階に上がっていった。

聖宝が螺旋階段の上から下の広間を眺めていると、慈恵が渋い顔をして上がってきた。

「また詰まらない話をしていたんじゃないのか？」

「そんな事は無いですよ。あの探偵は僕が子供だと思っているからか、それとも口が軽いのか、色んな事を漏らしてくれるので楽しいですよ」

「それはお前も同じだろう。軽薄な知恵の迸り(ほとばし)に色めき立って、直ぐに饒舌(じょうぜつ)になる。お前の悪い癖だ。本当の智慧(ちえ)というものはな、饒舌な言葉など持たなくていいのだ。まぁいい。せめてここでは坊主らしく、俗世には無関心な顔をしていろ」

「俗世には無関心な顔ね……。そんな事を言いながら、父さんだって暇さえあれば散歩しているじゃないですか」

　慈恵はふん、と鼻を鳴らすと広間を指さした。

「この館を造られた天主安道殿は元来、数々の霊学に通じてはいたが、個人的には純粋な仏教徒だったと聞いた。それがこんな西洋かぶれした館を建てたので誰もが驚いたらしいが、拙僧はそうとも思わん。東だ西だとわけへだてることは空海様の教えにも反する。西洋にある物は必ず東洋にある。それが霊学に関するものであれば尚更だ。何故なら仏の摂理の御前には東も西も無い。宇宙普遍のものだからだ。あの籠目(かごめ)紋もそうだ。そうして、この床の模様も、廊下にある彫像の台座の碁盤模様も同じことだ。安道殿は碁の名手だった。陰陽の石を操る碁が易経から生まれた遊びだということは知っているか？」

「ああ、そう言えばそんな本を読んだことがある」

　聖宝は手を叩(たた)いて答えた。

「局の方正なのは地の則の象。つまり『空間』を意味するのであり、道の必ず真直なのは神明の徳。碁に白黒あるは陰と陽の分かれ、すなわち霊と有象を意味し、碁の丸きは天の則の象、つまり『時』を意味するのであり、宇つまり『無限に広がる空間』の中に、宙つまり『無限の時間』が展開していく様を表す神技なわけだ。碁を並べる碁盤目の数が三百六十一。古代の暦で太陽の天の一周を示す数は三百六十。残りの一は中心の一点。宇宙の唯一神の存在の在処を示している。つまり、碁と碁盤は宇宙の姿そのものであるということに他ならない。碁を広げるは天文なりと中国の古文書には記されている。ついでに言うなら、碁盤に白黒の碁をどう打つかによって、様々な宇宙を表現し、呪を成立させる事が出来るわけだ」

「なる程。つまりこの黒白の模様は局だと言うわけですね」

「そうだが、目の数も違う。拙僧の知る限りのあらゆる局面を思い出してみても、あのような局面は一向、思い浮かばない。何か特別な局かも知れん。悪霊を彷徨わせる為の呪詛か、仏に通じる祈りか、それは分からんがな」

「結局分からないのですね」

残念そうに項垂れた聖宝に、慈恵が目配せした。

「このことは誰にも言ってはならんぞ。特にあの加美という探偵にはな」

「分かってますよ。けど凄い。この館には様々な暗号と暗喩的具象がちりばめられている。さながらあの暗号解読が難解極まりない『ヴォイニッチ写本』のようだ。それにしてもモーツァルトの『魔笛』と囲碁なんて……奇異な組み合わせだな」

ザラストロ

聖宝は『魔笛』に出てくる闇の魔法使いの名前を呟いた。

この時、突然広間の中にどやどやと見知らぬ集団が押し入ってきた。

一人の高齢の男が広間の中央に立って、膝を曲げた。

「私どもは浅草歌劇座です。今日は、天主茂道様のお招きで参上いたしました」

聖宝と慈恵は顔を見合わせた。広間の騒ぎを聞きつけた天主家の一同がそれぞれの部屋から集まり始めた。

「何事だ！」

そう言いながら階段を下りてきたのは太刀男であった。

「これはこれは天主茂道様ですか？」

「天主茂道は今不在だ。私は息子の太刀男だ」

「御不在？　それは困ります。確かに今日という事で、こんな片田舎まで参上したのですから」

階段を駆け下りてきた加美が歩み寄った。

「一体、いつ天主茂道さんが貴方（あなた）がたに歌劇を頼んだのかな？」

「丁度、四日前ですよ。電話でのお話でしたから、まさか悪戯（いたずら）だろうと思っておりましたらまぁ、翌日には気持ちよくお金を私ども宛にバンとご送金下さったのです」

四日前？

ほんなら御宗主は生きておられるんや。

けど、そんならなんで顔をみせはらへんのやろう。

なんや気持ち悪いなぁ。

こんな時に歌劇なんて冗談やない。

電話なら誰が頼んでも分からへん、何かの工作かも知れんぞ。

ざわめき始めた天主家の人々を大声であざ笑ったのは鏡子だった。

「はっ、はっ、はっ、面白いじゃないのよ。茂道が四日前に頼んだって？　そんなはず絶対にありゃあしない。きっと犯人だよ。犯人が私達に歌劇を見せてくれるって言ってるんだ。はっ、面白いじゃない。こんな陰気な家、くさくさしてたんだ。派手に歌劇でも見せておくれ」

派手な赤いロングドレスを着て、いつにも増して指輪や首輪で飾り立てた鏡子は、夢見人風（ボヘミアン）グラスを片手に、したたか酔っぱらった様子で階段に座り込んでいた。

「僕も賛成ですね」

加美はそう言うと、ぎょっとしている太刀男に囁いた。

「もし犯人からなら、何かの伝言かも知れない。無闇に断っては後悔することになるかも知れないでしょう」

そうして歌劇団の男に、にこやかに訊（たず）ねた。

「で、演題は何ですか？」

「はい。若き勇者タミーノが鳥刺しのパパゲーノと数々の試練に立ち向かう物語……すなわち『魔笛』です」

加美はひゅーと口笛を吹いた。

第四章　大淫婦が裁かれる

1　オペラ座の怪人

余程気前のいい謝礼を貰(もら)ったらしく、浅草歌劇座(オペラ)は大業(おおぎょう)な荷物と楽団とともに乗り込んで来た。

八時間にもわたって延々と簡易式の舞台を広間に設(しつら)える作業が終わり、歌劇の用意が始まったのは天主家の人々が加美探偵からの質問を受け、その後夕餉(ゆうげ)を済ませた後だった。

歌劇団の強引な采配(さいはい)によって、天主家の一同は光沢のある絹の仮面を着け、様々な仮装に着替えさせられた。

加美は襟に大きなフリル輪のある水玉模様の服に着替え、白い仮面をつけながら、誰がどんな格好をしているのかを用心深く観察していた。

太刀男は尖(とんが)りが三つついた帽子に緑色の装束を着た道化師になった。幾何学模様の一杯入った仮面を被(かぶ)っている。

駒男は見事に安っぽい狂気桃色(ショッキングピンク)のスパンコールだらけの服で、長い兎の耳のついた半仮面であった。

助蔵は、梟の羽根で出来た眼覆仮面に黒いマント姿。

箱男は象鼻の木霊の仮面に、枯れ木の服。

成行は市松模様の装束に、星の涙を描いた白い仮面。

成正、成継の兄弟は銀色の仮面に首に大きなフリル輪のついた紫色の揃いの衣装。

万聖節のお化け南瓜は聖宝、その隣の魔法使いはおそらく慈恵だ。

矢尻のような尻尾と小さな蝙蝠の羽根を生やした二匹の小悪魔は愛羅と結羅。

他の婦人達は皆、雌鳥の頭部を象った帽子に、羽根のついた尻飾りをつけ、一様に髑髏の仮面をしていた。

螺旋階段の前には衝立の帳。観客は幻想の動物器物と十六人の怪人。

弓子の死体が入った棺も舞台のすぐ脇に安置されたままだったので、広間は異様な空気に満たされた。


広間の装飾灯が全て消され、暗闇の中で開幕を告げる序曲が始まった。

ゆったりと謎めいた和音、一寸耳障りな変ホ長調が、
■―■■―■■
の打法で断続音で続いた。音は恐ろしくこだまして塔の上へと駆け上がっていく。

それが六度の和音に変わって同じ打法を刻む。

続いてフーガが始まった。規則的な内耳に響くスフォルツァンドで明晰な旋律が奏でら

れていく。

フーガにおいては、理想的な建築と建造物の姿が顕わされるというが、なる程、加美の耳の中を駆けめぐる回音による躍動進行は、そのシンコペーションを用いて次第に収斂されていく規則的なアクセントによって、まさしく石を刻む音、釘を打つ音へと変貌して行った。

やがてハ短調のうねりの激しい長い音楽が始まった。

梟の鳴き声が響き、
蝙蝠の羽音が聞こえる荒涼たる岩山
夜の帳と冬の寒さが辺りを包み込んでいる
一体夜はいつになったら明けるやら、
春はいつ来るやら？
タミーノは不安で仕方が無い
ああっ、枯れ木は芽吹く用意をして待ってはいるが、
朝も春もまだ久遠の彼方にあるらしく感じらるその時、
両脇に黒々とした山が聳える円形の神殿が見えてきた
仄かな銀色の光が神殿の上に降り注ぎ、
其処だけがこの寂寥たる大地に与えられた唯一の祝福であるかのごとく

吊りズボンにシルクハット、白塗りの化粧に瞳をやたらと大きく描いた弁士の口上が広間に響いた。

衝立の帳が両側に開かれた。

『蛇がやって来る』

旋律暗号が囁いた。

巨大な絵画があった。それは夜の風景を写したもので、真っ黒な空に蛍光塗料の青白い星、岩肌の上には亡霊の手のような痩せた樹木が生えている。

黒々と大きな山が二つ。山の間には白銀色の輝く城の張りぼてが置かれ、どこからともなくライトが当たっているのだが、その城が天主家の館にそっくりなのであった。

舞台の左手には蜷局を巻く大蛇がいる。大蛇を動かしているのは上半身裸の黒いタイツを穿いた黒人であった。頭のついた枝を持って、汗をかきかき回ったり飛んだりしている。

そして、その前には日本の狩人の姿をしたタミーノが怯えた風情で立っていた。

大蛇が鎌首をもたげる、タミーノが逃げる。

タミーノ・助けてくれ

助けてくれ
さもないとやられてしまう
悪い蛇の犠牲になってしまう
慈悲深い神々よ
もう蛇が近づいてきます
ああ救って下さい
ああ守って下さい

タミーノは張りぼての城の前まで来ると、ばったりと倒れた。

すると、張りぼての城の後ろから、黒い天鵞絨(ビロード)の夜会服に身を包み、布で顔を半分隠した奇怪な少女が三人、回転板に乗って回りながら顕われた。どうやら夜の女王の侍女役の三人だ。

加美はなんとなく茂道の部屋にあった折檻機械(パニッシュマシーン)と、この館にいる少女達を思い出した。


三人の侍女・死ぬがよい怪物めが、わたくしたちの力で

侍女が手にしていた銀槍を投げると、蛇役の黒人は大袈裟(おおげさ)に飛び上がってもんどりを打ち、大蛇が悶絶(もんぜつ)する様を熱演してみせた。

三人の侍女・勝った、勝った、英雄的な行為は終わったのです
　この人は救われたのです
　私達の英雄的な手助けで

再び変ホ長調のファンファーレが鳴り響いた。

第一の侍女・まぁ、なんて見目麗しい若者だこと

第二の侍女・そうね、そうね、全く絵に描きたいほどに

第三の侍女・私の愛を捧げるならば、こんな若者にしたい
　急いで女王様のところへ
　御報告に上がりましょう
　もしかすると、この美しい人が
　女王様に安らぎをもたらしてくれるかも

第一の侍女・それなら行って申し上げてきてちょうだい

その間、私はここに残っているわ

第二の侍女・だめよ、だめよ、貴方が行って
私がここでこの方を見張っているわ

第三の侍女・だめよ、だめよ、そんな事は駄目よ
私がひとりでこの方を守っているわ

三人の侍女・私が行くですって？
まあ、まあ、なんてこと！
みんな一人だけでこの方の側にいようだなんて
だめよ、だめよ、そんなことは駄目よ
なにをあげても惜しくは無いわ
この若者と一緒に暮らせるなら
この方が私だけのものだったら
一番よいのは自分が行くことだわ
美しく愛らしい若者よ
愛する若者よ、さようなら

またお会いするまでね

三人の侍女が消えて、舞台には三つに引き裂かれた蛇と気絶したタミーノが残されていた。タミーノは暫く（しばらく）すると起きあがり、辺りを窺（うかが）った。

タミーノ・ここはどこだろう？
　私がまだ生きているなんて幻か？
　それとも、神様が助けて下さったのか
　おや？　悪い蛇めが私の足下に死んで横たわっている

小笛の音が聞こえてきた。

タミーノ・なにが聞こえるのか
　ここは何処だろう
　まったく見知らぬ土地ではないか
　おや、男の姿が谷間を近づいてくる

2 鳥刺し男

奇妙な姿の男が登場した。頭に鳥の飾り帽を被って羽毛だらけの衣装を身に纏(まと)っている。鳥の一杯入った籠(かご)を背負い、鳥刺し男のパパゲーノである。

パパゲーノは舞台にあったトランポリンで一っ飛びし、一回転して着地した。

思わず感嘆の声とまばらな拍手が客席から漏れた。

加美は身を乗り出して男の頭にある鳥型の飾り帽子に注目した。

(弓矢に鳥型の帽子か……)

気絶から目覚めた若者の前で、鳥刺し男は胸を張って歌い始めた。手風琴(アコーデオン)の軽快な伴奏が始まった。

パパゲーノ・おいらは鳥刺し
　いつも陽気に、ハイザ、ホプササ！
　おいらが鳥刺しとは皆が知ってる
　老いも若きも、国中のこらず
　笛も名人

だから楽しく陽気なのさ
鳥はみなおいらのものだから

おいらは鳥刺し
いつも陽気に、ハイザ、ホプササ！
おいらが鳥刺しとは皆が知ってる
老いも若きも、国中のこらず
娘っこを捕まえる網が欲しいもの
一ダースほど捕まえてみたいもんだ
そうして側に閉じこめておきゃ
娘っこはみんな、おいらのもの

娘っこがみんな、おいらのものなら
お砂糖とたんまり変えたいね
おいらが一番好きな子にゃ
お砂糖をやって
優しくキスしてもらう
その子と夫婦になったなら

その子はおいらの側で眠り
子供のように寝かしつけてやるんだ
タミーノ・おい、君
パパゲーノ・なんだい？
タミーノ・陽気な人よ、君はいったい誰なのか？
パパゲーノ・馬鹿なことを聞くね
お前と同じ人間だよ
じゃ、お前は誰なんだい？
タミーノ・それなら答えようか
私は王家の生まれなんだ
パパゲーノ・そりゃ、おいらの力に及ばないことだ
もっとはっきり説明してくれなきゃ、

おいらにはお前のことが分かりゃしないや

タミーノ・私の父はたくさんの国々や人々を支配している王様なのだ
だから私は王子と呼ばれるのだ

パパゲーノ・たくさんの国々？
王子だって？
一体、どういう意味なんだい

タミーノ・だから君に聞いてるんだよ

パパゲーノ・ゆっくりしてくれよ！
答えるのはこっちにまかせてくれ
まずお前の方が言ってくれよ
この山々のほうにもまだ国があったり人がいたりするのかい？

タミーノ・たくさんの国があり、たくさんの人が住んでるさ

パパゲーノ・なんてことだ、おいら知らなかった
そんならおいらの鳥で相場が張れるぞ
タミーノ・もう言ってくれてもいいだろう?
この辺りはどこかね?
パパゲーノ・どの辺りかって?
谷や山々の間だよ
タミーノ・それは分かっているさ。でもこの辺りは何と言われているんだね?
誰が支配してるんだ?
パパゲーノ・そんなことはおいらがどうしてこの世にやってきたのか知らないぐらいに知らないね
タミーノ・なんだって?
君はどこで生まれたかも、また親が誰かも知らないのか?

パパゲーノ・なんにもさ！
知ってることといやぁ、年とってたが、愉快な爺さんがおいらを養ってくれたってことさ

タミーノ・それは多分お父さんだったんだね？

パパゲーノ・そんなことは知らないね

タミーノ・それならお母さんも知らなかったんだね？

パパゲーノ・知らないね
でもいくどか聞かされたことはあるさ
おいらのおっかさんは昔この、閉ざされたお城で星に輝く夜の女王様にお仕えしていたらしいとね
まだ生きてんのかどうなっちまったのか、知らないさ
ただ雨や寒さをしのぐおいらの藁小屋がこの近くにあることしか知らないの
それで十分じゃないか

タミーノ・ではどうやって生きているんだい？
パパゲーノ・食ったり、飲んだりしているのさ
他の奴らと同じさ
それ以外の何が必要だって言うんだ
タミーノ・どうやって食べ物や飲み物を手にいれるんだね？
パパゲーノ・取りかえっこさ
星に輝く女王様とその侍女たちのためにいろんな鳥をつかまえ、そのかわり
においらは毎日女王様から食べ物をいただくのさ
タミーノ・星に輝く女王だって！
もし、それが夜を統べる偉大な女王だったらどうしよう！
君、君、もうその夜の女王様に会ったのかね？
パパゲーノ・会ったことがあるかって？

星に輝く女王様に会ったことがあるかだって？
お前がまだそんな馬鹿げた質問をするなら
このパパゲーノ様は、お前をうその様においらの鳥籠の中にいれちまう
そして他の鳥といっしょに夜の女王様とその侍女達に売っちまう
すればお前はおいらのために
煮られて焼かれて食べられる

タミーノ・なんとも怪しい男だ

パパゲーノ・会ったことがあるかって？

星に輝く女王様に会ったことがあるかだって？

人間の誰が星に輝く女王様に会ったっていばれるね？

どんな人間の眼が、あの方の漆黒(しっこく)のヴェールを通してみることが出来るんだね？

タミーノ・分かったぞ、父上がしょっちゅう話して下さったのは、この夜の女王のことだ
でもどうしてこんなところに迷い込んでしまったものか
どうしても分からない

この男もきっとまた人間ではない
ひょっとすると女王に仕える妖精か

パパゲーノ・あの男はおいらをじっと見ているぞ
だんだんこの男がおっかなくなってきた
やい、お前はどうしてそう疑い深そうに、狡(ずる)そうにおいらのほうを見つめるんだい？

タミーノ・なぜって、お前が人かどうか怪しんでいるんだ

パパゲーノ・なんだって？

タミーノ・お前の身体を覆っているその羽根から見ると、お前はもしや……

パパゲーノ・まさか鳥などと思ってはすまいね
そしておいらを食ってしまおうと
思ってやすまいね
さがっていろっていうんだ

余り心安くするなよ
おいらは大変な力を持っているんだ
誰でもひっとらえた時にゃあな
このおいらを怖がらないなら
こっちが逃げちまうぞ

タミーノ・大変な力だって？
それなら毒蛇を殺して私を救ってくれた人なのか

パパゲーノ・絞め殺したのさ！

パパゲーノがいい加減な嘘をついているうちに、三人の侍女が再び回転台に乗って登場した。

『まぁ、パパゲーノ嘘つき鸚鵡（おうむ）め、こらしめてやりましょう』

突然、金色の南京錠をはめられ、パパゲーノはまるで雛鳥のように転げ回った。

第一の侍女・なぜ女王様が、大変な罰をお与えになったか、多分お前は知っているでしょう

第二の侍女・そうすればお前が、今後決して人様に嘘をつけないからです

第三の侍女・他の人がした勇ましい行いを、自慢することがないようにとね

第一の侍女・言って！　お前が蛇を退治したのかい？

パパゲーノが首を振った。

第二の侍女・それじゃあ誰なの？

第三の侍女・私たちだったのです
さぁ、美しい若者よ
あなたを救ったことをおそれないで
喜びと恍惚(こうこつ)があなたを待っている
ここにある肖像画は

　偉人な女王様からの贈り物です
　これは、女王様の御息女・パミーナ姫
　この顔立ちに無関心でないならば、幸福も名誉もあなたの思いのままですわ
　そう女王様はおっしゃいました

差し出されたのは豪華な金の額縁に入った鏡だった。タミーノは鏡を見るやいなや激しく身を震わせた。

タミーノ・この肖像画は余りに美しい
　まだ誰も眼にしたことがないほどに
　この神々しい姿は
　私の心を新たな感動で満たす
　これはなんと名付けがたい
　火のように燃える思い
　これが恋の感情なのか
　そうだ、そうだ、これが恋なのだ
　ああ、あのひとに会うことが出来たら
　ああ、あのひとが私の目の前にいるんだったら

私は燃やされて、汚れ無きひととなる
私はなにになるのだろう？
私はあのひとを恍惚として
この胸に押しつけるだろう
そしてその時、あのひとは永遠に私のものとなる

男が鏡を見てうっとりとするという、奇妙な光景の恋のアリアが始まり、終わった。

3　怨霊の足音

突然、張りぼての城が舞台の前方へとせり出すと、不気味な雷鳴の音を思わせる管楽器が鳴り響いたので、広間の怪人達は悪い予感に包まれた。

まるで天主家の崩壊を暗示するかのように城が真ん中から真っ二つに割れ、一面に真珠の輝く黒いヴェールを纏(まと)った老女が現れた。

その老女は豚のようにでっぷりと太って醜怪であったが、侍女達は、老女のことを『星の輝ける夜の女王様』と口々に褒めそやした。

女王・ああ、恐れずともよいわが子よ

お前は穢れなく、健気な子
お前のような若者が一番
この深く悲しんだ母の心を慰めることが出来るのじゃ
私は苦しむ為に選び出されたもの
私の娘がいないのだから
あの子のために私の幸福は全て失われ
悪者はあの子と逃げ去った
まだあの子のおののきが目に見える
不安げに身を震わせたあの子が
心配して震えているのが
臆しながらも努めている様子が
私はあの子が奪われるのを
眺めてなければならなかった
ああ助けて
とあの子は叫んだ
でもあの子の嘆願も無駄だった
私の力は余りに無力だったから
お前があの子を助けにいくのです

お前が娘の救い手となるのです
その時、あの子は永遠にお前のもの

タミーノ・わたくしが行って、パミーナを連れもどしてまいります

女王・おおそうしておくれかい
わが愛しの子よ

何時の間にか惚けて舞台に釘付けになっていた怪人達の足下に、白い悪魔の触手が広間の四方から忍び寄ってきているとは、まだ誰も気づかなかった。

そうしてようやく一人が気づいた時には、白い秘密めいた靄がもはや彼ら全員の腰の辺りまで立ちこめ、見る間に辺りをすっかり覆ってしまったのだった。

「煙幕だ！」

男が叫んだ。

しまった、と加美は思ったが、もはや数センチ先すら見えない。

見当をつけて広間の角に移されていた弓子の死体のほうへ走っていこうとしたが、したたか誰かにぶつかって尻餅をつき、方向感覚を失ってしまった。

狼狽えているうちに、いきなり南蛮銅鑼が鳴り渡った。舞台の両端に据えられていたス

ポットライトが一斉に虹色（にじいろ）のジグザグに交差した光を舞台に投げかけた。

GOD LIVING IMITATION HEAVEN
偽りの楽園に住まう神
SEND TUMBLE - DOWN HOUSE
廃屋を送れ
CRYING HARP, PEAL AND DIN TENDER
弱々しく鳴るハープや鐘の音
SMELL REAL FRUIT GIVEN
与えられた真実の果実の香り

聞き慣れない歌が響くと、大扇風機の羽根が回り、煙幕を左右に引き裂いていく。すると、二つのそそり立つ尖り（とが）岩の間が割れ、王国が現れた。

幾何学的な形をした樹木が植わっている畑の中央を貫く椰子（やし）の並木道。その先にはTの字型の畑と柑橘（かんきつ）色に輝く日来見杜（ピラミッド）があり、日来見杜には大きな目玉がついていた。

一瞬にして、天主家の人々は背筋を凍らせた。

その目玉が、天目一箇神と篤道公の祟（たた）りの記憶を揺り動かしたからである。

誰も彼もがすでに恐ろしい惨事を覚悟していた。

舞台の脇に黒い箱があった。その黒い箱から黒人がひっそりと顔を覗かせた。誰もそのことには気を留めなかったが、倒れそうなぐらい兢々としたのは鏡子と箱男だった。

「母さん、あれ……」

「馬鹿、よく見てみな。似ているけど違う箱だよ。あれはどう見たって、安物の張りぼてさ」

違う箱だ……。

だが、もはやそれは何の安心にもならなかった。

その箱は張りぼての小道具には違いないのだが、箱男が怯えるだけあり、余りにもあの櫃によく似ているのだ。

とても偶然とは思えない。

誰かが自分を追いつめようとしているのだ。

鏡子は恐怖に歪んだ顔で広間の怪人達を見回した。

舞台の袖から数頭の獅子に引かれた馬車に乗り、チベット高僧の衣装を着たザラストロが現れた。獅子の胸当てをつけ、手を大きく空に向かって上げると、上空からするすると黄金の髑髏を刻んだ支那太刀が降りてくる。

ここで、世にも不気味な体験をしていた男がいた。

支那太刀を螺旋階段の三階から紐で下ろしていた小道具係の男である。

小道具係は手すりから身を乗りだし、ザラストロの金色の帽子に目標を定めて用心深く太刀を下ろしていたのであるが、その彼のすぐ脇で、誰かが階段を上がっていく足音が響いたのだ。

それで小道具係が思わず後ろを振り返ると、其処にはすでに誰もいなかった。

只、足音だけが上方へ上方へコッン、コッンと階段を上っていくのが聞こえた。

亡霊が横をすり抜けていったのだ！

彼の血はたちまち恐怖で凍り付き、体が金縛りに遭って動かなくなった。

見上げた螺旋階段の渦巻きに眩暈を覚えた。

あっと言う間の落下であった。ザラストロの目の前には太刀と一緒に小道具係が落ちてきたのである。

「うわぁ」

というザラストロの悲鳴。人々のどよめき。

広間の装飾灯が一斉に灯り、幻想的だった舞台は惨めな張りぼての山となった。

誰もが突然の明るさに視力を失い、あっけにとられていた。

加美は二、三度目を擦って、素早く弓子の遺体に視線を移した。

しかし、時はすでに遅く、鳥の下半身を捩り、鏡を手に長い髪を梳るセイレーンの前にあったはずの弓子の死体は消え失せていた。

血相を変えた加美の顔に気づいた番人は、きょろきょろと周辺を見回している。

加美はすぐに其処に駆けつけると、床に落ちていたシーツをめくり、また周辺に何か手がかりが落ちていないかどうかを観察した。

「死体が無い！」

「何時無くなった？」

「わっ、分かりません。煙幕が張られた時に、真っ白になって、何も見えなかったんです」

加美は近くに座っていた二匹の小悪魔に訊ねた。

「君達も何も見なかったのか？」

「見なかったわ。ずっと歌劇を見ていたもの」

「見なかったわ。ずっと歌劇を見ていたもの」

同じ声で同じ答えが返ってきた。

怪人達ははじめ舞台の大惨事の方に集まっていたが、誰かが弓子の死体が消えていることを叫ぶと、今度は加美の方へと移動してきた。

「どうした？」

尖りが三ついた帽子に緑色の装束を着た道化師が訊ねた。

「やられた。あの煙幕で誰も犯人を見ていない」

「せやからこんな時にとんでもないと言うたんや」

桃色（ピンク）の兎が大剣幕で地団駄を踏んだ。

その横で腕組みをしたのは梟（ふくろう）男だ。

木霊の精霊はびくついた様子で項垂（うなだ）れている。

星の涙の仮面男と銀仮面の兄弟、万聖節のお化け南瓜（かぼちゃ）、魔法使い、そして雌鳥達が集まってきた。

「団長、団長！」

加美の呼びかけに、舞台の上に固まっている団員達の中から白い顎髭（あごひげ）を生やした老人が歩いてきた。

「何で煙幕なんかを張ったんだ？」

「煙幕などを張って、派手にしてくれと注文したのは、そちらさまの御要望ですよ」

「劇を頼んだ主がそう言ったのか？」

「ええそうです」


計画的だ……。


「落下した男はどうなった？」

「どうやら腕を折っているようですが、幸い低い位置からでしたので、あとは大丈夫のようです」

「彼が一番広間が良く見える場所にいたんだ。誰か不審な者を見たとは言ってなかったか？」

「それが、妙なことを言ってるのです。階段を亡霊が上がっていったとかどうとか……」

「亡霊だって！」

加美はつかつかと舞台の上に歩いていくと、まだ倒れたまま脂汗をかいて呻吟している小道具係の男に質問した。

「亡霊とはどういうことなんだ？」

「亡霊といったら、亡霊ですよ。こつこつこつこつと、こう階段を上がっていったんですぜ。それも後ろで足音がして振り返ったら、もういなくて、すぐに、ずっと上の方から足音がしたんだ。風の様に速く移動しやがった。あれは亡霊に違いねぇ」

小道具係は額に脂汗をしたたらせながら答えた。

「螺旋階段の柱の陰になって見えなかっただけじゃないのか？」

「とんでもない、俺のすぐ後ろを通ったんですぜ。足音が俺の足の裏に響いたくらいでさ。あれは亡霊ですよ。間違いない。いっぺんあるんですよ。幽霊が出るっつう噂の旅館に泊まった時に、誰もいない廊下をいったりきたりする足音と、白い霧みたいなもんを見たことがあるんだ……。あん時の感覚と同じだ。俺は昔っから、そういう気味の悪いものに出会っちまう体質なんだ。誰が見なくったって、俺は見るんでさあ。そういう物に敏感なんですよ。さっきも足音を聞いた途端に体が急に金縛りになっちまったんですよ。それでこのざまだ」

「ううむ。下にはどうだ、誰か不審な奴はいなかったか？」

「不審な奴もなにも、俺りゃここにいる皆さんの顔もぞんじませんし、仮面などつけておられるのに、どうやって怪しむっていうんです？」

肩を竦め、首を振りながら戻ってきた加美は、固唾を呑んで立っている天主家の一同を見回した。

「おや、婦人が一人足りないぞ。ご婦人方、仮面を取ってくれませんか」

一番最初に仮面を取ったのは伊厨であった。次に正代、次に華子が取った。

「鏡子さんがいない」

加美の指摘に、太刀男が箱男に質問した。

「何処に行ったのだ？」

「しっ、知らない」

箱男が紫色の唇を震わせて答えた。そしてちらりと縋るように伊厨を見たが、伊厨は素知らぬ素振りで反応を示さなかった。華子がそれを見てほくそ笑んだ。

「箱男さん、鏡子さんは煙幕の時にはいましたか？」

「そんなの、分かるわけないよ。けど、多分、僕の隣にいたと思う」

言いながら、箱男は段々と自信が無くなってきた。

煙幕が張られる前には確かにいたし、辺りが見えるようになってからは話をした。しかし、その間ずっと、母がいたとは言い切れない。

やっぱり何もかも母の仕業では……。

その時、螺旋階段の上から子宮病的(ヒステリック)なわめき声が聞こえた。


誰なんだい！　電話線を切ってしまったのは！


スカートをたくし上げ、凄(すさ)まじい形相で階段から下りてきたのは鏡子だった。

「電話線が切れているとは、どういうことです？」

「どういうことだって？　聞いてなかったのかい、この唐変木、切れてるってことは切れてるのさ。誰かが紐線を小刀で切ったのさ。それで通じなくなっているんだよ」

そうどなって、鏡子は雌鳥の帽子を階段にたたきつけた。

「こんな時に電話をかけようとしてたんですか？」

「そうだよ。何が悪いんだい。警察にかけようとしたのさ。当たり前じゃないか。あんたが唐変木で、弓子の死体まで無くなってしまったんだからね」

毒づきちらした鏡子であったが、勿論(もちろん)それは嘘であった。鏡子が電話室に行ったのは、なんとか愛人の池田に連絡を取ろうとしたからだった。もはやこの窮状から助け出してくれそうな相手と言えば池田しかいないのだ。

「警察？　なる程ね。それで何時から電話室に」

「何時って、今じゃないか。今上がっていったんだよ。皆、見ているはずだよ」

誰もが首を横に振って答えなかった。実際、彼らには覚えが無かったのだ。大騒ぎに気をとられていたので、鏡子がいつから居なかったのかなど注意できるわけが無かった。

「なんだよ、あんた達、私に罪を着せようというんだね！」

鏡子は吐き捨てるようにそう言うと、きびすを返して螺旋階段を再び上がっていった。

「いいんですか？　追いかけなくて」

南瓜を脱いで聖宝が加美に訊ねた。

「いいんだよ。僕の直感じゃ、彼女のような短絡的な人間はこんな手の込んだ殺人劇の犯人なんぞじゃない。それより確か、最後に電話を使ったのは君ではなかったっけ？」

聖宝は怪訝そうに眉を顰めた。

「電話？　何の事を言ってるんですか、僕はここで電話を使ったことなんて一度もありませんよ」

「なんだって、忘れちまってるのか？　僕と十和助さんが薬品室にいた時に、電話のことを聞きにきたじゃないか。昨夜だよ」

「僕は薬品室なんかに行ったこともありませんし、電話なんかを聞いたこともありません。何だって加美さんはそんな事を言うんです？」

憤慨で赤くなった聖宝に嘘をついているような素振りはない。しかし、確かに昨夜……。

いや、まてよ。そう言えば姿を見たわけでもない。

声も変な感じだった。

では……あれは……誰だ？

鳥肌が立った。聖宝は不思議そうな顔をして加美を見つめていた。

4 曼陀羅講義

歌劇座（オペラ）が広間で片づけを始めた頃、加美は太刀男の部屋を訪ねた。今までの調査の報告の為であった。

「それで、結局、箱男と伊厨が一緒にいたのは、逢（あ）い引きをしていたというわけか……」

太刀男は蒸留葡萄酒（ブランデー）を揺らしながら、透かし彫りのある樫（かし）の木の揺り椅子を、ゆったりとした調子で動かしていた。

「逢い引きといったのは、箱男君だけですよ。伊厨さんは呼び出されて悩み事の相談をされたと言ってました」

太刀男は鼻で小さく笑った。

「あれはそういう女だ。優しそうな仕草や表情で人の心を操るのが巧みなのだ」

「ああ……そういう女というのはたまにいますね」

「で、箱男の悩みというのは？」

「何でも、ここの家から出て自活したいのだそうですよ」

「あいつらしい。そんな勇気も無い癖に。臆病風（おくびょうかぜ）に吹かれたか……」

「それは伊厨さんに止められたらしい」

「本当は一緒に駆け落ちしてくれと言いたかったところだろうが、伊厨が上手（うま）くはぐらかしたのだな」

「すぐ近くで恐ろしい殺人が起きている時に、そんな不実な駆け引きに血道を上げていたのですね。なんて罪深くて愛らしいことだ。ああ全く可愛い箱男君」

加美は冷笑を浮かべながら手を合わせて天を仰いだ。太刀男は、ふんと横を向いた。

「それにしても太刀男さん、貴方（あなた）は変わった人だ。自分の家族のことをよくもそう冷淡に見られますね」

太刀男は鬱（う）っとうしそうなため息をついた。

「よく悪夢を見る」

「悪夢？」

「子供の頃、母に命じられて私は父をよく捜したのだ。ある日、風呂場（ふろば）に父がいた。風呂場から水音が聞こえたので、不審に思って入ってみて、見つけたんだ。それで私は声も出ぬぐらい驚いてしまった。何でだと思う？」

「何で？」

「御宗主はいたのだが……。首を切られた猫の死体と一緒に、流血で真っ赤になった風呂の中につかっていたんだ。御宗主は立ち上がると、呆然と見ていた私の襟首を無表情に摑んで、水の中に押し沈めた。それで苦しさに私がもがき出すと、再び空気を吸わせ、また頭を水の中に沈める。それを何度も執拗に繰り返した後、水を飲んで咳きこんでいる私を放り出し、平然と風呂場から出ていった。その後ろ姿を見ながら、得体の知れない恐ろしさに震えたものだ」

「何でそんな事を……？」

「別に理由なんかないのだろう。したかったからそうしたんだ。こんな辺鄙な山奥の館に閉じこめられていたら、人間、おかしくなっていくのだ。いくら外見をハイカラな洋館に変えてみたところで、この館の内部はどろどろした因習と日本文化の影の部分の吹き溜まりで一杯だ。この館を本当に支配しているのは御宗主なんかでは無いのだ。いや、人間でもない。『一箇目神』や『血取りの妖怪』や『篤道公の祟り』なのだよ。……それより十和助の言ったことは本当なのだろうか？」

「嘘をつく必要は無いと思いますし、第一、自白剤を珈琲に盛ったのですからね。それに考えてみてもそのほうが合理的に事実と思えますね」

「合理的とは？」

「何故なら、四十年前の殺人では、被害者が右目を抉られていたわけでしょう？　物取りならいちいちそんな事をしないでしょうし、恨みであれば、近くの住人か天主家の関係者です。篤道公の祟りを知っていた誰かということになります。なのに、先代安道が、『顔も知らない見たこともない男』と言ったのは変ではありませんか。犯行を隠しておかなければならない犯人がいるとすれば、天主家にとって余程、不味い人物。まあ、光道さんということで納得でしょうね」

「なる程、そんな風には考えてみたことも無かった。きっと私達はそういう事を考える思考回路が錆びてしまっているのだな。確かにそうだな。それでは恨みを抱いて死んでいった光道大伯父の怨念もその辺りを彷徨っているかも知れないな。ここで死んだ人間は、成仏しても何処へも行くことが出来んのかも知れない。何しろ、熊野は暗き霊の寄るあの世だ……。私が死んでも、この土地で彷徨い続けるのだろう」

「でも貴方はこんな所で死ぬ気はない」

「勿論だ」

「しかし、迷信深い土地の人間で無くても、怨霊とやらを信じる気にさせられてしまいますね。今日の姿の見えない亡霊が横をすり抜けていったって話には、流石の僕もぞっとさせられましたよ。まあ、この館の音響は特殊な木霊の仕方をしますから、何かの錯覚をしたのだろうとは思いますが……。だが聖宝君の振りをして電話の紐線を切った犯人のことも得体が知れなくて不気味だ」

呪われた魂や無益に消費された生命の種子などが有機体の滅びた後までも執拗（しつよう）に存在しつづけようとする時、その怨念、執念が怪しい存在の影のごとき怨霊となる。

「なんだそれは？」

「いえね、聖宝君がそう言ってたんですょ。怨霊というのは、もともと幼虫という意味の言葉ですが、欧羅巴（ヨーロッパ）の霊学的な隠語で、幼虫のごとき未熟なぐにゃぐにゃどろどろとした不定形で邪悪な霊のことらしいです」

「あれは、気味の悪い子供だ。人の心を見透かしたような目をしている」

「そうですか？　何と言っても坊主ですからね」

その時、何かが加美の足下を撫（な）でるようにして纏（まと）いついて来たので、加美は思わず電流に打たれたように後ずさった。

みやぁ

橙（だいだい）色がかった毛並みの猫だった。

椅子の下から加美を振り向いたその左の目が異様に膨らんで真っ白である。

「何ですかこいつは気味の悪い」

「香港の貿易商人から贈られた猫だ」

「この目は奇形だ」

「それが価値があるのだそうだ。瞳が宝石の様に見えるというので、香港では『幸福と財運』を呼ぶ守り神として珍重するらしい」

「これがですか……?」

「それより何か調査して分かったことは無いのか?」

「少しは分かったことがありますね。例えば、この館。皆さんは気づいてなかったかも知れませんが、この館はどうやら曼陀羅なんです」

「曼陀羅?」

加美は頷くと、上着の内ポケットから一枚の絵を取り出した。安道の葡萄酒蔵に行った時に失敬してきた曼陀羅の絵であった。

「ほら、この曼陀羅を見て下さい。これは館の設計者である安道さんの部屋にあった物です」

螺鈿の施された円卓の上に置かれた曼陀羅の絵は、緑、赤、黒、黄色の色彩で色分けされ、中心に多重六芒星があった。その外枠が円、円は四角に囲まれていて、さらにその四角が八角に囲まれている。八角形からは四本の腕が伸び、それら全体の周りを二十八宿の星々が円形をもって取り巻いているという図柄であった。

「これは……」

「そうです。この館の俯瞰(ふかん)図ですよ。この館は全体で巨大な曼陀羅として設計されているんです。螺旋(らせん)階段に刻まれた六芒星と支柱の円形、そして床のタイル面、そして館の八角形、館は四方の廊下によって、十字架形に延びている。これらを取り囲む二十八宿の真言を刻んだ星形の石。この館の尖塔(せんとう)にある鳥は、時計を足の下に踏まえ、自らが時を克服したものであることを象徴しているんですよ。つまり聖書においては、『吾はアルファでありオメガである。吾は永遠の命を持つ者である』と宣言した天帝そのものです。そして、館の外壁の天使達は、天帝からの意志を館に運び下ろす役を担い、天帝の意志は風精、地精、火精、水精の四大精霊となって、館を駆けめぐる。窓の修道士が胸に抱いている十字架には四大精霊の頭文字が刻まれているでしょう？　天帝の意志が地上に表れた瞬間の形が十字架であり、その四大精霊に動力が加わって動き始めた様子を表したのは鉤十字(かぎじゅうじ)だ。これらを天空の星々が取り巻いている。浪漫的な設計ですよ。さらに鬼門には『岩蔵』が、裏鬼門にはちゃんと『地獄の蓋(ふた)』が来るようにしている」

「それはどういう意味だ？」

「鬼門というのは、陰の気が極まって、強い陽の気を生み出す場所。つまり『誕生』を意味する場所です。逆に裏鬼門というのは陽の気が極まって陰となる場所。つまり『死』を意味します。だから『誕生』の場には、昔から女陰に見立てられる岩穴を置いて、『死』の場には『地獄の蓋』で押さえをしているわけですよ」

「なる程……。この館はそうした物だったのか」

「ええ、曼陀羅は聖なる宇宙図。この館は天主家を守る結界として建造されたんです。余程、安道さんは『祟り』のことを意識していたんでしょうね。だが『地獄の蓋』は開き、『岩蔵』は血で汚されてしまった。実に不吉だ。もう一つ判明したのは、安道さんの部屋にあった旋律暗号です」

「暗号？」

「ええ、暗号としては非常に古典的なものです。一オクターブのそれぞれの音と音符記号にアルファベットをあてはめ、曲で暗号を作るのです。安道さんの部屋に残されていた楽譜にはタイトルと曲の出だしに歌詞がついていました。『ハレルヤ　グロリア　ハレルヤ　グロリア　罪深き子らよ、汝達の仕業にて、獅子と蛇は戦う』それで後は旋律だけになっているんですが、この最初の歌詞と旋律との組み合わせを解いていくと、それ以降がこうなります。『その時が来たことを告げよ　主の名前を呼べ　犠牲の十字の先を、その四隅に置きたまえ　ハレルヤ　グロリア　ハレルヤ　グロリア』とこうなるわけです。そして前半の歌詞の部分にはクレッセンド記号がついている。だが、曲のタイトルは『賢者よ、クレッセンドをつけて無視せよ』だから、重要なのは歌詞のついていない部分の暗号だというわけですね」

Hallelujah, Gloria.

Hallelujah, Gloria.
Sinful children,
for your work, lions and snakes fight with each other.
Tell out aloud, the time has come.
Call the name of the Lord.
Put the point of cross for sacrifice on every corner (at four corners).
Hallelujah, Gloria.
Hallelujah, Gloria.

ドレミファソラシ

ABCD	EFG	二分音符
HIJK	LMN	四分音符
OPQR	STU	八分音符
VWXY	Z	十六分音符

「つまり、『その時が来たことを告げよ　主の名前を呼べ　犠牲の十字の先を、その四隅に置きたまえ　ハレルヤ　グロリア　ハレルヤ　グロリア』の部分が重要だというわけな

のか？」

「そういう事です。何か心当たりはありませんか？」

太刀男は難しい顔をして首を捻（ひね）った。

「いっこうに無い」

「そうですか、僕にも理解不能なんです。ちなみに、この暗号通りなら、大時計の廻盤琴（オルゴール）が奏でているのは、ドの八分音符、ファの八分音符、レの二分音符でＯＲＢ、ファの八分音符、ソの二分音符、ドの十六分音符でＲＥＶという文です。ＯＲＢというのは『球体』とか『世界』という意味なんですが、詩的表現として『眼球』を意味します。ＲＥＶは恐らくＲＥＶＥＡＬの省略形で、意味は『秘密の暴露（アポカリプス）』即ち『最後の審判』。一階広間天井にある『世界の審判の日』の意味なのか、『一箇目神の裁き』ということなのか……？だが、次が全く分からない。全音符でミラ、高いレ、ソラシの和音と来る。全音符なんてこの暗号にはあり得ないのに……。しかもこの和音が■■―■―■■―■という妙な間合いで続くんですよ。これはあの『魔笛』の最初の変ホ長調の打法、■■―■―■■によく似ている。だが、違う。一体、どうしてなんです！」

加美は段々と逆上して机を叩（たた）いた。

卓の上に飛び乗って、長々と寝そべった猫の耳が立ち、瞳が確かに巨大な宝石のように輝いた。

なんだか、何もかもが疑わしくなってくる。もしかすると、この奇形の目は、外科手術によってこうなったのであり、目玉をくりぬくと、其処に秘密が隠匿されているのではないか……などという事を加美は頭の隅でぼんやりと思った。

そんな事を考えているのも、この館の毒気に当てられたせいであろう。

加美は気を取り直して言葉を繋いだ。

「とにかくだ。安道さんの部屋にあった楽譜は、茂道さんが例のあの不思議な霊気琴で同じ曲を奏でていたといいますから、何かしら重要な物であるはずだ。だが、もう一つ不思議なことを今日の歌劇で気づきました。この歌詞には蛇と獅子が戦うとありますね？　歌劇には最初に蛇が、そしてザラストロの乗っていた馬車は獅子に引かれていた。それから、今回の殺人の小道具である矢と鳥型の帽子も登場してきていた」

「ああ……ああ……確かに」

太刀男は一瞬、ポカンとし、次に感心した様子で頷いた。

「絵の裏にあった呪い文のことはお話ししましたよね」

「私が太刀で殺されるというあれだな」

太刀男は苦笑いしながら答えた。

「そうです、其処に書かれていたのは、鳥、蔵、弓、太刀、鏡、箱です。あの歌劇ではザラストロの王国も夜の女王の城も二つの山や岩の間にあって、いかにも洞窟めいた……つまりここの岩蔵……絵の中の蔵を想像させやしませんか？　それにタミーノが見せられた肖像画は『鏡』だったし、黒人の男が『箱』に潜んでいた。ザラストロは『髑髏太刀』を持っていましたしね。つまり犯人が仄めかした犯罪の小道具が全部登場してきているということなんです。

それによく考えてみますと、『鳥』、『蔵』、『弓』、『太刀』、『鏡』、『箱』というのは天照大神の『岩戸隠り』の時にも登場してくる小道具なんですよ。つまり、天照大神は『岩穴―蔵』に隠って、それを呼び出す為に神々は常世の『長啼鳥』を啼かせる。次に『大太刀』の神である天津麻羅神の持ってきた銅で、『鏡』が打たれる。そして天宇津女が踊るわけですが、聖宝君に教えてもらった『阿知女舞い』によれば、『弓』と『箱』もその中に登場してくる。勿論、他の小道具も登場してはきますがね。だが、天照大神の岩戸隠りの原因は弟の素戔嗚尊による乱暴狼藉でしょう？　古来から太陽を象徴する動物が唐獅子であり、素戔嗚尊が八岐大蛇を殺した神であるということから言えば、やはり蛇と獅子が物語に絡んでくる。魔笛と岩戸隠り、二つの物語とこの仰々しい殺人劇は何故か共鳴し合っているんです」

「つまり……」

「まだ関係は解明出来ていません。けど、もう一つ、安道さんの部屋にあった衝立にはザラストロの浮き彫りがありましたし、魔笛は安道さんが好んだ曲です」

「しかし、祖父は四年前に死んでいる」

本当に？

加美の妖しい誘導に一瞬眩惑されて、太刀男は亡き祖父が殺人鬼となってその辺りを彷徨っているのではないかという妄想に取り付かれそうになったが、記憶の指が袖口を引き止めた。

「いいや、そんな事は絶対にない。ちゃんと死体もある。第一祖父は父とは違って高潔な人物だった。たとえ、死因が父による毒殺でも、あの方は怨霊にだってなりそうにはない」

「死体があるですって？」

加美が仰天した声を上げた。

「そうだ、あるのだ。我が家では御宗主が死んだ時には洞窟の中で風葬にすることになっている」

「ああっ……、そうか、熊野では古来は風葬や水葬が主流だったと聞いている」

「そうだ。私と助蔵大叔父と駒男大叔父がちゃんと木乃伊になるまで看取ったのだ。間違いない」

「いい線をいく推理ではないかと思ったが、これは駄目だったか……」

加美は残念そうに呟いた。

「では、殺人の鍵言葉になっているあなた方の名前を付けられたのは誰なんです？」

「今の御宗主だ」

「つまりお父さんの茂道さんですね。ううむっ、貴方のお父さんと先代の安道さんに共通した事項と言えば、御宗主であること、つまり御宝の担い手であるということだ」

「今回の事件には、御宝の秘密が絡んでいるということなのだな」

「どうやらそんな気がしますね。ところで今のところ一番怪しそうなのは、悪いが貴方の母、つまり鏡子さんだ」

「そのようだな。だが、母は御宝の秘密などを知ってはいないだろう。もし知っていれば、あの人はとっくに盗んで逃げているに違いない」

「僕もそう思いますよ」

「だが、殺人に関しては何ともいえない。まさか弓子を殺しはしないと思うのだが……」

「そうですね。この連続殺人に関しては、動機と不在証明の点で、誰もが不適切だ。だが、誰もがそれぞれに怪しくもある。もしかすると、犯人はそれぞれ別々の人物ではないでしょうかね。つまり、この館の住人がそれぞれの思惑のもとで殺し合っているのかも……」

それを聞くと、太刀男は低い声で笑い始めた。

「全く、いかにもありそうな事だ」

「貴方も標的の一人だ。用心したほうがいいですよ」

「なまじっかな事でやられはしない。その為に枕もとにはいつも日本刀を置いているのだ。逆に返り討ちにしてやる」

「これは恐ろしい。だが、犯人も恐ろしい奴だ。いや、奴らなのかも知れませんが……。

とにかく、まるで霧のように鍵をかけた扉の隙間から忍び込んでくるのですからね。『亡霊の仕業』、実際、そんな気もしてきますよ」

5　真夜中の散歩

私は竹藪の中を歩いていました。
私の後ろには数人の人達がついてきています。
どこに行くのかよく分かりませんが、とにかく歩いているのです。
随分と長い時間を歩きました。
ふと気がつくと、すっかり日は落ち、木の下闇が本当の暗闇に変わっています。
そうして辺りの木立が、ざわざわと不穏な夜の音を立て始めました。
それで私は、あの噂を思い出したのです。
『血取りの爺』
なんだか、厭な予感に足をせかされながら、ただひたすらに歩き続けていますと、
後ろをついてきていた足音が、
段々に……。
一人……二人……三人……四人……と減っていくのに気づきました……。
悲鳴のような物も聞こえます。

骨がばりばりと砕けるような音もします。

胸が早鐘のように鳴り始め、私は振り返らぬようにと自分に言い聞かせたのです。

何故なら、山で血取りに後をついてこられた時は、絶対に振り返ってはいけないと教えられていたからです。

血取りは、振り返った者を襲うのだそうです。

ずっとずっとそうやって歩いていくうちに、ついには私の後ろには足音が一つしか聞こえなくなっていたのです。

後ろの人は血取りに追いかけられているのでしょうか？

だんだんと足早になってきます。

それとも、後ろにいる者こそが血取りなのでしょうか？

私は矢も楯もたまらなくなって、走り出しました。

後ろからも走ってきます。

息を切らしながら辿り着いたのは絶壁。もう逃げ場がありません。

そう、あの階段しか。

その階段は、錆びきった巨大な螺旋階段で、まるで天に昇っていくような高みに続いているのです。しかも支柱がありません。風でぐらぐらと揺れています。

御宝はわしのもんだ！　御宝はわしのもんだ！

後ろで叫んでいます。ああ、間違いありません。あの恐ろしい声は血取りに違いありません。

私は覚悟を決めて、その螺旋階段を駆け上がりました。

どおん、

鈍い音が響きました。私の歩む一歩ごとに、螺旋階段は振動し、体を激しく揺すります。そして後ろから追いかけてくる足音の度にも、ブランコのように揺れるのです。

地上が遠くなっていきます。恐ろしく高くて眩暈がします。

ああっ、でも、でも、私は上って逃げなければならないのです。

＊

鏡子はベッドの中に倒れ込んで、悶々としていた。箱男はすっかり怯えきって頼りにならない。それどころか、さっきは部屋に訪ねていったのに、頭が痛いといって母を追い返した始末だ。

助けは呼べないし、呪われた櫃と死体が側にある。

鏡子は、窮地から救い出してくれない冷たい愛人の仕打ちを恨めしく思った。

そしてさんざんに独り言で悪態をついて罵ってはみたが、何一つ変わるわけでは無いことに絶望して、酒を飲み始めた。

誤魔化しようのない大問題が生じていた。

ストーブを消していても、かなり暖かくなってきた為、本当に櫃から死臭が漂って来始めたのだ。

それは実に微妙な臭いで、まだ他の住人達に気づかれる心配は無かったが、ベッドに座っている鏡子にとっては鼻がひん曲がりそうな程の悪臭として感じられるのだった。

鏡子は身震いをしながら睡眠薬を大量に飲んだ。

なのに一向に眠れなかった。

薬の作用で、脳の働きが緩慢になり、言葉も思考も失って、原始的で動物のような無言の怒りとか悲しみだけが僅(わず)かに駆け巡っているだけになっても、瞼(まぶた)と睫毛を縫いつけられてしまったかのように、暗闇に瞳(ひとみ)を見開いて起きていた。

その時、廊下の向こうから……おそらく螺旋階段の入り口付近と思(おぼ)しき場所から、静寂を破って足音が近づいてきた。

その音は酷(ひど)く異様であった。

まるで酔っぱらいの千鳥足のように不規則で、それでいて猫の様に静かである。

寒気に襲われた鏡子が扉の方に視線を向けると、きぃっ、と扉の開く音がして、すぐにバタン、と閉じた。

ああっ、しまった鍵をかけ忘れてしまったんだ！

私は殺(や)られちまう！

ぐらぐらと眩暈がしたその瞬間、灯(あか)りで逆光になった人物の黒い影が横切った。

「お前は括(くく)られる」

声が、今しも耳元で聞こえたので、鏡子は、かっと両目を見開いて周囲を窺(うかが)った。

ベッド脇の卓上灯の開閉器(スイッチ)を慌てて捻(ひね)ろうとするが、手元がおぼつかず、開閉器がなかなか探せない。

鏡子は歯をがちがちと鳴らした。

また誰かが部屋の隅を過(よ)ぎった。

はっ、と気づくと……後ろに立っている。

さすがに鏡子の額から脂汗が流れた。思いっきり良く振り向くと、青白い顔があった。

開閉器が分かった。捻った。部屋が明るくなった。

「さ、沙々羅！」

高熱で魘(うな)されて寝ているはずの沙々羅だった。

白い寝間着姿で立っている。

「いっ……一体何の真似だい！」

だが、少女は答えない。茫漠(ぼうばく)と光る瞳で鏡子を見ているだけだ。

……どうやら、寝ぼけているような風情なのだが……。

「お前、一体何をしてるんだよ。部屋で寝て居るんじゃあなかったのかい？」

鏡子は震え声でもう一度訊ねた。少女はやはり黙っている。

　本当に沙々羅なのか？

沙々羅の姿に化けた悪霊ではないのか？

その時、突然に、卓上灯の灯りが消えて真っ暗になった。鏡子は総毛だった。

扉がバタンと開き、また閉じた。

廊下を歩く足音が遠く、遠く、遠くなりつつ螺旋階段の中に吸い込まれていった。

一方、加美は、客室から深夜の暗い広間にやって来て、あれこれと考証し、思考を巡らせていた。

ハーピーが留まった天窓列の向こうには、恐ろしくギラギラと輝く満月。その月明かりのせいで空は明るく、濃紺に澄み渡っている。

春一番の強風が遥か上空に吹きすさんでいるのであろう。天窓を過ぎっていく濃灰色の雲の動きが飛ぶように速い。

それは、神話に登場する奇矯な動物の形をしていて、八角形の天空の大展望の中を滑走しているのであった。

輝かない装飾灯は、只のオブジェのようで虚しく感じられた。気紛れに月明かりが反射して、煌りと鈍く光らせるが、その煌めきは直ぐに闇に吸い込まれる。

まるで思い出せそうで思い出せない記憶。

解けそうで解けない暗号のようだ。

広間の内にも無数の異形物。気の触れた詩人が微熱とともに見る光景が其処にあった。

はっ、とため息をついて肩を落とした時、螺旋階段の上方から足音が聞こえてきた。


『風のように移動する亡霊』


おぞましさに震えながらも、加美は悪党の正体を見極める為に、ひっそりと一角獣の陰に身を隠した。

白い少女の影が蜃気楼のように揺らめいた。


沙々羅？

加美は呆然と見つめた。何故なら、この少女の存在によってグロテスクな広間が一瞬にして、余りに叙情詩的な美しい光景へと変わってしまったからである。

沙々羅は見事な程に青白く、その表情は神懸かりしたかのように気高げで、細く小さな体は小鳥のように可憐であった。

　異形の彫像の間を、沙々羅が無言で縫って歩く。

　時ならず聞こえ始めた風の音が、加美の耳にはハーピー達の歓喜の合唱に響いた。加美はそっと一角獣の陰から沙々羅の背後に歩み寄った。

「沙々羅さん、どうしたのですか？」

　思わず淑女に傅く騎士のように丁重に声をかけた。沙々羅の歩みがぴたりと止まった。

「沙々羅さん？」

　前方に回った加美は、少し膝を屈めて沙々羅を覗き込んだ。何の反応も無い。

「沙々羅さん！」

　加美が前で手を振っても、沙々羅の瞳はまるで動かなかった。額に手を当てると、火の様に熱い。


　夢遊病だ……

　思春期の少年少女は精神的な抑圧や葛藤が強いと、希に発病することがあるという。館の中で次々と陰惨な事件が起こっている時だ。少女が夢遊病になったとしても怪しくは無い。

加美がどうしたものかと思いあぐねていると、沙々羅はいきなりきびすを返し、ひらり、と妖精のように身軽く装飾用卓の上に舞い上がった。そうして、ひらり、ひらり、と次々卓の上を渡っていく。

加美は唖然としながらその後に続いた。

『夢遊病患者ハソノ徘徊時、運動神経ヲ司ル小脳ダケガ起キテイル為ニ、驚クベキバランス感覚ヤ運動能力ヲ発揮スル』

いつか読んだことのある医学書の文脈が頭を巡っていたが、目の前で起きている光景に、尚も信じられない心地であった。

沙々羅は一通り卓の上を回ると、次に卓から飛び降りて、螺旋階段を上り始めた。

全く、意識は無い様子だ。

加美は取りあえず沙々羅の後に続いていった。沙々羅は螺旋階段をいつまでも上がり、ついに六階まで上がって鴇子の部屋に入っていった。

六階は誰も居ないので、鍵の用心がおろそかになっている様子だ。そっと後についていくと、沙々羅は鴇子のベッドに崩れるようにして倒れ、そのまま軽い寝息を立て始めた。

鏡台から椅子を持ってきて、加美は眠っている沙々羅の脇に腰を下ろした。少女は邪気の無い顔で眠っている。

夢遊病で彷徨い始めたのは何時からなのだろう？

これは本当に夢遊病なのだろうか？

もしかすると催眠術かなにかとは考えられないか？

そうだ……、あの聖宝と名乗って電話室のことを聞いたのは、この少女ではないのだろうか？

ちらりと見えた小さな影は、確かに子供のものであったし、少女なら少年の声色を真似られそうである。

あるいは、愛羅か結羅の線もある……。

だが、何の為に？

どう考えても殺人鬼の正体が年端もいかぬ少女だとは考えにくい。第一、鴇子の遺体を運び去っていった甲冑の武者の正体には無理がある。

そう、犯人は人目を欺いて軽々と弓子の死体まで運び去っていくような相手なのだ。

では、犯人が沙々羅を共犯として使っているという線はどうだろうか？

とすると誰だ？

少女に恐ろしい犯罪の片棒を担がせることが出来そうな相手。沙々羅にとって一番身近な人物……。

正代？　あるいは助蔵か？

いや、助蔵なら弓子は別として安蔵や鴇子を殺しはしないだろう。まして茂道をとは考えにくい。

では、先の犯罪は別人の手で、弓子のことは助蔵か……？

加美が考え込んでいた時、鴇子の部屋に何者かが侵入してきた。侵入者は帳幕の内にいる加美には気づかない様子で、鏡台の中をがさがさとかき回し始めた。

侵入者は鏡子であった。

鏡子はさっきの一件で、もう一刻もこんな薄気味の悪い館には居られないと思い、逃げる決心をしたのだ。だが、そんな時にすら、何か金目のものを出来るだけ持って逃げようと考えるところが、鏡子という女の性根が邪悪なところであった。

鏡子はいざという時にはそうしようと、館の錠前を鋳造した錠前屋にタップリと裏金を渡し、どの部屋にでも盗みに入れるように以前から合い鍵を用意させていたのである。

加美は短銃を構え、そっと帳幕から抜け出すと、部屋の電気の開閉器（スイッチ）を捻（ひね）った。

「きゃっ」

凍るような悲鳴が上がった。鏡子は鴇子の鏡台の中から盗み取った宝石類を首や指や腕に出来うる限りにじゃらじゃらとつけた格好で立ち竦（すく）んだ。

その手から合い鍵の束が、ずるりと落ちた。

6　鏡子の主張

「やっぱり貴方ですか」

他のものに感づかれないように、加美はゆっくりと扉を閉めてそう言った。

「いつの間に抜け目無く合い鍵なんかをつくったんだ。これではいくら戸締まりをしても無駄だったはずだ」

加美は落ちていた合い鍵を拾い上げて鏡子を一瞥した。

「殺しは私じゃないよ。私はただ、こんな時の為に必要だと思って合い鍵をつくっておいたんだよ」

「こんな時って、ようするに盗みを働く時の為ってことですか？」

加美は呆れ顔で訊ねた。

「そうよ、悪いの！」

鏡子はきょろきょろと辺りを見回し、加美が移動させた椅子を引き寄せると、其処に足を組んでどっかりと座った。

「私は二十五年もあの男に奉仕してきたんだ。これぐらい手切れ金としては当然じゃないか」

そう言うと、鏡子は手鞄の中から英国葉巻を取り出し、鏡台の上に置いた洋灯の火をつけた。

「それは、安道さんの部屋にあった物だ。貴方、安道さんの部屋にも盗みに入ったんですか？」

「ああ、そうしてやったさ。茂道の部屋にも入ってやったけど、御宝の手がかりは無かったよ」

「なんて悪女だ」

鏡子は加美に向かって、はん、と小馬鹿にした鼻息を漏らした。

「私は悪女なんかじゃないよ。不幸な女なのさ。親が酒浸りで貧しかったから、ろくろく学校へもやってもらえずに捨てられたんだ。それで、しがないショーガールをして体をひさいで食べてたのさ。そんな女が金の有り難みをたんと知っていたからって、何が可笑しいというのさ」

「だが、盗みなどしなくても、妾とはいえ貴方の地位はこの家では保証されているんだ。莫大な財産をすでに手に入れているじゃありませんか」

「私の手になぞ何も入ってやしないよ。私の子供達の手になら別だけどね。だけど、太刀男の物になったら、あの子は私にビタ一文として自由になる金をくれないだろうさ。箱男なら別だけどね」

「自由になる金？　貴方一体、いくら欲しいんです。ここに住んでいれば、贅沢な個室も与えられ、高価な服も豪勢な食事も思いのままだ。いくら太刀男さんと貴方の仲が悪くとも、母親の貴方にそれぐらいは保証してくれるでしょう」

「この館に住んでいれば、ってのが厭なんだよ。意地の悪い何考えてんだか分からない親戚どもや、気が狂いそうな化け物彫刻に囲まれたこんな陰気な館、こんな所に死ぬまで住むなんて、ぞっとするよ。普通の人間の生活じゃないね。私は東京に住んで、毎日、観劇でもして楽しく暮らしていきたいんだよ」

「全く、自分のことを差し置いて、よくも意地の悪い何考えてんだか分からない親戚どもだなんて言えますね。向こうからしたら貴方こそがそうでしょうよ。それにしても貴方は二十五年も連れ添った夫を一欠片も愛してはいないし、御子さんのことも財産をふんだくる為の道具としか思ってやしないんですね」

鏡子は眉を顰め、これ以上下卑た性悪な表情は無いという顔で加美を見た。

「そんな事は無いよ。子供達はそれなりに可愛いさ。あの太刀男は別だけどね。本当に父親うり二つで気味の悪い子だ。いいかい、人間さんざんに厭な目に遭って、苦労するとね、どんなに真面目に一生懸命暮らしていたところで、ある日突然、降って湧いたような幸運なんて、決して転がり込んできやしないってことに気づくんだよ。よくお聞き、ここのところが大切なんだ。私のように人生の始点から他の人間に比べてどうしようもない劣悪な境遇にいる者は、並のことじゃあたたかいオマンマを食べられないんだ。まして、女の身だ。男のようにばりばり働くったってそうはいかないさ。それでどうすれば食べられるかっていうとね、人並みのことをしていたんじゃあ駄目さ。人よりもうんと厭なことに耐えて、人が出来ない努力ってもんをして、並になるんだ。私はだからね、努力家なんだ。いい生活が出来るようになる為には、毛虫のように厭な男と二十五年暮らすことだって、その男の子供を産むことだって、我慢出来るんだ。池田からその話を持ちかけられた時に、私は決心をしたんだよ。こんないい話は、私が若くて美しい間にしかこなかっただろうしね」

加美は絶望的なため息をついた。そして、鏡子の後ろに回り込んで、背もたれに肘をついた。

「女というのは分からない生き物だな。そんな悲壮な努力をもっと違う方向に向ければ、違う暮らしが出来たかも知れないのに。それにこんな悪業が出来るくせに、自分の愛人にそんな話を持ちかけられた時には、男を恨む気というのは無かったんですか？　僕には良く分かりませんね。そんな男の子供を二人……つまり弓子さんと箱男さんを産むなんて」

「ああ、池田、あいつは本当にハイエナのように狡くて賢い男さ。でも男前で金払いがいいんだ。それにね、私みたいな女に、三拍子揃った男が声をかけてくるはずなんてないじゃないか。それまでの私の男だって、私の周りにいたショーガール仲間の男だって、酷い男ばかりだったんだ。池田なら極上の類だよ。それに私はね、私をどこかの淑女と勘違いして物を言うような男は苦手なんだよ。悪事の一つも一緒に話せる男でないと駄目なんだ。池田はそういう男なんだよ」

鏡子はウットリと言った。

「なる程ね、女狐にはハイエナがお似合いというわけですね。まぁそんな事はどうでもいい。本当に犯人は貴方じゃないんですね？」

「ああそうだよ。私が殺してやりたかったけどね」

鏡子は悪びれもせずに言った。

「分かりました。じゃあ、僕も今回のことは黙っていましょう。その代わり事が済むまで大人しくしていると約束して下さい。貴方にひっかき回されたら調査がやりづらい」

「あんたは何をする気なんだい？」

「何をって、調査に決まっているでしょう」

「ふん、何の調査なんだか」

「人を御自分と一緒にしないで下さいよ。とにかく、貴方に逃げ場は無いんです。いくら待っても、池田の手下は僕がいるかぎり来やしない」

鏡子は忌々しそうに煙草の煙を鼻から吐き出した。

「おおっ、この美しき館。だが、なんと醜悪な人々」

加美がそう言いながら修道士の姿を仰いで手を合わせた時、ベッドの上に眠っていた沙々羅が火がついたように泣き出した。

「いけない。お姫様がお目覚めだ。姿を見られてはまずいでしょう。自分の部屋に戻りなさい」

鏡子は加美の言葉に僅かに唇を震わせたが、すぐに勝ち気な表情に戻った。

「用心おしよ。その子は何かに取り憑かれているかもよ」

鏡子が素早く去った後、加美はベッドで泣いている沙々羅のもとに歩み寄った。

「どうしました？」

少女の肩に手をかけると、熱い息がかかった。

「血取りが追いかけてくる。血取りが……」

どうやら悪夢を見たようだ。縋るように振り向いた瞳が、濡れて光っていた。

「それは夢ですよ。こんな所で眠ってしまったから怖い夢を見たんです」

そう言われると、沙々羅は上半身を起こして、きょろきょろと辺りを見た。

「ここは鴇子御義姉様の部屋？」

「そうです。貴方は寝ぼけてこんな所まで歩いてきたんです。覚えていませんか？」

少女は汗で髪が張り付いた首を振った。

「そうですか、もしかすると貴方は夢遊病にかかっているのかも知れないです」

「夢遊病？」

「ええ、寝ている間に起きている時と同じような行動をしてしまう病気です」

「どうしたらいいの？」

かなり熱が高そうだ。声にはまるで力がないし、視線も定まっていない。今この時ですら、しっかりと意識があるかどうか分からない。

「さて、まずお医者様にかかることでしょうね。今夜のところは僕がお部屋に送りましょう」

加美はそう言うと、沙々羅の体を軽々と抱き上げた。少女の髪は干し草のような匂いがした。

世界、眼球
審判、裁き

ミラレ【和音】　ミラレ【和音】
ミラレ【和音】
ミラレ【和音】　ミラレ【和音】
ミラレ【和音】
ソラシ【和音】　ソラシ【和音】
ソラシ【和音】
ソラシ【和音】　ソラシ【和音】
ソラシ【和音】

朝の廻盤琴（オルゴール）の音色が聞こえた。

オルフェウスの妙なる調べは引き裂かれ、あっちこっちとてんでばらばら……か。

まさしくその通りだな。

「ああ、全くここはいやになるくらい時間通りに食事を運んでくるな」

加美は朝食を見ながら欠伸(あくび)をした。

「昨日の歌劇はかなり変形でしたよね」

好奇心に満ちた瞳で、聖宝が言った。

「ああ、初めてやったんだそうだ。適当にそれらしく作ったんだろう。歌が酷い物だった。それと気になることが一つある。夜の女王の城や日来見杜(ピラミッド)の下絵、黒人が潜んでいた箱、ザラストロの太刀は茂道から送られてきたものだというんだ」

「じゃあ、茂道さんは生きているんですか？」

「いや、僕は犯人の偽装だと思うが……？」

「偽装ですか……。確かモーツァルトはこの魔笛を作曲している時に『鎮魂歌』の依頼を受けたんですよね」

「そうさ、彼が脱会した結社の秘密を『魔笛』によって世に知らしめようとしたから、暗殺の手が下ったんだ。彼が所属していた結社とはかの有名な猶太人(ユダヤ)秘密結社・自由石工(フリーメイソン)だ。自由石工の掟(おきて)では、『結社の秘密はなに一つ木や石に書いたり、描いたり、印刷したりしてはならない。これを破った者は首を切られ、心臓は左の胸より切り出され、海の砂に埋められて、肉は焼かれて灰となり、灰は大地にまき散らされる。義務の忘失はそれ自体殺人の理由となる』となっているんだ。モーツァルトは自由石工の秘密を『魔笛』で、お伽(とぎ)

噺的な寓話にしたてて公開した為に暗殺されたと言われているのだが、どんな秘密であったのかは全くの謎のままだ。『魔笛』は物語の筋さえも途中でとんちんかんに辻褄が合わなくなる難解な歌劇として有名だからね。僕もああいう無秩序な感じのものは好きではない。

　ともかくモーツァルトはこの歌劇を書き始めた途端に、灰色の服を着た見知らぬ紳士の訪問を受け、『鎮魂歌』作曲の依頼をされる。モーツァルトはその上品な物腰の灰色の紳士が普通の人間でなく、霊界から自分に死の宣言をする為にやってきた使者だと頭から信じて疑わなかったんだ。男の着ていた灰色は、水銀の象徴でもあったから」

『あの見知らぬ男が眼前にちらついて離れません
あの男は懇願し、
せっかちに作曲をするようにせきたてます
何時でもあの男が何処からか私を監視しています
何もしないでいるより、
こうなったら作曲をしている方が楽なので、
私は譜面台に向かっているのです
私は心の中で、時が鳴っているのを聴いています
それは人生の息を引き取る時を告げる鐘の音です』

世界、眼球
審判、裁き
ミラレ【和音】ミラレ【和音】
ミラレ【和音】
ミラレ【和音】ミラレ【和音】
ミラレ【和音】
ソラシ【和音】ソラシ【和音】
ソラシ【和音】
ソラシ【和音】ソラシ【和音】
ソラシ【和音】

加美の顔に光が宿った。

「そうか、自由石工（フリーメイソン）というのは、石工と錬金術師の組合だから、猿氏の性質と繋（つな）がっていくわけだな。あの歌劇は秘密を守らない者に対して罰を下すという伝言なんだ」

「秘密というと天主家の御宝の事ですか？」

「そうとしか考えられないね。この館で秘密と言えばそれが一番だ」

「天主家は自由石工なんですか？」

「そんな事はあり得ないさ。あくまでも揶揄しただけなんだろう」

「随分と不敵な犯人ですね」

「そうとも、対決意欲をそそられるよ」

加美は朝食を終えた後、足早に本館の方へと向かった。

7　来訪者

うふふふふっ
うふふっ

愛羅と結羅の二人が、螺旋階段の手すりで戯れて遊んでいる。今日の二人は、白いレースが腕回りと襟についた紺色の天鵞絨ワンピースを着ていた。

天主家の一同がぞろぞろと三階の広間から出て来ていた。丁度食事が終わったばかりの様だ。

加美は太刀男の姿を見ると、せっかちに歩み寄った。

「鏡子さんと、箱男さんがいませんね」

「ああ、二人とも不快で食欲が無いのだそうだ。母はずっと四階の張り出し間にいるらしい。箱男は差し入れされた食事を部屋の中に持ってはいったきりで、閉じこもっている。中で震えているのだろう」

「そうですか、一寸話があります」

「ここでは人目がある。私の部屋で聞こう」

　螺旋階段を上って太刀男の部屋へ行くと、あの猫がすり寄って来た。太刀男の部屋には、長い脇卓の上に木製の帆船模型が並べられている。それらは随分と緻密な模型である。

　この不器用そうな指で、よくぞこんな模型を作ることだ……と、加美は半ば呆れながら太刀男の太く短い指を見た。意外と芸術家の手なのだ……と。

「どんな話なのだ？」

　太刀男が作りかけの帆船模型を取り上げて眺めながら抑揚の無い声で訊ねた。

「やはりこの殺人は御宝の秘密に絡んでいるということがはっきりしてきましたよ」

　太刀男の眉が僅かに動いた。

「例の歌劇は、秘密を公開するものを罰するぞという伝言だったんです」

「罰する……誰がだ？」

　太刀男は皮肉めいた笑いを浮かべた。

「そうですね、僕が思うにこの天主家で一番保守的で自尊心の高い人物、つまり助蔵さんあたりが怪しいですね。この館の中にちりばめられた偶像や暗号は、掟を破るなと警戒を発しているのです。いわばこの館は『戒めの館』とでも呼べそうだ」

「戒めの館……血祭りの次は戒めか……。どっちにしてもろくなものでは無いな。だが、館の中の暗号を使用して犯罪を働いたとなると、誰も知らぬ館の暗号を助蔵大叔父が知っていたということなのか？」

「どういう事か分からないが、そうなのでしょう」

太刀男は腑に落ちない顔をした。

「助蔵大叔父が何故、安蔵兄さんや鴇子母さんを殺さなければならない理由がある？」

「それはきっと別の人物ですよ。弓子さんの殺害と歌劇は助蔵さんです」

「ちょっと待て、では絵画に呪い文を書いた者は誰だ？」

加美はそう言われると、唸って首を捻った。

「ああ、そうだ、確かにそうですね。話の辻褄が合わなくなる。どういうことだ？　これを一人の犯人がやっていたとしたら、相当に思考回路が狂った人間だし、複数なら、何か複雑な絡みがありそうだ」

「随分と頼りないことなのだな」

「無茶を言わないで下さい。こんな尋常でない事件はそうそうないのですから。でもね、昨日一晩考えて、やっと分かったことがあるんですよ。弓子さんの殺害の方法だ」

「弓子の？　どうやったと言うんだ」

「紙の矢が突き刺さって死んでいる。その魔術的な状況に僕も一瞬、『祟り』の幻想に飲み込まれそうになりましたが、やはりあれは人の仕業なんですよ。つまり、乾燥剤を用いたのです」

「乾燥剤？」

「ええ、乾燥剤です。直吉君が乾燥剤が無いといっていたことを思い出したんです。あの日はまだ外に雪が積もっていたでしょう？　ここで使っている乾燥剤の主成分は塩化カルシウムであることを確認しました。雪や氷と塩化カルシウムを四対一の割合にするように混ぜると、なんと零下五十五度近くまで温度が下がるんです。もしも、これでテトロドトキシンをタップリ含ませた矢の絵を冷却したとしたらどうなります？　当然、カチカチに凍って、恐らく鉄のように硬くなります。その状態で、眠っている弓子さんを起こした瞬間、目に矢を打ち込んだんです。何故、目かといいますとね、一番脳に近いからですよ。体温によって氷結はすぐに融解し、テトロドトキシンが眼球から脳に回る為、即座に弓子さんは麻痺状態に陥る。そうしておいて、ストーブの火力を最大にした。ストーブの加熱で紙の氷結がすぐに解けて、乾いていくわけです。かくて我々が駆けつけた時には、あのぺらぺらの絵が凶器であることに驚愕させられた。でもね、乾燥剤の在処まで知っているとなると、やはりこの館の住人としか考えられない」

「なる程、そうだな」

「だが、助蔵さんでも無いとしたら誰です？」

「一番考えられるのは、成正、成継兄弟だな。彼らは頭もいいし、器用だ。それに性格が破綻（はたん）しているから理屈の合わない殺人をしそうだ。鴇子母さんの被っていた鳥の帽子なども簡単に作れる」

「だが、鴇子さん殺害の時の不在証明（アリバイ）に問題がある……おや、ところで貴方（あなた）は鴇子さんのことをお母さんと呼ぶのですね」

「私の本当の母よりは面倒を見てくれたよ。安蔵兄さんとは、弓子や箱男とより子供の時によく遊んだ」

「そうですか。まぁ、犯人に関してはもう少し検討が必要ですが、鏡子さんのことは見張っておいたほうが良さそうですよ」

そう言うと、加美は鏡子から取り上げた合い鍵（かぎ）の束を太刀男の前に差し出した。

「こんな物を密（ひそ）かに作って、昨夜六階の部屋を物色して、金目の物を持って逃げようとしていたのですから」

太刀男は怒りに満ちた表情でそれを受け取った。

「そんな愚かな真似をされたら、私や箱男のこの家での立場はどうなるというのだ。全く、どうしようもない母親だ」

「取りあえず僕は口外はしませんが、貴方からも釘（くぎ）を刺しておいたほうがいい。御自分では犯人では無いと言っているが、それも本気では信じないほうがいいでしょう。こういう殺人は彼女がやりそうな事ではないが、池田ならやりそうだ」

太刀男様、お客様でございます。

十和助の声だった。

「誰だ？」

「玄関に御審議役様達がお見えです」

太刀男は初めて驚愕の表情を顕わした。

「分かった、すぐに行く。このことは？」

「助蔵様と駒男様にはすでに知らせました」

「よし、ではお前は持てなしの準備をしてくれ」

「かしこまりました」

足音が立ち去っていく。

「御審議役とは？」

「天主一族の婚姻の是非を採決する方々だ。それと『引継の儀』の立会役をする。私はまだ逢ったことが無い」

「そんな役目の人間がきたということは、この事件が漏れたのかな？」

「その可能性もある。下にいる分家の人間の中にはきっと監視人がいるはずだ」

「一体全体、その監視人を決めているのは誰なんです？」

「さぁ、恐らく御宗主のはずだが、そうでは無いかも知れない。この家のことがよく分からないのは、私にしても同じ事なのだ」

「全く奇々怪々だ。本当に貴方の言う通り、この館にはまるで別の主が存在しているようだ。それが篤道公の怨霊だか、天目一箇神だかは知りませんがね」

「なんにしても一緒だ。得体の知れない妖怪がこの館には巣くっているのだ。いや、この天主家にというべきかな」

8　暴れる怨霊

「やって来たのは骸骨のような三つ子の老人だ」

「骸骨のような三つ子の老人ですって？　それはどうにも奇怪ですね」

聖宝は興奮声だ。

「そうだとも。まるで吸血鬼伯爵の侍従のような容姿なんだ。しかも三人とも酷く声が掠れていて、声帯でも潰されたのではないかと思ったぐらいだ。かなり長い間、応接室で御審議役と太刀男、駒男、助蔵が話し込んでいたが、どうやら暫く滞在することになったらしく、十和助が彼らを客室に案内して行った。この廊下の一番奥の部屋だよ。それで一寸様子を窺ってたら、その三人がこっそりと部屋を抜け出していくじゃないか」

「その跡を付けたんですか？」

「ああ、そりゃあ付けずにはいられないだろう。三人の老人は何事か耳打ち合い、連れだって門を出て行った。それで僕は慌てて後を追った。用心深くね。

同じように門から出ては見つかりそうだから、僕は暫く塀の上で様子を見ていたんだ。そしたら、三人は斜面を上がっていくじゃないか。どうやら一の宮の方に行く様子だ。それで僕は三人とは別の道で、傾斜面の獣道を登ることにした。急な傾斜を手で摑める限りの枝や草を頼りにして上がっていくと、時々、鋭い萱草が皮膚を切った。それほどの距離で無いにもかかわらず都会育ちの僕にとっては骨の折れる行程だった。ようやくたどり着いた一の宮の脇から、ひっそりと足音を忍ばせて笹藪になっている拝殿の裏手に回ると、予想通り老人達は其処に来ていた。九郎と話をしていたよ」

十和助が、皆様の御命令やいうので……。

「三人の老人は顔を見合わせ、互いに目配せをした。どうやら話の成り行きから推察すると、君達があの社に来たことを報告していた様子だ」

よう分かった、行ってもええぞ。

「三人がそう言うと、九郎は何度も頭を下げて、番小屋の中へと歩き去った」

一族の動きが不穏やのう。

全く……。そろそろ外にも噂が漏れておるやろうしのう。

四十年前のあの事が明るみにならぬようにせねばあかんな。

うむ。対外的には何とか暴漢の仕業として収めたが、狂われた光道様が御家族を皆殺しにした後、返り討ちにあって先代の手に掛かられたやなんて事情が漏れれば、天主の家は破滅や。

無明無明、人の煩悩が災いを誘うんや。篤道公の祟りは今なおも生き続けておるようや。

祟りとともに栄えるもよしや。因縁深き天主の家にはそれもまた似つかわしいヮ。我らは只、御先祖が四百六十三年の長きにわたり守り続けた天主の血と御宝を守護するのみや。今はあの方に災いが降りかからぬようにお守りするんや。

左様、末法の世が来て、本物の鬼が出るまでな。
跡継様のことは皆に気づかれてないか？
気づいてはおらんようや。
跡目様を我らがお隠し申し上げていたのは賢明やのう。
真に篤種様の御明断や。
篤道様の祟りの裏をかかれるとはなぁ。

「そう言って、三人は低い声で笑ったんだ。それから拝殿に平伏して、篤道を祀る境内社まで歩き、その周りを巡回したんだ。何度も何度も円を描いて回って、呪文らしき物を唱えていたよ。ええと確かこうだ」

『一持弥勒像、生生而加護、奉仕修行者、猶如薄伽梵』

「なんだか一層に不気味な様相を呈してきましたね」

「いや全くだ。茂道の跡取りは、誰も知らぬうちに決まっていたようだな。こうなると何がなんだかさっぱり見当がつかなくなってきたよ。それに、この奇怪な家制度を敷いたのは、どうやら天主篤種という三百年も前の人物のようなんだ。僕のような東京育ちの人間には、こういった片田舎の封建的家族制度は理解しかねるよ」

「それはそうでしょうね。東京は江戸の時代からたかだか三百年余りの歴史しかありませんが、この辺りは雄略天皇の御代以前からの歴史があるんですもの。長い年月の間に育まれた血統とか、文化とか因習とかは、そう一筋縄では行かないんですよ」

世界、眼球
審判、裁き

ミラレ【和音】ミラレ【和音】
ミラレ【和音】
ミラレ【和音】ミラレ【和音】
ミラレ【和音】

ソラシ【和音】ソラシ【和音】
ソラシ【和音】
ソラシ【和音】ソラシ【和音】
ソラシ【和音】

　昼食時間の終わりを告げる廻盤琴（オルゴール）の音が始まった。

「うむ、そうだね。ああ、何だか僕は食事をするのも億劫（おっくう）になってきたよ。考え事に埋没しようとするたんびに、やれ朝食だ、昼食だ、風呂（ふろ）、茶だと邪魔をされる。召使いがいる生活というのも、思ったほど快適ではないね。僕ならまっぴら御免というところだ。しかも、連日の騒動でろくろく寝てもいないときているんだ。なんだか普段よりも脳の動きが鈍いよ。それともこれも何かの罠（わな）なのかな」

　加美は召使い達の灰色の服が往来するのを見ながら愚痴っぽくそう言うと、子羊の脳味噌（のうみそ）料理を半分食べ残したままでフォークを放り出した。

「明日からは僕も精進料理を出してもらうことにしよう」

　その時である。十和助が真っ青な顔をして駆け込んできた。

「加美様、見つかりました！」

「そんなに慌てて、何が見つかったというんです？」

「安蔵様の死体です。さっき、一の宮の九郎が知らせに来たんです。鹿撃ちをしに行って、安蔵様の死体を発見したと」

「分かりました、案内して下さい」

加美は上着を肩にひっかけて廊下に出た。


安蔵の死体は、一の宮をさらにずっと上がり、かなり東側に回り込んだ暗い笹藪の中にあった。

木の下闇の冷気故にまだ残っていた雪がかき分けられ、現れた地面の上で、恨めしそうな顔がこちらを睨んでいた。

死体の頭はこっちを向いているが、尻が見えないところを見ると、くの字に身体を折り曲げているのだろうか？

両腕は何故か顔の後ろに垂直に上げられていた。

同じように足もその横に垂直に上がっている。

加美は一瞬、死体がどういう格好をしているのかわけが分からなくなって錯乱した。


　ばらばら死体だ。

聖宝がそう言った。

そうだ。ばらばらなのである。

手と足と首とそして胴を真っ二つに切り離されているのだ。

「なんちゅう惨いことや」

案内をしていた九郎が呟いた。

一瞬、加美ですら足が凍り付いた死体を前に、聖宝が平然と歩み寄っていったので、加美は初めてこの少年を不気味に感じた。

聖宝はまじまじと死体に見入った。

「余り傷んでませんね」

「まぁ、ずっと寒かったし、館の場所よりもこの辺のほうがまだ寒いから雪が解けずに残っていたんだな。死体は五度以上にならないと腐敗が始まらないものだから、雪の中にあれば腐らないよ。まあそんなものだろう」

「そうでしょうね。この藪の中には日も差し込みませんしね」

聖宝は周囲を見回しながら答えた。

「ああ、いい隠し場所を見つけたもんだな。天主家から上には村人はいかないからな。他の死体も上のほうのどこかに隠されているのかも知れん。だがこの死体、やはり僕が最初に睨んだ通り、若宮の祭りだな」

「若宮の祭り？」

「うん、贄の小鰭の、尾と頭と胴と鰭を切るんだよ。丁度こんな風にね」

加美はそう言いながら安蔵の死体をステッキで指した。

＊

ぎしっ、ぎしっ

櫃の蓋が軋んでいた。

鏡子は冷水を浴びせかけられたような恐怖に怯えて、ベッドにへばりついた。

逃げたいのだが、体が動かない。金縛りだ。

ぎしっ、ぎしっ

ぎしっ、ぎしっ

櫃から聞こえてくる音はさらに激しさを増した。

一体これはどうしたわけだろう。あの中には茂道の首と腕を切り取った死体しか入っていないはずだ。

なのに動いている……。

鏡子はいやおうなく頭を掠める恐怖に満ちた想像に打ち震えた。

ばたん

いきなり櫃の蓋が弾けるように開いた。
鏡子は心臓を槍で抉られたように痙攣した。
櫃の中からぼうっと黒い霧が現れ、それがむくむくと生き物のように動き始める。
もう何が何だか分からない。大声でわめきたい。

けぇけぇ
けぇけぇ

鴉……？

いや違う。黒い尖った嘴と翼が見えたと思ったのは一瞬だけ。黒い異物はみるみる巨大になって櫃の中から這い出して来た。

がちゃり　がちゃり

重い金属音がした。鎧武者だった。暗くてよくは見えないが、間違いない。

ああ、どうしよう。

ベッドの卓上灯がついているから、鎧武者からは自分の姿がよく見えるに違いない。

鏡子は焦った。

足音がベッドの周りをゆっくりと旋回している。

どうやって殺そうかとじっくりと考えているのだろうか？

鏡子はその時間がたとえ一秒でも長いことを祈った。

鏡子の内に燃える強靭な生命力が、この最悪の恐怖の際に及んでも、尚生きたいと叫ぶのであった。

だが殺人鬼は冷酷であった。いきなり、鎧武者の腕はぬっと伸びてきた。

そして、夜叉のように歪んだ鏡子の口と鼻を塞いだ。

鎧武者の正体が怨霊なのか、殺人鬼なのか考える余裕はもはや無かった。

ただ、殺されるのだという恐怖で気が遠くなっていった。

＊

安蔵の死体が大八車に積まれて館に帰ってきた。

その様子を庇の上の悪魔達が冷笑をもって迎えたのであった。

第五章　二匹の獣

1　狂言回し

召使いに命じて、加美は安蔵のばらばら死体を広間に安置させた。余り気持ちのいい物ではないが、鴇子の為に注文されていた棺が届いたので、なんとか其処に納めて蓋をした。それで無惨な遺体の状況だけは人目に晒されずにすんでいた。

棺は、セイレーンの下に取りあえず安置され、天主家の一同は一人一人棺の前に寒菊の花を添えていった。

慈恵が経文を読み、簡略化した一通りの供養が終わった。

愛羅と結羅の二人は暫く広間を駆け回って追いかけっこをした後、南向きの窓の下にある卓でお手玉遊びを始めた。

二人に注ぐ色明かりの中で、小さな埃が靄のように舞っている。

聖宝は、何処からか歌劇座が忘れていったザラストロのマントを見つけてきて羽織ると、少女達の前に走っていって翻した。

善行をなす！

汝（なんじ）たちが彼を資格ありとするなら、私の模範に従って欲しい。

汝たちの心がひとしく一致しているのに感服し、我ザラストロは人類の名において汝たちに感謝する。

願わくは、われら神々に仕えるものへの彼の非難を、先入観として許してやって欲しい。

先入観というものは英知も理性も蜘蛛（くも）の巣のごとく切り刻んでしまうものなのだ。

そして英知も理性も我らが円柱を揺り動かすこととてない。

だがタミーノ自身が、われらの偉大で困難な技を身につけることになったら、悪しき先入観は、ただちに消えてゆくことであろう。

見よ。

神々は、優しく貞節なパミーナのために優しい若者を定めた。

これこそが、私が彼女を驕慢（きょうまん）な母親から引き離した理由なのだ。

あの女は自分が偉大であると思いこみ、

妖術（ようじゅつ）と迷信によってひとびとを騙（だま）し、

われらの堅固な神殿を打ち壊そうとしている。

だが、そのようなことはさせぬぞ。

優しい若者タミーノはわれらと固く結ばれて、神に仕えるものとして、徳に報いるのだ。
しかし悪徳には、罰とならねばならぬぞ。

小さな拍手が起こった。

「沙々羅さんにも見せて上げて」

「沙々羅さんにも見せて上げて」

少女達が聖宝にねだった。

他の大人達は各自部屋に去っていた。

時折、灰色制服の召使い達が、主人達から用をいいつけられているらしく往来する。

加美は列席者の中に鏡子と箱男の姿が無かったことの理由を、寝椅子に座って葉巻を吸っている太刀男にこっそりと訊ねた。

太刀男は聖宝が劇の続きを始めたのを見ながら答えた。

「箱男はずっと具合が悪いといって籠もったきりで、食事だけを召使いに届けさせている。母は召使いが起こしに行っても不機嫌そうに扉に枕を投げつけた音がしただけらしい。睡眠薬を飲んで寝ると言ってたから、起きられないんだろう」

太刀男は無表情だった、加美はちっ、と舌打ちをした。

「二人ともが出てこないんじゃ、大概、変に思われますよ」

「それはそうだが、二人とは疎遠にしている私のことは今の時点で疑わないだろう。あんな状態で皆の前に出て、不味(まず)いことを口走られても困る」

「貴方(あなた)も苦労しますね」

「いつものことだ」

太刀男は口をへの字に結んで答えた。

　私は全て知っているのだ。
　お前の母親が神殿の地下の部屋を彷徨(さまよ)っていることを。また私と人間に対する復讐(ふくしゅう)を
　謀(はか)っていることも知っているのじゃ。
　どんなに辛(つら)くとも、
　お前は私がいかにしてお前の母親を罰するかは見ていなければならぬ。

聖宝の高い声が広間にこだましていた。

八方の鏡に、小さなザラストロが両手を広げている姿が映っている。

「凄(すご)いじゃないか聖宝君、君は『魔笛』を暗記してしまっているのかい！」

加美が囃(はや)した。

「脚本の翻訳書を、毎日寝る前に読んでいたことがあるんです！

邪魔をした加美を、愛羅と結羅が赤い唇を尖らせて睨み付けた。

太刀男は、ふう――、と長く煙を吐くと、やおら立ち上がった。

「一応、様子を見に行ってみよう。明日はいい加減ちゃんと食事にも出てもらわなければ」

加美は合い鍵を太刀男に手渡した。

螺旋階段を上っていくと、箱男の部屋の前で鍵穴をのぞき込んでいた華子が太刀男に気づき、素早く知らぬ素振りをした。箱男の部屋の前には空の食器が出されている。

太刀男は深くため息をつき、まず鏡子の部屋の扉を叩いた。

どん、どん、どん、どん

びくり、と手足が痙攣するが、身体は動かない。


私は死んじまったのか……？

変だね、死んでも物を考えるなんて……

「お母さん、お母さん」

おや？　誰かが私を呼んでるようだ……

「お母さん、いい加減に起きなさい！」

はっと開いた視界に大写しで映ったのは、太刀男の顔だった。鏡子はそれを思わず茂道と錯覚して、

「あなた！」

と叫んで飛び起きた。

太刀男は苦笑いをして頭を振った。

母も嫌いであるが、父はもっと嫌いであった。その父親に年々似てくることが自分ながら苦痛であった。それだから鏡子の一言は太刀男を随分と不機嫌にさせた。

「お母さん、私は御宗主ではありませんよ。太刀男です」

鏡子は目を瞬いて呆然と辺りを見回した。

なんだい？　私ゃ死んじゃあいない。

どういうことだろう。

殺りそこなって逃げやがったんだろうか？

鏡子はちらりと櫃を見た。ベッドの位置からは衝立より半分覗いた櫃が確認出来る。櫃は静かだった。

何だろう。

何ともなっていない。

夢だったんだろうか？

ああ、そうだ、きっと夢だったんだ。

毎日薄気味悪いと思っているから、あんな夢を見たんだね。

鏡子はほうっと深い安堵の息を吐いた。一人で青くなったり赤くなったりしている母の姿を見て、太刀男は冷笑を送った。

「一体、何の用だい？」

「さきほど安蔵兄さんの死体が発見されましたよ」

「安蔵の？　ふん、やっぱり死んでたのか」

「葬儀も終わってしまいました。箱男も部屋に籠もったきりで欠席です。こんな事では困りますね」

「私にどうしろと言うんだね」

「普通に振る舞ってもらえますか？　御宗主のもう一人の妻らしくね。そうでないと私としては立場がないのです。箱男にも貴方からそう言ってやって下さい」

鏡子は黙っていた。先ほどの恐ろしい夢が、まだ背後に潜んでいて、突然として自分を襲ってくるような気がする。

「どうしました、ぼんやりして。私の話をちゃんと聞いているのですか？」

「あっ……ああ、ちゃんと聞いているよ。すまないね」

鏡子は櫃に視線を吸い寄せられたままで譫言のように答えた。

「それにもう一つ、加美探偵からこっそり注意されたのですが、貴方、他の人達の部屋の合い鍵を作って、盗みに入ったそうですね」

太刀男が鏡子の前に顔を突き出した。情けない。鏡子は目を逸らせた。

「まったく、まるで泥棒猫だ。そういう事をされては困るんですよ。人が何と思うか、私や箱男の立場になるということは無いんですか。いいですか、否がおうでも貴方は私の母親なのです。貴方の罪は私にも被ってくる。貴方に対する嫌疑は私に対する嫌疑にもなるんです。合い鍵なんていうものを持っていたと知られたら、殺人犯は貴方ということになるでしょう」

「私じゃないよ」

「貴方であろうと、なかろうとどちらでもいいのですけどね、そう思われては私が困るということなのです。私はこの狭い一族の中で人殺しの息子と汚名を着せられて生きていくのは御免なのです」

「なんだか、お前は私を信用していないっていう口振りだね。けど、殺人犯は私じゃないんだよ」

　ほうっ、

と気の無い答えをした太刀男めがけ、子宮病の発作を起こした鏡子は卓から卓上灯を投げつけた。

太刀男は身を躱し、卓上灯は鋭い音をたてて砕け散った。

太刀男は顔を顰めた。

「なんですか、物々しい。こんな事をして誰かが飛んできたらどうするんです。例えば華子とかです。えっ、不味いのじゃありませんか？」

さすがに毳だった声でそう言った太刀男は、ゆっくりと部屋の隅へと歩いていき、衝立をよけた。そうして鏡子を睨むと、靴のつま先で櫃を軽く蹴ってみせたのだった。

鏡子の心臓はヒヤリと凍った。

「こういう秘密を隠している時には、慎重に行動して欲しいものです」

「おっ、お前知ってるんだね」

「ええ、知っていますよ。貴方が何をしたかぐらいお見通しだ。貴方ほど短絡的で分かりやすい人はいない。そういう気質が命取りですね」

「知っててよくも……」

「知っててよくも黙っていたな……ですか？　いえね、面白いからどれだけ長い間、死体と一緒に寝られるものか見てたのです」

太刀男は平然とそう言うと、櫃の側面を壊れるのでは無いかというほどに蹴り上げた。

2　箱の中の死体

鈍い音が館(やかた)中に響いたように鏡子には感じられた。

「やめて！」

鏡子が叫んだ。その途端、扉が開いて、入ってきたのは加美だった。

「どうしたんです、何だか随分と険悪な空気が流れてきていますよ。この部屋から」

なんて間の悪い探偵だ。こいつは私にとっちゃ、疫病神(やくびょうがみ)だ。

鏡子は両手で顔を覆い隠し、ベッドに丸まった。

もう終わりだ。

「加美探偵。丁度いいところに来てくれた。不審な物を見つけたのです」

「不審な物？」

「ええ、これです」

太刀男はまた櫃を軽く蹴った。加美は笑いながら櫃の前へと向かった。

「これは見事な櫃ですね。細工も上等だ」

「そうでしょう。これは篤道公が鎧櫃(よろいびつ)として愛用されていたものなんだそうです」

「かの怨霊(おんりょう)がですか？」

加美が眉(まゆ)を顰(ひそ)めて櫃を見た。

「そうです。かの怨霊がです。そこでこの因縁ある櫃に何が入っているか見てみませんか？」

「なる程、もしかすると鎧が入っているかも知れませんね。あの鎧武者の……」

「ええ」

加美が櫃の鍵に手をかけたのを見て、鏡子は、
止めて！　止めて！　止めて！

と金切声でわめいて、ますます体を縮め、震えだした。二人の男は顔を見合わせて笑った。

バタン
と勢いの良い音がして、櫃の蓋が開かれた。

（ああ、本当に終わりだ……）

このまま石にでもなってしまいたいと思った鏡子であるが、その次の瞬間に訪れた沈黙──凄まじく緊張したような異様な雰囲気に気づいて、そろそろと顔を上げた。

其の光景は酷く予想に反していた。

茂道によく似たあの声で、高笑いでもするだろうと思っていたのに……。

勿論、父親の無惨な死体を見たならば、誰もが少なからず衝撃を受けるには違いないが、太刀男はその事を知っていたはずである。

なのに、絶句している太刀男と加美の顔面は、とても事前に知っていたと思えぬ程の蒼白であった。

まるでこの世のものでは無い何かを見たというような顔である。

その次にはもっと信じられないことが起こった。太刀男の足下が蹌踉めき、鏡子を見た瞳が恐怖の光を湛えていたのである。

鏡子は理解不可能な何かとんでも無い事が起こっているのを察知して、全身の体毛を逆立てた。

酷い錯乱が彼女を襲った。

「これは、一体どうしたのです？」

太刀男の声が震えていた。加美探偵は櫃のもとからふらふらと歩いていって椅子の上に崩れ落ちた。

体中が恐怖に腐食されて、ばらばらになってしまいそうだ。

「ど……どうしたって……お前、知ってるんじゃないか……」

太刀男は首を振った。

「一体、何を言ってるんだい？　何があるっていうんだい？　黙っていないで言っておくれよ」

兢々としながら猫撫で声でそう言った鏡子の襟首をいきなり太刀男は太い指で捕まえると、引きずるようにして鏡子の体を櫃の前に持っていった。

鏡子はその勢いに崩れ落ち、金剛石の首飾りが千切れて飛び散った。

櫃の前に半ば尻餅をつく姿勢になりながら見た物に、鏡子は獣のような声を上げた。

うぎぁ

薄暗い櫃の中に、黒い塊があった。

それは、裸にされた上に体中を墨で黒く塗られ、ぐにゃぐにゃに体を折り畳まれた箱男であった。

箱男の周りの隙間には真綿が詰められている。

恐怖の張り付いた表情。醜く歪んだ苦悶の口元には涎と泡がついている。いつもポマードで手入れされた髪は逆立つばかりに乱れ、一際大きな耳には必死で藻掻いたのであろう痕跡があった。耳の縁が摩擦で青黒く内出血を起こしているのだ。

酸欠悶絶の断末魔そのものの形を残して手足は引きつり、眼球は箱男の内部で膨れ上がった恐怖の圧力によって飛び出しているのだった。

「惨い……惨すぎる。きっと麻酔薬を嗅がされて意識を失っている隙に櫃の中にいれられたのだ。目覚めた時には殆ど空気もなくなっていて、自分でもわけの分からないうちに苦しみながら死んでいったに違いない。ほら、どんなに彼が苦しんだか伝言されている」

椅子に座ってそう芝居っぽく呟いた加美は、櫃の側にしゃがみ込んでいる鏡子の側に歩いていった。

そうして肩を抱くと、櫃の裏蓋にある白い破線を指さした。それらは箱男が櫃から出ようと苦しみ藻掻いて引っ掻いた爪の痕だった。

加美が鏡子の耳元に囁いた。

「きっと彼は必死で箱を揺すったり、藻掻いたりしたんでしょうね。そしてキリキリキリキリここを引っ掻いて助けを呼んだはずだ。こんな殺し方はもっとも残酷な拷問にも等しい殺し方だ。だが、僕らはその時、経文を下で聴いていたから、誰も気づいてやれなかった。貴方以外は……」

「馬鹿なことを言わないでおくれ！　ほかの誰を殺したって、私が箱男を殺すはずがないじゃないか。私は睡眠薬をたっぷりと飲んで眠ってしまったんだよ。私の横で、箱男が苦しんでじわじわと殺されていってるなんて何一つ知りもせずにね。なんてことなんだ。ああっ、箱男、私の可愛い息子、可哀想に……可哀想に……」

鏡子はきっと加美を睨んでそう言うと、櫃の中の死体に取りすがった。

「そうだ。あれは夢じゃなかったんだ……」

「何ですか？」

ぎしっ、ぎしっ

櫃の蓋が軋んでいた。

鏡子は冷水を浴びせられたような恐怖に怯えて、ベッドにへばりついた。

逃げたいのだが、体が動かない。金縛りだ。

ぎしっ、ぎしっ

ぎしっ、ぎしっ

櫃から聞こえてくる音はさらに激しさを増した。

一体これはどうしたわけだろう。あの中には茂道の首と腕を切り取った死体しか入っていないはずだ。

なのに動いている……。

ばたん

いきなり櫃の蓋が弾(はじ)けるように開いた。
鏡子は心臓を槍(やり)で抉(えぐ)られたように痙攣(けいれん)した。
櫃の中からぼうっと黒い霧が現れ、それがむくむくと生き物のように動き始める。
もう何が何だか分からない。大声でわめきたい。

けぇけぇ

けぇけぇ

鴉(からす)……？

いや違う。黒い尖(とが)った嘴(くちばし)と翼が見えたと思ったのは一瞬だけ。黒い異物はみるみる巨大になって櫃の中から這(は)い出して来た。

がちゃり　がちゃり

重い金属音がした。鎧(よろい)武者だった。暗くてよくは見えないが、間違いない。
ああ、どうしよう。
ベッドの卓上灯がついているから、鎧武者からは自分の姿がよく見えるに違いない。

鏡子は焦った。

足音がベッドの周りをゆっくりと旋回している。

どうやって殺そうかとじっくりと考えているのだろうか？

鏡子はその時間がたとえ一秒でも長いことを祈った。

だが殺人鬼は冷酷であった。いきなり、鎧武者の腕はぬっと伸びてきた。

そして、夜叉(やしゃ)のように歪んだ鏡子の口と鼻を塞(ふさ)いだ。

鎧武者の正体が怨霊(おんりょう)なのか、殺人鬼なのか考える余裕はもはや無かった。

ただ、殺されるのだという恐怖で気が遠くなっていった。


「なる程、もしかするとそれは現実に起きたことと夢が混合した記憶かも知れませんね。その話から推測すると、櫃がぎしぎしと鳴ったのや、ばたんと蓋(ふた)が開いた音は、きっと犯人が蓋を開け箱男君を櫃の中に入れた実際の音だったんですよ。

犯人は実際、鎧武者の格好で貴方(あなた)の様子を窺(うかが)っていた。貴方は睡眠薬で眠っていたから、そんな凶悪な犯罪が横で行われているにもかかわらず、はっきりと覚醒(かくせい)しなかった。其処(そこ)に麻酔薬を嗅がされて意識を失ったんです。そうして同じように麻酔薬を嗅がされ、隣の部屋からここに運ばれた箱男君が、目覚めたんだ。そして、必死で助けを呼んだのだろうが、誰も蓋の鍵(かぎ)を開けてくれる者はいなかった。勿論、貴方のことも呼んだでしょうね。『お母さん助けて、お母さん助けて』と何度も何度もね。父親の死体を入れた櫃に閉じこめられて死んでいくなんて、どんなに恐ろしかっただろう……。考えただけでも身震いがする。

犯人は上手に二人の麻酔薬の量を加減して、貴方が物音で目覚めないように工夫を凝らしたんです。貴方が事情を知って、ひどく悲嘆に暮れることを願ってね。母親のすぐ側で息子をじわじわと窒息死させるなんて、なんて残忍なやり方だ」

それを聞くと、鏡子はさめざめと泣き出した。

身から出た錆だ。

太刀男が鬱っとうしそうにため息をついた。

3　宗主は生きている

「それで、もとあった箱の中身は何処にやったのです？」

鏡子は加美の冷静な質問で、吾を取り戻した。

「もっ……もとの中身だって？」

「今更とぼけなくてもいい。御宗主の死体のことです」

「何処へもやりはしないよ。番人が巡回しているから、運び出して埋めることも出来ずにずっとこの中に入れておいたんだ」

鏡子は箱男を夢中で抱いていた手を放し、櫃から退いた。

「そうすると、犯人が持っていったということなのかな？」

加美が腕組みをした。

「鏡子さん、貴方がこの櫃に御宗主の死体が確かにあることを確認したのは何時ですか？」

「何時って、そんな物をちょいちょい開けてみるわけがないじゃないか。入れたきり開けたことなどないよ」

「それじゃあ、分からないな。本当にここに御宗主の死体を入れたんですか？」

「そうだよ。間違いない。私と弓子と箱男の三人で、手分けして入れたんだ」

うううん、と加美は首を捻った。

「ねぇ、もしかして死んではいなかったということは考えられませんか？　もしくは殺し方が不完全で生き返ったとか」

「そんな事はあり得ないよ、なんでなら……」

「なんでなら？」

鏡子はごくりと唾を飲み込んだ。

「首と腕を切り落として入れたからだよ」

「首と腕を切り落とした！　それはまた大変だ。完全に死んでしまう。いやぁ、貴方の残忍さも犯人にひけをとりませんね、……ところで、御宗主を何故殺したんです？」

「殺そうとまでは思っちゃいなかったんだ。ただ薬で思い通りにしようと思ったんだよ」

鏡子は横目で太刀男を見ながらバツ悪そうに言った。

「薬で？」

「いっ……池田から貰ったんだ。特別の奴さ。飲ますと、思った通りの夢を見せられて、その間はなんでも言うことを聞くし、ちょいと暗示をしておけば、薬が切れた後はその間のことを覚えちゃいないとね。後は池田が来て上手くやってくれるはずだったんだ。ところが、量を間違ったのか、飲んだ途端にぽっくりいっちまったんだよ」

「ふうん」

「そんな薬があるのか？」

太刀男が横から訊ねた。

「聞いたことがありますね。池田を子飼にしている東という腕利きの男が、そういう類の薬の開発に熱をいれてるとね。それで、鏡子さん、その薬をどうやって飲ませたんです？」

「四人で葡萄酒を飲んでいて、したたか酔ってきたところで奴のグラスに混ぜたんだ。なにしろ匂いや味で分かりそうだから、相当に酔ってからでないと、怪しいと感づかれそうだったのでね」

「なる程、貴方達も一緒に葡萄酒を飲んでたんですか……」

加美は背中で腕を組むと、部屋の中を歩き回り始めた。加美は大分ながいことその考証中に見せる癖を続けていたが、ぴたりと立ち止まるといきなり子供のような歓喜の表情を漲(みなぎ)らせた。

「例えばですよ」

と、加美は手を打って大きな声で言った。

「もしかすると、御宗主は事前に貴方達の陰謀を察知していて、薬を飲んだ振りをしていただけかも知れない」

鏡子が頭を振った。

「飲んだ振りをしただけで死ぬなんてことがあるはずないよ」

「だからですね、死んでないんです」

「何だって！」

鏡子の目尻(めじり)が痙攣を起こした。加美がにやりと笑った。太刀男は呆気(あっけ)にとられていた。

「例えば」

と、また加美は大きな声で言った。

「御宗主は貴方が隠していた薬の存在に気づき、それを無害なものと取り替えておいたと考えられはしませんか？ 鏡子さん、貴方は何処にその薬をしまっておきましたか？」

「ベッド脇の卓の引き出しの中さ」

「不用心ですね。全くいい加減だ。そんな場所はすぐに気づかれてしまって当然だ」

「そりゃあそうかも知れない、けど、それだから奴が薬を取り替えておいて、死なないたなんて変じゃないか。だって、私達は奴の死体から首や腕を切ったんだよ。必死になって糸ノコで奴の硬い骨を切断したんだ。血で手は滑るし大変だったよ」

鏡子は、もはやさんざんな恐怖で取り乱していたので、自分達の凶行をべらべらと喋っていた。

加美はそれを聞くと人差し指を顔の前で振って、眼鏡を上げた。

「鏡子さん、貴方は池田から貰った薬のことをどんな薬だと聞きました？」

「だからさ、思った通りの夢を見せられて、その間はなんでも言うことを聞くし、ちょいと暗示をかけておけば、薬が切れた後はその間のことを覚えちゃいないって聞いたんだよ」

同じことを何度も言わすなというように、鏡子は病的な高い声を上げた。

「お静かに。誰かに聞かれてしまいますよ。いいですか、つまり貴方の貰った薬は、催眠術を簡単にかけられるような薬なんだ」

加美はそう言うと、歩き回るのを止めて、鏡子の口を手で塞いだ。

そうして再び鏡子の前にしゃがみ込み、彼女の顔をじっと見た。

「例えば、逆に貴方達の飲んでいた葡萄酒にこそ、その薬が入れられていたとしたらどうでしょう？　そうして、薬を盛られて意識を失っている貴方達に御宗主が暗示をかけたとしたらどうでしょう？」

それを聞くと鏡子の顔はみるみる青ざめて蠟のようになった。

「つまり、宗主を殺して首と腕を切り落とし、その櫃に入れたと思わせる暗示か?」

太刀男が低い声で訊ねた。

鏡子の脳裏には、あの犯罪の夜のことが走馬灯のように過ぎった。自分の血塗れの手や、皮膚を切断した時に現れたぬるりと黄色い脂肪層の手応え。

あれが、夢だったというのか?

「だっ……だけど、今でも箪笥の中には掃除に使った血塗れのシーツが残っているよ」

もごもごと言った鏡子の言葉を聞き取ると、加美は箪笥の引き出しを開け、血痕のついたシーツを探しだした。それは黒い分厚いサテン地のシーツで、銀色の蝶の刺繡がある。

その蝶の羽根には、まるで文様のように茶色い染みがついているのだった。

「本当だ。だがこの血が御宗主のものだと誰が言えますか? 猟の得意な御宗主のことだ、捕まえた動物の血を塗って偽装したということは十分にあり得るでしょう」

「では今度のことは?」

太刀男が訊ねた。

「ようするに、御宗主の仕業です。自分の財産と御宝を狙う一族に対する無差別反撃ということが考えられますね。もともと極めて嗜血趣味的な傾向をお持ちだ。鏡子さん達の犯罪計画によって刺激され、彼本来の残虐性を目覚めさせたのかも知れない。復讐という観点からすれば関係の無い鴇子さんや安蔵さんですが、御宗主はお二人に何故か愛情を持っていなかったようですしね」

「最初に母達を殺さなかったのは何のためだろう？」

「さぁ、でもこの惨たらしい箱男さんの殺し方を見て下さいよ。一番憎い相手をあっさり殺すよりも、こうやって精神的に追いつめてじわじわ殺そうと思ったのかも知れませんよ。なにしろ自分は死体と一緒に寝ていると思わされていて、その間に奇怪な殺人劇が起こっているという状況だ。普通の人間なら身も世も無いくらいの恐怖を味わうはずです。その間は長ければ長いほど、見ていても楽しいでしょう」

加美は胸ポケットから取り出したハンカチで口と鼻を覆うと、またチラリと箱男の苦悶（くもん）に引きつった姿態を見た。

「御宗主の犯罪として考えれば、今までの謎も全て説明がつくと思いませんか。御宗主なら館（やかた）の合い鍵（かぎ）の一つくらい持っていても不思議ではないし、もともと死んだことになっているから、不在証明（アリバイ）に心を砕く必要も無い。館の秘密暗号のことも知っている」

「館の秘密暗号ってなんなんだい？」

気色（けしき）ばんで訊ねた鏡子に加美は呆（あき）れた表情をした。

「この期に及んで、まだ天主家の財産に色気を持ってでもいるんですか？　いつまでもそんな事を言っているから、ほら、そこの箱男さんのようになってしまうんです」

加美の指摘に鏡子は細かく唇を震わせた。

「では、鴇子母さんが落下した時に聞こえた霊気琴（テルミン）はやはり御宗主が……」

「そうでしょうね。その場合に留意しなければならないのは共犯がいるということです。御宗主はその共犯に命じて鴇子さんをわざと自分の目前に落下させ、死んでいく姿を見て楽しんだのです。霊気琴を奏でながらね。そして、皆が駆けつけた時には近くの高欄の下に隠れて逃げたのでしょう。ああっ、なんて邪悪な企みだ」

「共犯というのは……」

「聖宝君を装って僕を攪乱させたところから見て、おそらく助蔵ですよ。あの男は御宗主の命令とあれば聞くでしょうし、聖宝君役には沙々羅さんか自分の二人の娘の誰かを使ったんだ」

「では弓子の殺しはどうしたんだ？　殺害方法は分かったが、合い鍵を持っていたにしても、内鍵を閉めて密室にした方法だ」

「それですよ。それで僕も散々に秘密の扉や通路があるのではないかと疑って調べてみましたが、そんな形跡は微塵も無かった。ここで、一つだけ可能性として考えられることがある」

「どんな？」

「僕らは犯人が密室にした方法のことばかり考えていたが、むしろ弓子さんが密室にしたと考えたらどうでしょう」

「弓子が？」

「そうですよ。眠っている弓子さんは夜中、扉をノックする音で目を覚ましたんです。そして御宗主が声の似ている貴方の名を騙って、『話がある』などと言ったとする。それで弓子さんは扉を開ける。その瞬間、矢を射込まれた。直ぐには死にません。とにかく弓子さんは、自分が殺したと思いこんでいた父親の姿を見たはずです。さぁ、咄嗟にどうします？　恐怖に駆られてまず扉を閉め、鍵をかけませんか？　そうしてよろよろと逃げるように部屋の奥まで歩いていって、ベッドに倒れ込んだ」

「なる程、あり得る話だな。しかし何故、私と御宗主の声が似ているなどと分かったのだ？」

「これは失礼。推察です」

加美の言葉に太刀男は頷いた。竦み上がったのは鏡子であった。

「なんて恐ろしい奴なんだ。そうさ、奴ならやりかねない。普段だって、小さな動物や女をなぶるのが好きな男だった。私もこんな風な恐ろしい方法で殺そうと狙っているんだろうか？」

箱男に凍り付いた視線を投げた鏡子の声はあまりのおぞましさに裏返っていた。

「こんなものじゃ済まないかも知れませんね。長年可愛がった貴方の裏切りには怒りを燃やしているでしょうし、もっと惨い殺し方を考えているかも知れませんよ」

鏡子はそれを聞くと声にならない悲鳴を上げた。

「助けておくれよ。ねえ太刀男、助けておくれ」

足下に縋り付いた鏡子を太刀男は一瞥した。

「さあ、自分の夫も殺そうという貴方を助けたら、私もいつ殺されるか分かったものではありませんね」

「そんな事を絶対にしやしないよ。お前は私の可愛い息子なんだよ」

太刀男は汚物を見るような目で鏡子を見た。

加美が太刀男の耳元に何事か囁いた。

「まあ仕方が無い。大人しくしているというなら、屈強な男を二、三人一晩中扉番としてつけて上げます」

「本当かい！　ああ、有り難うよ。これからはお前の言うことは何でも聞くよ」

「当然です。明日の食事には出て来るんですよ」

「ああ、勿論さ。ところで箱男の死体はどうしたらいいんだい？」

「今日はこのままでしょう。明日、どうするか検討しましょう。貴方の犯罪が露見してもいけませんから」

「こっ、このまま？」

「そうです。御宗主の死体と何日も寝た貴方ですから、どうということも無いでしょう。それに貴方の可愛い息子の死体なら、御宗主のものほど気味も悪くないでしょうしね」

鏡子は狼狽した様子であったが、加美が優しく声をかけた。

「まあ鏡子さん落ち着いて、太刀男さんの言うことが良策だ。御宗主が鍵を持っていたとしても、人が見張っている部屋に入ってはこられませんよ。これでも飲んで、寝て下さい」

加美はそう言うと、飾り棚から洋酒を取り出し、鏡子愛用のグラスになみなみと注いだ。

鏡子はむしゃぶりつくようにしてそれを飲んだ。

太刀男は加美に目配せをして部屋を出た。

4　太刀男の陰謀

「大分と目鼻がついてきましたね」

加美は太刀男から差し出された蒸留葡萄酒(ブランデー)を一口飲むと、椅子の上に座っていた猫を散らして、腰を下ろした。

「『魔笛』の箱の中の黒人。そして黒く塗られた箱男さんの死体。ふっ、何処までも凝っていますね」

「狂気だ。あの男はもともと異常者なのだ」

太刀男は低く呟(つぶや)くと、逃げてきた猫を膝(ひざ)の上に抱き上げ、顎(あご)を撫(な)でた。

「ところで、今日の御審議役の話というのは？」

「やはり今度の事件が向こうに知られているらしい。ずっと隠しておくということも無理だろうから、適当なところで警察も入れなければならないと思ってはいたがな……。御審議役の話というのは、あと一年の間に宗主が見つからなければ私が跡目を継ぐことに決定したということだ。それと伊厨が成正、華子が成継と婚約。将来的には私は沙々羅と、箱男は愛羅か結羅のどちらかを正妻にする予定になった」

「それはそれは、では愛羅さんと結羅さんの御婚約ははなからやり直しですね。でもおめでとうございます。もしかして意外な人物になるんではと心配していましたけど、どうということは無かったですね。しかし、貴方は本当に賢い人ですね。一つも自分の手を汚さずに全てを手に入れた」

「人聞きの悪いことを言わないでくれ。彼らが勝手に自滅していってるだけだ」

「まぁ、その通りですね。しかし跡目を渋って、皆の思いを錯乱させ、こういう状況に追い込んだのは貴方ですよ。いかに貴方の一族の犯罪の導火線には火がつきやすいのかを承知でね」

「そんな事は知らぬことだ。それよりも、首尾よくいけば満州の一部に独立国を貰えるという約束は確かだな？」

「勿論です。嘘はつきませんとも、陛下」

太刀男は表情の薄い顔に笑みを浮かべた。

「ところで、貴方の未来の妻と決まった沙々羅さんはどんな具合なのです？」

「相変わらず高熱だ。医者を呼び寄せることにした」

「それは大変だ。大事をとらなければなりませんね。それにしても貴方は幸運な男だ。きっと彼女は凄い美女になりますよ。あの真夜中の夢想歩行は実に叙情詩的でした」

「あれは気性も容姿も祖父に似ているからな。私も出来ればあんな両親よりも祖父に似たかった。だから安蔵兄さんのことは好きだったのだ。子供は私に似ない方がいい」

　太刀男は少し悲しげに言った。

「あれ、しかし貴方と沙々羅さんでは叔母と甥になるではありませんか」

「別に構わんのだ。戸籍などここでは関係ない。役所にはいつも適当な戸籍を提出する。しかし、余りに血が濃くなり過ぎても問題が起こるので、その為に系図の暗記と審判役としての御審議役がいるのだ」

「了解しました。その御審議役ですが、御宝のことについては何か言わなかったんですか？　引継の儀の時に必要となるでしょう」

「与り知らないことだと言った。御宝の譲渡の時には立会人はいないと、だから自分達には関係の無いことだとな」

「なんともはや、見事に役目が分業化されているんですね。まるで最近の工場のようだ。それで、あとどのくらいそういう役目を持った人達がいるんですか？」

「よくは分からないのだ。私が宗主になればある程度知らされるだろう。しかし、それにしても宗主が生きていると見抜いたのはさすがだったな。あんな奇想はとても思いつかないものだ」

「だてに探偵を名乗ってはいませんよ。それより御宗主が生きているとなると問題ですね。それに大事な御宝の行方をまだ摑んでいない」

「確かにな。だが、御宗主が生きているということは、こちらで捕まえれば御宝を手にいれられるということだから、当て所もなく探す手間は省ける。あとの始末はそれから考えればいい」

「それを考えるのは僕ですね」

「そういうことだな」

「鏡子さんはあれでいいんですか？　いい加減なことを言って、僕に一服盛らせるなんて酷いですよ。普通の催眠薬と違って強烈だから、きっともの十分もしないうちに意識不明だ。御宗主が来たら、一巻の終わりですね」

「それでいい。あんな母親がいてもらっては困る。御宗主に殺されるのを待つのが一番だろう。もともと自業自得だ。箱男と弓子も母の企みに乗せられたせいであんな惨いことになったのだ。あれが何時までも生きてのうのうと暮らしていいはずがない」

「そうですね。けど用心して下さいよ。残っているのは鏡と太刀。貴方のほうを先に殺す計画を立てているかも知れません」

「私は用心深い。だからこそ安蔵兄さんのようにならずに済んでいるんだ。生まれてからこのかた、正体を失うほど眠りこけた時など一度もない。もし、御宗主が私を殺そうと部屋に忍んできたところで、御宗主と私なら腕力は五分五分……いや、今なら六分四分で私が勝つ」

太刀男は、むしろその時が来るのを待っているかのように自信満々に言った。

「用心の為にこれを渡しておきましょう。枕の下に入れて置いて下さい。麻酔薬を嗅(か)がされても、直ぐには気絶しませんから、これで撃てば大丈夫です」

加美は短銃の一つを太刀男に渡した。

「ところで。助蔵達はどうします？」

「今は放っておこう。宗主が私に決まったら、言うことを聞くようになるだろう。掟(おきて)に従順だからな。あれはそういう男だ。結論はそれからでいい。駒男は初めから私の派閥だ。成行の家族などはとるに足りない存在だ。それにしても残りの死体は何処に隠したのか……？」

「それを僕も考えていたんですが、やはりこの山の上のほうが怪しいですね。宗主も近くに潜んでいるようだ。何処か人が隠れるような場所に心当たりがありませんか」

太刀男は暫(しばら)く考えを巡らしていた。

「それならば禁則の洞窟(どうくつ)はどうだろう？」

「禁則の洞窟？」

「天主家が風葬用に使っている洞窟だ。前に話をしたことがあるだろう。今日の死体の発見現場から三百メートルほど上に上がったところにある」

「なる程。誰も入ってはいけない洞窟なら、犯罪のアジトとしては最適ですね。そこに宗主も潜んでいるかも知れない。どうでしょう？　明日辺り僕が行ってみましょうか？」

「そうしてくれ」

世界、眼球
審判、裁き

ミラレ【和音】ミラレ【和音】
ミラレ【和音】
ミラレ【和音】ミラレ【和音】
ミラレ【和音】
ソラシ【和音】ソラシ【和音】
ソラシ【和音】
ソラシ【和音】ソラシ【和音】
ソラシ【和音】

天主家の一日の終わりを告げる廻盤琴（オルゴール）の音色が響いた。

5 無くなった電灯

竹林が煽られて太い鞭のような風音を立てている。

それとも血取りが騒いでいるのか？

深夜の見回り番は三人に増やされていた。

各自、広間から別の経路で館を見回り、一時間おきに広間ですれ違って、また違う経路に分かれていく具合になっている。

どうやった？

怪しい事は無かった。そっちはどうや？

こっちもや、五郎は遅いな。

ああ、あいつは歩くのが遅いからな。

二回目の巡回を終えて館の玄関の前で落ち合った二人の召使いは、囁き合いながら扉の目玉を見た。

いつ見てもこいつは気持ちわるいなぁ。

ほんまや、ただでさえ不気味な事ばかり起こってるのに、堪忍（かんにん）して欲しいわ。

広間の棺の横を通る時に、背筋が寒うならんか？

なるに決まってる。なにしろばらばら死体なんやろう。

そんな事を言いながら、二人は互いに目配せして覚悟を決め、扉を開いた。

暗闇の中で何百匹もの奇獣とばらばら死体の入った棺が待ち受けている。

物陰に怨霊（おんりょう）が潜んでいるような気がしてならない。

大鏡に映る自分達の姿も、時々、違った物に見えて、ヒヤリとさせられる。

二人はつまみを調節して、手に持っていた洋灯（ランプ）の火を大きくした。

「おい、この中を回るのを一緒にしてくれへんか？」

「そやけど、十和助はんに別々に回れ言われてるやろ」

「今度、お前が館の中を回る時には一緒についていくから頼むわ。もし殺人鬼にバッタリ会ったりしたらどうしたらええんや」

「そっ、そうやな。割に合わんわな、こんな仕事」

二人は了解し合って、一緒に館を回ることにした。

一階……、二階……、三階……、四階……、五階……と順番に回り、六階への螺旋階段を上がって、青果で出来た珍奇な肖像画が見えてきた。

「俺はあの絵、嫌いや」

「あんな気色の悪い絵を好きな者なんておるかいな」

そう言いながら六階につき、二人は廊下の電灯の開閉器を捻った。霧のかかったような明るさが広がった。

廊下を歩いていると、一人が異変に気づいた。

「おい、ちょっと待て、これを見てみィ」

「なんや」

指さされた壁を見て、もう一人が首を捻った。

「ここのところ、電灯が無くなってるぞ」

そう言われてぐるりを見ると、確かに間隔からいけばその部分に一つなければならないはずの電灯が消えている。

「どういうことやろ……？」

「盗まれたんかな？」

「こんな電灯を一つだけ取ってどうするんや？」

二人はぞうっ、として体を寄せ合った。

電灯が盗まれるなど大したことでは無いのだが、惨劇が起こっている最中の理不尽な出来事だけに、いやに気味悪く感じるのだ。

こんな時の人間の想像力は何処までも無秩序に滑走する。二人は震え声で、電灯を使った偏奇な殺人儀式や殺人の為の仕掛けの事などをあれこれ議論しながら六階を回り終え、再び階段を下り始めた。

その時である。自分達の前を、何者かの足音がコツン、コツンと響き始めた。

「誰やろ？」

「五郎か？」

お――い、五郎か？

男は、思い切り洋灯を前方に翳(かざ)した。

呼び声が螺旋階段に反射して不気味に響きわたった。

「アホ、大声を出すな。皆が起きてきたらしかられるやろ」

「けっ、けどあの足音は誰やねん？」

二人は耳をそばだてた。足音はすっかりしなくなっていた。

「お前も聞いたやろ、あの歌劇の時の『姿の無い亡霊の足音』の話。亡霊に押されて、小道具係りは階段から落ちたんやで」

二人は互いに手すりにしっかり摑(つか)まった。

「広間の五郎の足音が響いて聞こえただけかも知れん。とにかく、ゆっくり進むんや。妙な輩がいても、大声を出したら、皆起きてきはる。大丈夫や」

「そっ、そらそうやな」

二人は慎重に、慎重に階段を下りていった。広間に下りると、小さな黄色い光がちらちらと動いて見えた。

「誰や！」

「健三はんか？」

五郎の声である。二人はほっと胸を撫で下ろした。

「なんや、やっぱり五郎はんか、さっき階段で足音が聞こえたから、心臓が飛びでそうになったわ」

「すまんすまん遅れたんや、一緒に回ってたんか？」

「気持ち悪いからな」

「そうそう、気味が悪いことというたら、六階の電灯が一つ消えてたで」

「電灯が？」

「なんや、得体の知れん変なことや思うやろ……」

言いかけた男の顔が忽ち青ざめ、震える指が五郎の背後に向けられた。

隣の男も、ひっと異様な声を上げた。五郎も振り返ると後ろに飛び退いて尻餅をつき、床の上をはいずり回った。

五郎の後ろの窓が開いていた。

その窓の向こう、薄い半透明のカーテン越しに、鎧武者が歩いているのが見えたのである。

しかもその鎧武者の全身はぼんやりとした不気味な光に包まれている。

恐らく三人の騒ぎの気配が伝わったのであろう、鎧武者がゆっくりと顔を三人に向けた。

頬に黒く醜い蜘蛛形の痣があった。


あっ、御宗主様！


三人はほぼ同時に叫んだが、鎧武者はそれを無視して窓の右手に消えた。

「でっ、でででででで、出た！」

「いっ、今のは御宗主やったんか？」

「もももももも、もしかすっすると篤道公の怨霊かも」

「どっ、どうする？」

「と……、十和助はんに報告や」

三人は互いに頷き合うと、もつれた足でよたよたと北廊下の一番目にある執事部屋へと向かった。

三人の番人の訴えを聞いた十和助は急いで本館の広間へと駆けつけた。

そうして四、五階にいる一族に知らせようと階段を上がっていくと、突然、あの鉄管風琴の音が渦巻くようにして響きわたったのであった。

この時、五階、六階の照明に取り付いた小さな金製の悪魔達がキィキィと啼き声を上げた。

天主家の面々が不安な顔をしながら各自の部屋から顔を覗かせ、広間に人々が集い始めた。

まだ天井の向こうから、雷鳴音が怯える人々の頭に降り注いでいる。

一同の脳裏には、昨夜の歌劇の鳥刺し男や、一つ目の日来見杜や、大蛇や、夜の女王が凶器を手に踊り回っている姿が掠めるのであった。

鉄管風琴の音が止んだ。

（鉄管風琴を鳴らしたのは助蔵だな。ただの虚仮威しか？　或いは宗主が逃げる間に上に注意をそらせておくための物か？　まぁいい、企みに引っかかっているふりをしておこう。今ここで宗主が捕まっても不味いからな）

腕組みをして目を閉じていた加美は、深いため息をついた。

「御宗主、いやもしかすると篤道公の怨霊らしきものが通り過ぎていったのは其処の窓だったんですね」

番人の三人が頷いた。

「体が火の玉みたいに青白く光ってたんです。今から思ったら、やっぱり怨霊ですヮ」

天主家の一同は、ぞうっとして顔を見合わせた。

加美は高い靴音をたてて窓によると、鍵を調べた。

「開いている」

「ちゃんと鍵はかけたはずです」

十和助が言った。

「ええ、そうでしょうとも。今までのことから考えても犯人は全館の鍵を持っているのですよ。誰の落ち度でもない。だが、今窓が閉じた状態になっているということは、犯人がそうしたのかな？　それとも風で自然としまったのか……。ところで、六階の電灯が無くなっていたんですね」

加美は三人に確認すると、やおら螺旋階段を上り始めた。婦人と子供以外の天主家の一同と十和助、そして聖宝と慈恵が後に続いた。

十数人の黒い影が、怪物のような塊となって螺旋階段を駆け上っていく。

「あっ！　ちょっと待って下さい。鏡子さんがいませんよ」

聖宝は真っ先に気づいて加美に呼びかけた。加美と太刀男は互いに目配せをした。

「鏡子さんは睡眠薬を飲んで眠っているらしいですから、まだ気づいてないかも知れないな」

「お部屋のほうを見てみましょうか？」

十和助が慌ててそう言うので、加美は仕方なく頷いた。五階で足を止めた面々が見守る中、加美の手によって鍵が開けられる。

静かに開かれた扉の向こうの光景を見て、一同は静まりかえった。

何事も無い……。

実際、何も無かった。

ベッドの帳幕は開いているが、其処には鏡子の姿さえなかったのである。

まさかそんな事態は予想していなかったので、これには加美と太刀男も面食らった。

一同は声を立てずにぞろりぞろりと、部屋の中に入った。

「うわぁ！」

わざと声を張り上げたのは、最初に部屋に入るかたちとなった加美であった。

「どうした？」

駒男が訊ねた。

「箱男さんが死んでいる」

加美は足下にある櫃を指さした。

こっこれは！

酷い、なんて有り様や。

箱男の死体が此処にあるなんてどういうことや。

一同は、サーカスの見せ物のように折り畳まれ、美しい唐櫃に納まっている箱男を見て顔を顰めた。

その黒い肉塊は、もはや人間とは違うグロテスクな生き物のようにすら見えた。

慈恵はすかさず経文を唱え始めた。

「犯人が持ってきたのでしょうね。それにしても鏡子さんは何処にいったんだ……」

加美は空っとぼけて答えると、部屋中を歩き回り、箪笥を開けてみたり、ベッドの下を覗き込んでみたりしたが、鏡子の姿は何処にも見あたらなかった。

「こんな事をしたのは、御宗主なんやろか？」

成行が騒ぎ始めた。

天主家の一同の中には明らかな動揺が走っていた。

御宗主が連続殺人鬼！

それだけはあってはならないことだった。

太刀男も不味いと考えていた。

事実を伏せて自分の手で父親を捕らえたかったのに、面倒なことになってきた。

それでこう言った。

「こうなったら、御審議役にも事情をうち明けて、決して今度のことが外に漏れないようにしなければならない」

加美は発言を控え、宗主を目撃したと言う番人達に声をかけた。

「これは全く、不測の事態ばかりが起こるな。よし、とにかく僕はその無くなった電灯とやらを見に行ってみます。三人は案内を。恐れ入りますが、皆さんは鏡子さんのことを捜して下さい」

そう言って、三人の番人についてくるように命じた。

六階につくと、加美はまず階段口から周囲を見て、怪訝そうに訊ねた。

「どの電灯が無くなっていたんです？」

電灯が無かったのを発見した健三と一郎は必死になって電灯の列を確かめたが、摩訶不思議なことにそれは元通りになっていた。

「ああ、あれなんです。あの電灯が無くなっていたんです」

健三が茂道の部屋の脇にある電灯を指さしていった。

「あれが？　ちゃんとあるじゃないか」

「ええ、でもさっきは無かったんです」

「怪しいな、また取り付けたのかな？」

加美はその電灯に近づいて見た。貝殻の縁から這い出してきている四足獣。それはよく見ると、醜悪な人間の顔と獅子の体を持っていた。

スフィンクスに似ている。電灯は頑丈な吊り具にネジで留められていた。

確かに取り外しは出来そうだ。


電灯を使って殺すとしたら、どうするんでしょうね？


突然背後から誰かがそう言ったので、番人達は縮み上がった。加美は冷静に後ろを振り向いた。

長い影が階段の下から伸びてきた。聖宝であった。

「どうだろうね。この事件の犯人の考えることは見当がつかないよ。ところで君なら電灯を使って何をすると思う？」

「さぁ、一番最初に思いつくのは感電させて殺すって奴ですかね」

「感電ねぇ、では元に戻されてるということは、既にその犯罪は成立しているってことだろうか？」

「どうでしょう……」

「ところで鏡子さんは見つかったかな？」

「今のところ何処にもいないようです。犯人に誘拐されてしまったんでしょうか？」

「それとも、鏡子さんは館で起こっている連続殺人に恐れをなして逃げたのかな？」

「こんな夜中に峠を下るほうが余程危険で怖いですよ。それは無いでしょう」

「それもそうだ。するとやはり犯人が鏡子さんを誘拐するなり、殺して死体を隠すなりしたということだな」

６　いかに鏡子の死体を運んだか？

夜の内に鏡子の姿はついに発見されず、朝がやって来た。そうして昼になっても手がかりが得られず、人々が色んな憶測を囁き合った。

最初にその異変を発見したのは、掃除をしながら廻盤琴の音に塔を見上げた庭番の直吉だった。

尖塔の六階と五階の間に光の輝きを見つけたのである。

直吉はその透明な白い光を、浮き彫りの天使達の上にもたらされた祝福の奇跡だと思った。

それで手を合わせて惚けた顔で祈っていたのだが、よくよく見ると不審な物体が、天使像の一つにぶら下がっている。

昨夜の風で、何かが飛ばされて来て引っかかったのかと思った直吉は、十和助に相談した。

十和助の命令で、数人の男達が命綱をつけて四階の八角形の屋根に登り、西に回り込んでみると、なんとそれは鏡子の死体であった。

鏡子の死体は鏡のついた紐で首を括られ、紐の輪になった部分が天使像の腕に引っかかっていたのである。直吉が見たのは、鏡による光の反射であったのだ。

加美はこの報告を受けると、自らも命綱をつけて屋根に登り、鏡子の死体現場状況を調査した。

長時間、吊された状態にあったため、鏡子の首は長く伸び、鬱血した顔は腫れ上がり、舌と眼球が飛び出して酷い面相になっていた。

加美は死体そのものを見ることは余りせず、左右を見渡して叫んだ。

「なんてことだ。西側には窓が一つも無いんだ！」

そう、投げ落とした死体が偶然に引っかかったにしても、五階、六階の西側には窓が無いのである。

南と北の窓からも距離的には離れすぎていた。鏡子のぶら下がっている現場からは二つの窓とも見えない位置にある。

その為に誰一人気づかず発見が遅れたのだ。

四階から梯子かなにかで引き上げたにしても、足場が不安定でとても無理だ。第一、五メートル以上の巨大梯子をもってしか、こんな位置に死体を置くことは不可能だった。

だが、そのような梯子があるはずもなく、またあったとしても、それを持って館内をうろつくことや、四階の窓から屋根に引き上げることは到底不可能だ。

現に今もこの状況の為に、鏡子の死体を真上に見ながら引き下ろす策が浮かばず、皆が立ち往生している状態なのだった。

疲労困憊した顔で四階の張り出し間に戻った加美は、不安そうに集った天主家の一同の前で、長椅子に座り込んだ。

「どうなっていたのだ？」

太刀男が訊ねた。

「首を絞められて死んでいました。首飾りのように鏡をつけてね。それにしても参ったな。これは僕には説明することが不可能な事態だ。それこそまるで、死霊の手で塔の上に運ばれたようですよ」

実際、それは大袈裟ではなく、加美はお手上げであった。

「あの様子じゃあ、早く下ろさないと首が千切れてしまいそうです」

「やっぱり怨霊や。慈恵様、お祈りして下さい」

成行が慈恵に縋り付いた。

「それにしても、あんな所にいつまでも死体をぶら下げておくわけにはいかへん。うちの息がかかった鳶どもになんとかさそう」

助蔵が提案した。

「そうやな、鳶ならどうにか出来るかも知れんな」

駒男が珍しく助蔵に賛成した。

加美は機械的に首を振って立ち上がると、何も言わずに部屋を出た。聖宝がついてきた。

「何故、ついてくるんだ？」

「別に加美さんの後をついて来たわけじゃないですよ。僕がいてもしょうがないから、部屋に戻ろうと思ったんです」

「ああ……」

自分はどうかしている……と加美は再び力無く機械的に頭を振った。

「加美さんも戻るんでしょう？」

「うん、この三日で酷く疲れたよ。一寸仮眠でもとろうと思う」

「その方がいいですよ。顔色が悪いですもの。それにしても、本当にどうやってあんな所に上げたんでしょうね」

「電灯一つで出来る技じゃないことは確かだ」

「これはやっぱり変ですよ。あれじゃありませんか、怨霊の仕業」

「……まさか」

「いえ、僕は大まじめです。父はやはりこの館には妖気を感じると言っています。父の法力はまやかしじゃありませんから、言うことは確かだと思いますけど……」

そう言った少年の瞳が妖しく光った。

（怨霊ねぇ……）

　よせよせ、無駄だ。

祟りに首を突っ込むとろくなことは無いぞ。

探偵よ、その身が無事なうちに退散しろ。

これは祟り、祟りだ。

一箇目神様と篤道公の祟り……。

光道　と　茂道の

た・た・り。

私は竹藪の中を歩いていました。
私の後ろには数人の人達がついてきています。
どこに行くのかよく分かりませんが、とにかく歩いているのです。
随分と長い時間を歩きました。
ふと気がつくと、すっかり日は落ち、木の下闇が本当の暗闇に変わっています。
そうして辺りの木立が、ざわざわと不穏な夜の音を立て始めました。
それで私は、あの噂を思い出したのです。
『血取りの爺』
なんだか、厭な予感に足をせかされながら、ただひたすらに歩き続けていますと、
後ろをついてきていた足音が、
段々に……。
一人……二人……三人……四人……と減っていくのに気づきました……。
悲鳴のような物も聞こえます。
骨がばりばりと砕けるような音もします。
胸が早鐘のように鳴り始め、私は振り返らぬようにと自分に言い聞かせたのです。

何故なら、山で血取りに後をついてこられた時は、絶対に振り返ってはいけないと教えられていたからです。

血取りは、振り返った者を襲うのだそうです。

ずっとずっとそうやって歩いていくうちに、ついには私の後ろには足音が一つしか聞こえなくなっていたのです。

後ろの人は血取りに追いかけられているのでしょうか？

だんだんと足早になってきます。

それとも、後ろにいる者こそが血取りなのでしょうか？

私は矢も楯もたまらなくなって、走り出しました。

後ろからも走ってきます。

息を切らしながら辿り着いたのは絶壁。もう逃げ場がありません。

そう、あの階段しか。

その階段は、錆びきった巨大な螺旋階段で、まるで天に昇っていくような高みに続いているのです。しかも支柱がありません。風でぐらぐらと揺れています。

御宝はわしのもんだ！　御宝はわしのもんだ！

後ろで叫んでいます。ああ、間違いありません。あの恐ろしい声は血取りに違いありません。

「許して！　許して！　誰か助けて！」

私は覚悟を決めて、その螺旋階段を駆け上がりました。

どおん、

鈍い音が響きました。私の歩む一歩ごとに、螺旋階段は振動し、体を激しく揺すります。

そして後ろから追いかけてくる足音の度にも、ブランコのように揺れるのです。

地上が遠くなっていきます。恐ろしく高くて眩暈がします。

ああっ、でも、見て下さい。

もう少し上に虹色の光が見えるのです。

希望の光です。その前で立っているのは誰でしょうか？

とても綺麗な少年です。あの方はきっと天使様です。

「大丈夫、血取りなんかはいません。貴方は心配しなくてもいいのです。さぁ、此処まで上がっていらっしゃい！」

天使様はそう言われました。

7　風葬の洞窟

加美は夕食を断って軽く仮眠を取った。

目覚めたのは八時頃であった。何度か灰色の影が来ていたのを夢現（ゆめうつつ）に覚えているが、自分が起きないので諦（あきら）めたのだろう。

客室の扉を開けてみると、天主家の屋根の一角には大仰な足場が築かれている。どうやら鏡子の死体を下ろすのに使う様子である。

「今晩は、今起きたんですか？」

聖宝が廊下から走ってきた。

「死体の方は？」

「一応足場は出来たようですけど、これからは暗くて危ないから明日の朝に人が登って下ろすということです」

「護摩はもう終わったんだろう？」

「けど葬式がありますからね」

「ああ、そうか」

「あれ？　加美さん洋灯（ランプ）なんか持って、何処かへ行くんですか？」

「山の上の方へね」

「山の上？」

「そうだ。安蔵の死体も見つかったことだし、犯人も近くに潜んでいるんじゃあないかと考えてたんだ。太刀男さんが言うには、大分上に風葬の為の洞窟があるらしい。どうやら一の宮の裏を真北に上がったところにあるという。其（そ）の辺りが犯人の潜伏場所としては怪しそうだろう？」

「それなら場所はよく分かりますよ。僕も行っていいですか？」

「安全は保証しないよ。怖くはないのかい？」

「平気ですよ」

「じゃあ行こう。そこは禁足地らしいから、皆には内緒だ」

「はい」

聖宝は元気よく返事をすると自分の部屋から洋灯を持ってきた。

二人は門番の視線をかわして構外に出た。

館の裏手にある広い畑地を越え、急激な坂道を暫く歩いていくと竹林が現れた。

海鳴りのように竹がしなる音が四方から聞こえていた。

「もうそろそろ芽を吹いてくる頃ですね」

「随分と広い竹林だな」

「此処に血取りが住んでいるという噂があるので、辺りの人は決して近づかないそうです。だから伸びっぱなしですね」

石敷きの道がやがて急傾斜する長い階段となり、山の頂の黒い影が大入道のように現れると、鳥居が見えた。

境内に点在する石灯籠の灯りが遠目にぼうっ、と光っている。二人は鳥居の前を右に迂回し、神社の裏手の道に回り込んだ。ここまで来ると道らしい道は無く、藪や蔦の生い茂る雑木林である。

小一時間ばかり歩いて、加美はぶるりと、体を震わせた。

「随分と寒くなってきたな」

「ええ、一の宮から上は、また一層に寒いですよね。夏来ると涼しくていいのでしょうけど。でも、もう少しです」

「行ったことがあるのかい？」

「手前まではね。でも中には入っちゃいません。ああ、ほらあれです」

聖宝の指さした方に、ぽっかりと深い闇が見えていた。それはまさしく女陰の形をした洞窟であった。

上に注連縄が渡されている。

「僕たちはいよいよ黄泉の奥の奥へ行くわけですね」

やや緊張した面もちで聖宝が言った。

洞窟の中を歩きながら、加美は岩肌を洋灯で照らした。

「牢屋に使っていたというあの岩蔵と同じ人工のものだな。ノミで削っていった痕だ」

「おそらく鉱脈を掘って出来た穴ですよ。この穴はだんだん下に向かっていますね。地獄の底に向かっているみたいだ。それにかなりひんやりしている」

聖宝が悴む声で言った時、洋灯に照らし出された前方に、数体の木乃伊の姿が浮かび上がった。

「さっそくおいでなすったぞ」

加美はそう言うと、険しい表情で木乃伊に近づいていった。一体一体の木乃伊は、組木にしっかりと固定されていた。

すでに朽ちてぼろぼろになっているが、生前のものらしき装束を着て、呪術的な金装飾を身に纏(まと)っている。

加美が驚いたのはその木乃伊の目であった。皮膚はすっかり萎(しな)びて骨に吸い付くばかりになり、木乃伊であるのか骸骨(がいこつ)であるのか危ぶまれるほどであるが、その目だけがやけに瑞々(みずみず)しく、生きているかのような光をもって加美に向けられていたのである。

「それは硝子(ガラス)細工ですよ。仏像の目玉なんかにほら、よく鎌倉時代のやつなんかにはめ込んである物でしょう」

「ああそうか、驚いたよ。館の扉にあるやつと一緒だな。しかし、なんで目だけこんな細工をしてあるんだろう？」

「多分、内臓とか目玉とか、そういう腐りやすいものは最初に取るんじゃありませんか？剝製(はくせい)なんかも同じでしょう」

「なる程ね、成正、成継兄弟の剝製好きも、なにかの因縁かも知れんな……」

「御婦人の木乃伊もあるようですよ。どうやら御宗主夫妻をこうして風葬にしてあるようです」

「気味の悪いことをするもんだ」

「これこそ熊野が『死の国』と言われる由縁ですよ。僕は父から聞いたんですが、熊野地方では、このように木乃伊として安置されるのはかなり位の高い人です。普通はもっと原始的な風葬とか水葬にします。ただ、木の枝に網のようなもので死体を吊して鴉に食べさせる地方もあるそうです。水葬などもいい加減な物で、『補陀落渡海』にあるような、船に目張りをして放し、那智の沖に沈めるなんてとても高級な扱いなんです。水葬というのは元来は水に沈めるものなんですが、適当に流してしまうだけの例が多かったみたいですね。だからたまに死体が河原に打ち上げられる。この十津川にも水葬の痕跡が残っていますよ。今でも河原にね、河原墓というのを作って、そこに死者を埋めるんです。洪水が来ると墓が崩れて、死体の一部は流されたり、骨が散乱したりするんですが、それでも平気で次々とその上に新しい死者を埋めていくそうです。これも一種の水葬ですね。きっと、少し昔の熊野には、木に吊された人間の果実や、河原に流れ着いた腐乱死体があっちこっちにあったんですよ」

「死体の果樹園を見るのは御免だな」

「けど、ここも同じようなものですよ。天主家の共同墓地でしょう？」

「そう言われればそうだ。あの天主家の墓地なら、さぞかし怨霊も多くいるだろうな」

洞窟の両脇には、進んでいくにつれ所々に岩壁を浅くくりぬいた凹面が現れ、中に二対ずつ木乃伊が座っていた。

時折、頭上では何かが飛び去る羽音がした。蝙蝠だかなんだかが、洋灯の光に驚いて逃げているのだろう。

「加美さんほら、あれを見て下さい」

聖宝が指さした方に、誰かが地面に横たわっている影が確認された。

駆け足で寄っていった加美が洋灯をその上に翳してみると、それは弓子の死体であった。目に矢が刺さったまま胸に腕を組んだ状態で仰向けに寝かされている。

「こっちにもあります」

聖宝が洋灯を頭上で振って合図を送った。

鴇子の死体だ。やはり鳥型帽子を被ったまんまの状態だ。二つの死体とも寒さの為に眉や睫毛に霜が張りつき、氷結したようになっていた。

「ここの温度はどれぐらいなのかな？」

「夜や朝は零度以下になるんじゃありませんか？　それよりもこれを見て下さい」

聖宝がそう言って、洋灯の明かりを近づけた岩壁にあるものを見て、加美は背筋を凍らせた。

それは一際異様な状態にある二つの木乃伊であった。

一体の木乃伊は黒漆と金箔の豪華な巨大仏壇の中、緋毛氈の座布団の上に座っていた。手足を小さく折り畳み、胎児のような姿勢を取っている。全身至るところに、梵字が書かれた札らしきものが幾重にも重ねて貼られているので、丁度、包帯を巻いてでもいるかのように見える。

なおかつ、太い注連縄が首、手首、足首を括り、それから背面に通って胴回りを一周し、木乃伊の体を拘束しているのであった。

もう一体の木乃伊はかなり新しい物だ。その木乃伊が先の木乃伊の足下に踏みつけられるようにして置いてある。

「きっと、経文の貼られている木乃伊は、篤道公の木乃伊ですよ」

「余程、恐れられていたようだな。死んでもなおこんな風に拘束しておくなんて……」

「もう一つのほうは凄く新しい感じです。もしかすると先代宗主安道さんのものではないでしょうかね？」

「なんだって？　どういう理由で先代の木乃伊をあんな風に篤道の足の下に置いているんだ」

「こんな事をさせたのは、多分、今の宗主じゃありませんか、他の人がするはずもないし、する権限もないでしょう」

「自分の父親の木乃伊を篤道の木乃伊に踏みつけさせたと言うのか！」

「恨みの籠もった強烈な呪詛ですよ。十和助さんは加美さんに告白した後、積年の想いが噴き出したんでしょうね、父に色んな事を告白して懺悔されました。その話によると、安道、茂道の親子はことごとく意見が合わなかったといいます。それで、茂道は安道が死んだ後、『自分は亡き篤道公の生まれ変わりだ』と言ってはばからなかったそうです。

これは、毒殺した安道を篤道の木乃伊に踏みつけさせることで、霊的に緊縛しておこうとしたんでしょう。自分の事を邪魔しないようにね。それにしても、こんな風にされては安道は浮かばれないですね」

聖宝はそう言うと、経文を唱えた。

「君が坊主なのは分かるが、こんなところで気味の悪いことはやめてくれ」

言いながら加美は、足下で何かが、じゃりっ、というのに気づいた。

それは、炭らしき物を踏みしだいた為に出た音だった。

「あっ、見てみろ。火を焚いた跡だ。やっぱり犯人はここに潜んでいたんだ」

「篤道公の木乃伊の前で、死体を見ながら暖を取っていたなんて、どんな神経なんでしょう……?」

聖宝はおっかなそうに両腕で自らの肩を抱いた。

「犯人は……完全に狂っているな。そうでなければ、あんな殺人方法だって思いつくはずがない」

「きっと魔物に取り憑かれているんですよ。あの大岩が動いて鬼が現れたっていう話の謎だってとけていないわけでしょう? 祟り神の一箇目神か、やはりこの篤道公の怨霊でしょうか? まさか近くに潜んでいるなんてことはないですよね?」

聖宝が急に弱気になったように辺りを見回したので、加美は耳をそばだてた。

洞窟は静かだった。時々、チッチッと鼠だか蝙蝠だかの鳴き声が聞こえてくる。

「今は武器も持っていないし危険だ。ここを出て人を呼ぼう。二人の遺体を此処から運んでやらなくては。これで、少なくとも皆の葬式は出せる状態になったわけだ……」

8　魔女のスープ

灰色の人間達が忙しそうに行き交っている。

その機械的で単色調の動きを見ていると、彼らが妖術をかけられて動いているだけの切り子細工に見えてくる。

鏡子の部屋にあった箱男の遺体、

塔から引き下ろされた鏡子の遺体、

洞窟から発見された鴉子、弓子の遺体、

それらが、先に安置された安蔵の遺体とともに棺の中におさまり、死に化粧を施されているところであった。

怪しい異国の葬儀場に来ているような光景だ。

時折、螺旋階段や扉から誰かが様子を見に来ては、そそくさと去っていくが、太刀男だけは葉巻を燻らせながら、身じろぎもせず広間の中央に立っていた。

葉巻の灰がその足元に時を刻むように落ちていく。

「どういたしましょう？　御葬儀の手配だけはしておいたほうがよろしゅうございますね」

十和助が訊ねた。

「そうだな。伝染病死か何かの理由を考えて、合同葬にしよう。御宗主が犯人かも知れんのでは、いよいよ警察に届けるわけにはいくまい。いいか十和助、このさい、家の名誉を守る為に、対外的には御宗主は亡くなられたと告知するのだ」

十和助は頷いた。

「分かってございます。召使いどもや、村の関係者にはさっそくそのように通達いたします」

「そうだ十和助さん、七階のほうも一度案内してもらえませんか？」

突然の加美の要求に、十和助は意外な顔をした。

「七階でございますか？　七階は時計でございますよ。あんなところへまたどうして……」

「ええ、ですからその時計の中に案内して欲しいのです」

「中と言っても、巨大な歯車やゼンマイや高圧電線がございますから、非常に危のうございますが……」

「しかし、人一人入ることぐらいは可能でしょう？」

「さて、どうにも無理なような気がするのですが」

「いいですか、最初に鎧武者が発見された時は、六階で発見され、その後、誰も下に下りてきていないんです。つまり、もしかするとどこかに暫く身を潜めていたと考えられます。そういう場合に一番可能性があるのが七階なんですよ。部屋が無いという先入観から、誰も中を見たりしませんでしょう？　しかし、時計の中に隠し部屋があるかも知れない。それに鏡子さんの死体を投げ捨てたのは、七階からなら出来る状況があったということも考えられる」

十和助は、とても合点がいかないという顔で首を捻ったが、加美はせっついて七階に案内させたのだった。

内蔵されている時計が巨大なことと、防音の配慮の為、七階への階段は長かった。

上り切ったところには鉄の扉があった。

加美はそれを鍵であけた。

ガタン　ガタン　ガタン

ジ――　ジ――　ジ――

複雑に組み合わさった巨大なモーターや歯車が動いていた。

上下運動をしているバネのようなものも見える。その間を太い電気の紐線が縫うようにして走っていた。加美が想像したよりもはるかに込み入った構造で、人が入れる様な余裕は無かった。加美はがっかりした。

「確かにこれは隙間がありませんね。これでは一歩入った途端に歯車に引っかかって潰されてしまいそうだ。第一、あの電線が酷く危ない」

「そうでございましょう？　いくら何でもこの中に隠れるのは無理でございますよ。この館は辺鄙な片田舎にあるとはいえ、お偉い方の訪問がしばしばございます。交通が不便な為に、そういう方々が二、三日は滞在することも頻繁でございます。それで、安道様は、その間、人々が退屈されてはいけないという理由もあって、館の中に様々な工夫を凝らしたのです。電力も自家発電でございますし、電話室も整備し、この時計にも音楽を奏でさせるようになさったのです。そうすればお客人方も当分は退屈をせずに過ごせるというものですから、はい」

「なる程ねぇ。安道さんは本当に行き届いた人だったのですね。あれ、これは何です？」

加美は扉の横の壁に取り付けられた四角い金属の箱のことを訊ねた。

それには二つの開閉器が備わっていた。

「ああ、そう言えば、それは廻盤琴の旋律を変えるための開閉器です」

「廻盤琴の旋律を変えるですって！」

「ええ、そうでございますよ。今は青いほうの開閉器が下に下がっておりますでしょう？　これの赤い方を下にしますと、普段と違う曲が奏でられるのです。そして、館の尖塔の上に留まっております玻璃の鳥が囀るような感じで首を振り、孔雀のように美しい飾り尾を開いて羽ばたきをするのです。この館で舞踏会などが催される時に、招待客を喜ばせる仕掛けだったのです。ですが、茂道様は離人症的なお方でしたから、一度も舞踏会を催されることはありませんでした。折角の素晴らしい仕掛けでしたのに、残念なことでございます」

加美は真剣な表情になり、十和助の肩を強く摑(つか)んだ。

「そんな事を一言も話してくれたことは無かったじゃありませんか、何故？」

「何故って、そんな事はお聞きにならなかったからですよ。わたくしだって、長いこと使ったこともありませんでしたから、忘れていた程です。第一、こんな事が貴方(あなた)様に何の関係があるというのです」

「そりゃあ、そうですけどね」

なる程、この複雑な機械の構造はそういうことだったのである。

「これは意外な発見だ。そうか、違う旋律も奏でるのか。いやあ、来てみてよかった。すいませんが十和助さん、ちょっとそれをやってみてはくれませんか？」

「はぁ、しかしこんなお時間ですし」

十和助は懐中時計を取り出して、困ったという顔をした。

「何がこんな時間ですか、非常時なんですよ。何かの手がかりになるかも知れないのに。分かりました。それじゃあ、僕が勝手にすればいいんですね。そうすれば別に貴方が叱られることもないわけだ。探偵が勝手にやりましたといったらいいんです」

加美は独善的(ドグマ)に言うと、長い腕を十和助の前からぬっと伸ばし、止める間も無く赤い開閉器を下に下ろした。

横向きの歯車が二つ見えているその向こうで、金色に光る廻盤琴の板が移動していく。

「これは素晴らしい！　最新型の蓄音機のようだ！」

「ええ、この時計は独逸(ドイツ)の技師を呼んでつくらせた物ですから。まだ国内にこのようなものはございませんでしょう」

何かがガチャリとはめ込まれる音がした。

よく響く高い音が、音合わせでもするかのように二音鳴った後、旋律は奏でられた。

それはフルートのような高い笛の音だった。

青ざめたのは庭にいた召使い達であった。

聞き慣れぬ音が大時計から聞こえ始めたかと思うと、月光を反射して銀色に光っている尖塔の鳥が、突然、命を得たように頭を左右に数回振ったのだ。

そうして、飾り尾を孔雀のように広げた。

飾り尾にある七色の色硝子が、まるで巨大な紅玉(ルビー)や青玉(サファイア)のようにそれはそれは美しく輝いた。

誇らしげに首を伸ばして月を仰いだ玻璃鳥は、今まさに飛びたたんとするかのように羽ばたいた。

だが、安道が奉仕精神によって仕掛けたというその華麗な催しも、今この時においてはさらなる不吉を告げる凶兆のようにしか見えなかった。

太刀男が、五人の死体を前に旋律に聴き入っていた。

ハ・レ・ル・ヤ
グ・ロ・リ・ア
財宝は何処に？
財宝は魔女のスープの中に隠された
資格無きものは暴こうとするな
スープの毒で
おだぶつする

（魔女のスープだって……？）

七階から意気揚々と戻ってきた加美は、太刀男の耳にこっそりと事情を報告した。

「いやぁ、あの時計に別の曲が仕掛けられていたなんて、もう少しで見逃すところでしたよ」

「財宝と言えば、御宝のことだな」

「恐らく間違いはありませんね。やはり旋律暗号の中に秘密は隠されていたんですよ。あの時計にはもっと秘密があると睨んだ僕のカンは間違ってなかった。いいですか、ほら見て下さい」

加美は窓の修道士が持っている十字架を指さした。

「『真実を知りたくば、神に問え
神の姿を見んとする者はいかにするか？』

とても意味深な問いかけですよね、神の姿を見んとするものはいかにするか？　太刀男さん、貴方ならどうします？」

「そんな事は考えたこともない」

太刀男は吐き捨てるように答えた。

「厭だなぁ。真剣に答えて下さいよ。ああやって、『十字架を持って祈る』に決まってるじゃありませんか。つまり、真実を知りたければ、まずあの十字架を見るんです。あの十字架の頭のところに文字が入っているでしょう？　あれは四大精霊、つまりジュルフ、サラマンダー、コボルト、ウエンディネの頭文字なんです。初め、それが階ごとに違うのは、単なる図案かと思っていましたが、違うんですよ。四大精霊の動きとは、鉤十字が示すように回転動作なのです。だから頭の文字が変わっていくのは回転している事をあらわしていたのです。そして色硝子のあの七色は一オクターブの旋律暗号に結びついています。また曼陀羅も、宇宙の縮図であり、燃える火輪を象徴したものなのだから、『回転』と『旋律』とくると、この館の中でその鍵言葉に該当するものは一つしかない。すなわち七階のあの時計です。さらに、尖塔の上にいる鳥と同じ玻璃で出来た玉が先代御宗主の部屋に残されていた。そこにはこんな文句があった。『オルフェウスの妙なる調べは引き裂かれ、あちらこちらとてんでばらばら』そう、調べは確かに三つに引き裂かれていたんです。楽譜と時計の中に二つに分けて」

「なる程、そういう事か。だが、魔女のスープの中にあるとはどういうことなのだろう?」

「きっと良く探せば魔女のスープを象ったものがあるはずです。これは謎の解明も近くなってきたと見える。魔女のスープは僕が探し出してみせますよ」

「今は不味い……」

太刀男が右往左往する灰色の服を横目で見た。

「勿論ですとも。明日から調査でもしているような顔をして館中をくまなく調べますよ。そうして見つかったら報告します。他のものに気づかれないように、御宝を持ち出すのは夜中がいいでしょう」

「それで見つけられたら、御宗主にはもう用はないな」

「ええ……でもまだハッキリとは分かりません」

太刀男は真っ赤になって唸った。

「もどかしいことだ。まだあの男を殺すことが出来ないとはな。私は早く生まれ変わりたいのだ。生まれ変わって幸福になりたいのだ。幸福になりたい！　こんな単純な願いを私ほど叶えがたく感じている人間はいないだろう。それには、私の体に流れているあの汚らわしい両親の血を全て流し尽くしてしまうか、あるいはあの二人の存在が、この世から完全に無くなってしまうかしなくてはならない。そうでなければ私には救われる術がない。それだから、あの愚かで哀れな妹や弟が両親の犠牲になったことに対してすら私は微笑むのだ。何故なら、汚らわしい血の痕跡が無くなってくれたからだ。こんな私のことを冷血と言うのならば言うがいい。けど、これだけは言っておく。もしもあの男を殺せなければ、私があの男に殺されたとしても、殆ど同じことなのだ。私には何も恐れるものなどない」

加美は雷に打たれたように呆然とした。

「素晴らしい！　僕は貴方を今の今まで誤解していました。貴方の台詞、その苦悩に満ちた台詞。まるでシェークスピアの悲劇のようだ。貴方の心が痛いほど分かった。いいですか、落ち着いて下さい。今に思ったままになります。太刀男さん、僕は貴方が好きですよ。陛下。心配しなくとも貴方はあの野蛮な御両親に一欠片だって似てやしない。貴方の父母が貴方を疎まれたのもそのせいなのです。彼らの欲深く下劣な気質を貴方が受け継いでいなかったからなのです。せめて弓子さんのように、鏡子さんからその虚飾を、箱男さんが池田の臆病さをそれぞれ受け継いだように、貴方もどちらかに似ていれば、片方からは愛されたのに！
しかし貴方のその冷静さ、思慮深さ……。気を悪くはしないで聞いて下さいね。貴方はその御宗主に似た醜悪とも言える容姿に反して、内面の憂いに満ちた魂は先代御宗主に似ている。この館を創造した希代の詩人、知らぬ者なき文化人。誰よりも優秀な財界人であったあの天主安道にです。こんな悪を為す理由が、ただ幸福の為だなんて！　なんて苦痛に満ちた魂だ。貴方は詩人だ。美しい。貴方は……まるで牢獄に囚われ、魔法で醜い姿にされた王子だ」

太刀男は鼻白んだ顔でそっぽを向いた。

「それよりも昨日の夜、箱男の死体を見つける前に、華子が箱男の部屋を覗いていた」

「ああ、例の、人の事が気になる癖というやつですか。で、何かを目撃した様子ですか？」

「いや、問いつめたが何も見てないといった。嘘か本当か分からないがな……。だがあれは強情な女だから、そう言ったが最後、決して何も言わないのだ。それより妙な事を頼んできた。喪が明けたら成継と早々に夫婦になりたいという」

「ふむ。姉より一刻でも早く結婚したいんでしょうかね？　醜女の意地ですね。周りで人がどんどん死んでいるのに、早く結婚か……女という動物は分からない」

第六章　最終の七つの災い

1　二つの世界審判

翌朝、加美はこっそり部屋を抜けると、足早に本館へと向かった。まだ館の目覚めを告げる廻盤琴（オルゴール）の音も鳴っていない。

ここに至るまでは妖（あや）しげな館のムードにすっかり呑（の）まれていたが、相次ぐ殺人の主犯が宗主・茂道であると目星がついた以上、芝居がかった殺しは血族ならではの怨恨（えんこん）のため、そして財宝独占のために違いない。

だが、それにしたって、茂道のこの暴れ方は凶暴過ぎる。いくら何でもここまで暴走するとは度が過ぎている。勿論従来の嗜血（しけつ）趣味のせいもあるのだろうが、何かもっと違った必然性があるのではなかろうか？

そうでなければ腑（ふ）に落ちない。

加美は今まで仕入れた安道、茂道親子の情報をつなぎ合わせながら考え込んだ。

茂道の安道に対する憎悪、そして宗主の交代に安道が非常な不安と危機感を持っていたこと。さらには、安道の死後、茂道が毎夜狂ったようにあの楽譜の曲を奏でていたこと等……これらをどう考えるべきなのか？

もしかして……。

そうだ！　もしかすると結局、茂道は安道から御宝の在処を知らされなかったのではないだろうか？

それゆえに、あれほど安道を呪い、楽譜の謎を解こうと懸命になっていたと考えたらどうだろう。そんな状態にあって、一族が御宝を狙って動き出している事を知ったなら……、焦りと自尊心からも凶行を重ねていくことがあり得るような気がする。

そうだ。そうに違いない。

そうすると、つまりはここからが真の知恵比べということになる。

これは一刻も早く先代宗主の暗号を解かねばならないと加美は焦った。

夕べ初めて耳にした『魔女のスープ』の歌といい、この館にはまだ自分の知らないことが多すぎる。

加美は手がかりを探す為に、茂道の部屋をこっそりと点検することにした。以前は十和助の邪魔が入った為に見落とした物がある可能性が高い。

茂道の部屋の扉を開けると、修道士の下で折檻機械が鈍く光って加美を出迎えた。壁のあちこちから殺された動物達が恨みのこもった視線を投げかけている。だが、茂道の止まるところを知らずに膨れ上がる狂気は、これらだけでは満足出来なかったようだ。

積み上げられた小物類や、椅子の上に投げ捨てられたマントコートや、転がった酒瓶などを用心深くよけては元の位置に戻すという作業を繰り返していた加美は、ベッドと脇卓の間に落ちていた一冊の本を発見した。鞣(なめ)し革の表紙には、

『神を探せ』

とある。

そっと頁を開いた。

GOD LIVING IMITATION HEAVEN
偽りの楽園に住まう神
SEND TUMBLE - DOWN HOUSE
廃屋を送れ
CRYING HARP, PEAL AND DIN TENDER
弱々しく鳴るハープや鐘の音
SMELL REAL FRUIT GIVEN
与えられた真実の果実の香り

流麗な筆跡は安道のものだ。内容はおそらく、天主家の館のことを読んだ詩である。どこかで聞いた記憶があった。

そう……あの歌劇座が歌っていた歌だ！

とすると、どうやらあの歌劇座を茂道が依頼したというのは本当だったのだ。

歌は『魔笛』の原曲には無いものだ。加美は訝しく思いながら、次の頁を開いた。

ただの白紙だった。

また次の頁を開いた……これも白紙である。

本は最初の頁を残して全て白紙であった。

何かの暗号に違いない。

加美はその本をそっと上着の裏ポケットに忍ばせた。

これは安道の残した暗号だ。茂道はその暗号を歌劇座に歌わせることで、御宝の在処をかぎ回っている者達に警告してきたのだ。

やはりそうだ。茂道は御宝の在処を知らなかったのだ。ベッドの脇に暗号本が落ちていたのは、毎夜、寝る前に繰り返し読み込んだ形跡なのだ。

だが、堂々と暗号を警告に使った余裕を見ると、この暗号の謎は解いたということになる……。

勝敗はどちらが早く、より多くの暗号を解くかということで決まるが、四年近く館の暗号を探し回った茂道と加美では、あきらかに加美が不利だった。

加美は全能を傾けて暗号の意味を思考した。

「『真実を知りたくば、神に問え』、そして『神を探せ』か……。詩はこの館のことを読んだものに違いないから、この館の中にいる神を探すということだ。そして神が真実を教えてくれるというのだが……」

この館の中にある神の姿と言えば、一階の天井の基督像か、客人用の広間にあった食器簞笥の基督である。

考えてみると、これだけの彫像があるのに、基督像が極端に少ない。周到な安道が御宝の手がかりを、まさか客人の食卓に伏せるはずはないから、手がかりがあるとすれば、天井の基督像のはずだ。

加美は早速螺旋階段を駆け下りて一階の広間に向かった。

『最後の審判』

それは基督が終末の世に現れて、悪に裁きを、善に報いを授ける姿を描いたものだ。描かれている基督は、筋骨逞しい青年の姿であり、同じ作者の有名なダビデ像を彷彿とさせる。

加美は視神経をとがらせ、首が痛くなるほど天井の絵を見つめたが、いっこうに閃き来るものは無かった。何処をどう見ても、『最後の審判』そのものでしかない。

僕の観察力が低下しているのか？

それとも当てが外れたのか？

修道士達に囲まれて並んだ黒い棺。奇獣の群。黄金の螺旋階段の豪華さが、広間の光景に、より一層の凄みを付加していた。

「加美様、こんなに早くからどうしたのでございますか？」

声をかけながら広間に入ってきたのは十和助であった。

「ああ、いろいろと事件のことについて考えていたら、眠れませんでね」

「そうでございますか。わたくしもここのところとんと寝ておりません」

「ところで十和助さんも随分と早いじゃありませんか」

「わたくしは何時もこの時間にはお館のほうに来ております。朝食の用意や、召使い達に今日の段取りなどを命じておかなくてはいけませんから」

「なる程、大変ですね」

「もう慣れてございます。それにしても、このような恐ろしい殺人の数々が茂道様の仕業であるだなんて、亡き安道様が知ったら、どんなに嘆かれることか……」

篤道の木乃伊に踏みつけられていた安道のことを思い出し、加美はなんともぞっとした心地で視線を逸らせ、天井を見上げた。

「ええ、そうですとも……あの天井の絵画にも、安道様は願いを込められましたのに」

「願いを？」

「ええ、善行を為したものには報いが、悪行を為したものには裁きが下る……。だから、心をいつも正しく持つようにと、安道様が茂道様のお小さい時に、よく言い聞かせていらっしゃった言葉です。茂道様のみならず、お館の方々がいつもそういう心構えでいられるようにという安道様の願いが込められているのです。あの絵はお館の守護神だとよく安道様は仰っていました」

「館の守護神ですか……なるほど立派な絵なわけだ」

そう答えながら、やはりあれが『神』なのだ、と加美は納得した。

それにしても、茂道には安道の戒めなど一向に効いていなかったのだ。茂道という男の邪悪さ、残忍さ、己の宗主としての地位と御宝にかける執念のことを考えると、この事件は常套の殺人事件ではない。

ある意味、篤道の怨霊は存在しているのかも知れない。茂道の嗜血趣味の残忍な血の中に……。

「安道様は絵画がお好きで、美術書をよく集めていらっしゃいました」

「そう言えば、お部屋の方に沢山ありましたね」

「ええ、図書室の方には天井画と同じ物の複製画もございます」

「では、そちらを少し拝見してよろしいですか。静かに心を落ち着けて事件のことを考えたいのです」

そんなことを言いながら、加美は三階にある図書室の方へ行ってみることにした。

複製された二枚の絵画

どちらかが真実の神という訳なのか？

そして加美は随分と長い間、図書室の複製画を眺めていた。

手がかりが余りに漠然とし過ぎていて、思考が形にならない。当てもなく絵画と向き合っていると、雲間の僅(わず)かな光の変化や、中央に立つ基督の指先の動きに至るまで、あらゆる微細なもの全てが重要な意味を持ち、自分に問いかけてくるように思えてくる。

やがて加美はその膨大な問いかけの前に立ち往生してしまった。

「加美さん、此処(ここ)にいたんですか」

図書室の入り口に聖宝が顔を覗(のぞ)かせた。

「なんだ、聖宝君か」

「朝食の用意が出来たそうですよ」

「僕はいらないよ」

「何を見ていたんです？」

聖宝はついと加美の横に立った。

「へえ、ここにも『最後の審判』ですか。聖書の中で、もっとも謎に満ちて神秘的と言われる黙示録の『世界審判』の様子を描いたものですね。

ねえ加美さんは知っています？　黙示録の預言は作者も不明なんですよ。黙示録にはヨハネの黙示録という名がついているので、ヨハネ福音書の作者である使徒ヨハネがその作者だと思われていたんです。『反逆者を探し出して、性器に火を差し込む拷問』というのを考え出したドミチアヌス帝というサディストの帝王に追放されて、パトモス島で十八ヶ月の間、かせをはめられて採石場で働かされていた時に、霊感を受けて書いた預言書だと言われてたんですけどね、ドミチアヌス帝の時代までヨハネが生きていたとは考えられないという理由から、いろんな説が出て、その中にはグノーシス派のケリントスを作者とするものがあるんです」

「グノーシス派というと、一世紀から二世紀にかけて活躍したヘレニズムと猶太(ユダヤ)秘釈義の混合した異端の耶蘇(ヤソ)教一派のことだね」

「ええ、凄く謎めいた一派です。羅馬(ローマ)教会がグノーシス派の教理を異端として抹殺したために現在では教理が残っていないのですけど、そこから黙示録が出てきたというのは興味深いですよね。黙示録の正式名は、希臘(ギリシャ)語の『アポカリュプシス』から派生した言葉で、『覆いを取り除く』という意味だそうです。ですから、秘密を暴露するということなんでしょう」

「秘密を暴露する……か」

「猶太秘釈義から黙示録を読むと、悪魔の化身である666の獣は、キリスト者を磔(はりつけ)にした羅馬のネロ皇帝になるそうです。数命術で、ネロ帝はヘブライ語でＮＲＷＮＱＳＲの七文字で、この子音に割り当てられた秘数を合計すると666になるのだということです」

「君はオカルト通だね」

「最近の流行ですよ」

聖宝はそう言って微笑み、

「じゃあ、僕は朝食をいただいてきます。加美さんは要らないと言っていたと伝えますね」

と、走っていった。

加美は何か参考になるものはないかと図書室を見て回り、『悪魔学と悪魔』という本を手に取った。


『すでに裸になっていたモンテスパン侯爵夫人は、あの棺を覆っていた黒い布をかけられた寝椅子の上に、恥じらいも知らずに昂然と横たわれり。枕に支えられた頭がのけぞり、倒れた椅子にあたった直後、甘い吐息を吐き、両脚は伸び、腹が小丘のように盛り上がり、乳房より高くなりぬ。

モンテスパン侯爵夫人、黒き仮面の下より輝ける星の双眼にて司祭を見つめ、

「どうしたの、ギブールさん、怖じ気づいたの？　酔っているのじゃないでしょうね。それとも御前のもとに入れ替わり立ち替わり懺悔しにくる女どもが、御前の精力を涸らした

のかしら」

と、雑言を吐けども、ギブールは一片とも耳を貸さじ。白衣と、袈裟と、腕吊を身につけ、藪睨みの眼に卑しげな光を宿し、

「おとなしく、落ち着いてなされ。なんと高慢ちきな夫人よ！　わしは七十じゃが、悪魔の料理をたっぷりと飲み食うたおかげで、回春の奇跡にあずかり、皺だらけの体をぴんとさせることができるのじゃ」

それを聞きて、裸の夫人は再び横たわれり。小さなナプキンが肉の小丘に広げられ、突き出た乳房の間に十字架が滑り込み、聖杯は尻の近くに置かれぬ。

ミサが始まれり。司祭の歪んだ醜き唇が、夫人の震える肉の祭壇に押し当てられ祝福を与えたり。

と、そのとき扉が開き、デ・ズイエ嬢が入りぬ。両腕の間、もぞもぞと動く物一つ、其は赤子なり。

「生け贄をここへ!!　ここへ」

と、狂えるごとくに司祭は叫び、戒めを解かれ、口から涎をたらせる真白な肉体は、黒色の部屋の中、無垢な聖パンのごとく眩しく光りたり。

ナイフが司祭の指の間にてぶるぶると震え、やがてギブールは小さき赤子を宙吊りにし、

「わが主イエスは、主のみもとに赤子がくるを拒まぬそうじゃ。されば赤子よ、汝も主のみもとに帰るがよいぞ。わしは主の司祭なれば、汝はわが手によりて、めでたく主のみも

とに帰るであろう」

と囁くごとくに唱え、ナイフを振り下ろせり。

赤子の悩ましげな首、がくりと前に垂れ、傷口から血飛沫ほとばしり、其は大波のごとく起伏する悩ましき肉の祭壇・モンテスパン夫人の身体と聖杯の中にしたたり落ちぬ。

かくのごとく、女が両手を身体からはなし、だらりと左右に広げると、それが息づく胴体とともに、淫らなる十字架の形を象徴することになれり。

両手に握れる火をともした燭台は十字架の釘を象徴せり。

やがて、海綿のごとく血を絞られ、空っぽな赤子の屍骸を、デ・ズイエ嬢が受け取り、その腹部より臓物を抜き取りたり。

ギブール師は、聖杯の中の血と葡萄酒をよくよくかき回し、「其はわが肉なり、わが血なり」と言いつつ、いっきにぐっと呑む。

モンテスパン夫人、これを手渡され呑むと、血のまざりし薄桃色の液体が、唇のまわりや胸や腹にまで溢れぬ』

（まるで血取りの話だ……）

それから小一時間、聖書の黙示録を読んだり、魔術関連の本を検索したりして頭を悩ませた加美であったが、結局のところ『最後の審判』の意味はよく分からなかった。

『真実を知りたくば、神に問え、神の姿を見んとする者はいかにするか?』

その一つの答えは、『十字架に祈る』。そしてもう一つの答えは『天を仰ぐ』という訳である。

神を探し出せば、神は『秘密を暴露する』という事なのだろうが、どういう事であろうか……。

螺旋(らせん)階段を下りながら、またぼんやりと天井画を見ていた加美は、突然「あっ」と大声を上げた。

そして慌てて階段を駆け下りると、天井画から視線を下に滑らせて行った。

其処(そこ)には、騎士像があった。

加美は主に騎士像に近づくと、前から後ろからと騎士像を眺め回し、台座にはめ込まれた石板の文字に目を留めた。石板には十字架の浮き彫りがある。

Bold Doll hide here

『ここには大胆な人形が隠れている』

なんだ、こんな簡単な事だったのか！

分かったぞ！

再び、騎士像のほうに目を移した加美は、丹念な観察の結果、騎士の太股（ふともも）にもある文字が刻まれていることを発見した。それは甲冑（かっちゅう）の全身を覆った棘（とげ）の中の一つの側面に刻まれている為、尋常なことでは誰も気づかぬに違いない。加美は片目を閉じ、棘が目に刺さってしまうのではないかというぐらいに接近してその文字を読みとった。

king of kings

『王の中の王』

そのとき、朝の廻盤琴（オルゴール）が鳴り響いた。

世界、眼球

審判、裁き

ミラレ【和音】ミラレ【和音】
ミラレ【和音】
ミラレ【和音】ミラレ【和音】
ミラレ【和音】
ソラシ【和音】ソラシ【和音】
ソラシ【和音】
ソラシ【和音】ソラシ【和音】
ソラシ【和音】

そして、わたしは天が開かれるのを見た。

すると見よ！　白い馬が現れた。それに乗っている方は、「誠実」および「真実」と呼ばれていて、正義をもって裁き、また戦われる。その目は燃える炎のようで、頭には多くの冠があった。この方には、自分のほかにはまだ誰も知らない名が記されていた。

また血に染まった衣を身に纏っており、その名は「神の言葉」と呼ばれた。

そして天の軍勢が白い馬に乗り、白く清い麻の布を纏ってこの方に従っていた。この方の口からは鋭い剣が出ている。諸国の民をそれでうち倒すのである。また自ら鉄の杖で彼らを治める。

この方は葡萄酒の搾り桶を踏むが、これには全能者の激しい怒りが込められている。
この方の衣と、腿の辺りには『King of Kings』という名が記されていた。

ヨハネ黙示録　19・11-16

今まで、断片であった一つ一つの事象が、一瞬の閃きとともに一縷の繋がりとなり、確信の楔を加美の胸に打ち込んだのであった。

やがて、重たい青銅の扉が開く音とともに、灰色の召使い達が一列に並んで広間の中に入ってきた。加美は彼らの脇をすり抜けて、部屋に戻った。

２　解かれた暗号

茂道の部屋から失敬してきた本をあれこれといじり回していると、扉が叩かれた。加美はベッドの下に本を隠して扉を開けた。青ざめた顔色で立っていたのは十和助であった。

「加美様、先ほど一の宮の九郎が参りました」

「九郎？　ああ、一の宮の番人の彼ですね」

「ええ、それが九郎が申しますには、昨夜、竹林の奥から霊気琴の音が微かに聞こえたということです」

「霊気琴の音が？　ううむ、茂道さんがまたこの辺りを徘徊していたのでしょう。それで、九郎さんはその音の出所を確認したのですか？」

十和助は怖じ気づいたように背中を丸めた。

「まさか、加美様。ただでさえ、あの竹林の中には誰も恐れて入りませんのに、彼処から死んだはずの御宗主の霊気琴が聞こえてくるなどという時に、確かめにいくなど考えられないことでございますよ。九郎めも震えておりました。加美様、教えて下さいませ。御宗主はまだこのような恐ろしい事を続けられるつもりなのでございましょうか……？」

「残念ながらここまでくれば、もう止めるということも考えられないですね。一刻も早く茂道さんを保護しなければ……」

「平坂の中でもまた最近、竹林の近くで『血取り』を見たという噂が広がっております」

苦悶に満ちた十和助の顔には、深い皺が追加されたようであった。

「また、血取りですか……」

と加美はため息をついた。

「なんだか僕は、亡き安道さんが人生の最後に耶蘇教に救いを求められた気持ちが分かるような気がしますよ」

十和助はそれを聞くと、一瞬、眉を持ち上げて、きょとんとした顔をした。

「耶蘇教？　いいえ、安道様は我が国の御神仏に対する敬虔な信仰心をお持ちでございました。耶蘇教徒などになられたわけではございませんよ」

「ですが、天井画やこの館の趣味を見ると、どうみても僕にはそう感じられますけどね。第一、天井画の基督は館の守護神だと言っておられたわけでしょう？」

「それはそうでございますけれど、耶蘇教に救いを求められたということはございません。昨今の流行を考えて洋館になさいましたから、洋館の体裁に合うように装飾をお考えになったのだと思います。守護神というのは、ある種の方便だと思います。わたくしどもには分からない深い理由があるのでございましょう」

「誰にも分からない理由か……まぁいい、九郎さんに伝えておいて下さい。もし、今度、霊気琴の音が聞こえることがあれば、即座に僕に知らせるようにとね」

加美は軽く舌打ちすると、そう十和助に命じた。

朝食時間が終わるのを待って、加美は太刀男の部屋を訪ねた。太刀男は作りかけの帆船模型を組み立てているところであった。

「魔女のスープの謎かけは解けたのか？」

「ええ、ようやく分かりましたよ。分かってみれば何ということもありませんでしたけどね」

加美はすっかり謎解きには食傷気味だと言わんばかりに面倒そうに揺り椅子に腰を下ろしたが、その顔つきは得意満面であった。

「館中をくまなく調査して、暗号めいた物は全て照合しました。僕が思うに、これで暗号は全て出そろったはずです。御宝の行方にこぎ着けそうですね」

　そう言いながら加美が差し出した茂道の本を、太刀男はぱらぱらとめくって妙な顔をした。

「何故、1頁目にしか書いていないんだ?」

「ええ、変でしょう。ところがそれも暗号なんです。いろいろとやってみましたよ、僕も。火で焙ったら文字か何かが出てくるのではないかとか……ね。今日の午前中はそれで潰れてしまった」

「出たのか?」

「いいえ、何も出ないですよ。その本には1頁目以外には何も書いてなかった。けど頁数だけは書いてあるんです」

「頁数?」

「そうです、見て下さい。最後の頁が666頁です。つまり『世界審判』に登場する獣の数なんです」

「なる程、つまり天井画に何かの秘密が隠されているのだな」

「その通り、この本のタイトルは『神を探せ』、そして書かれている詩は明らかにこの館のことです。だから、館内で神を探せということなのでしょう。そして修道士の足元に書かれた謎の文章、『真実を知りたくば、神に問え　神の姿を見んとする者はいかにするか?』の答えの一つは『十字架に祈る』、そしてもう一つは『天を仰ぐ』なんです。ようするに天井を見れば神に会えるということだったんです。そして、廻盤琴（オルゴール）の旋律は、世界審判と歌っている。さらに、安道さんの部屋にあった歌、『罪深き子らよ、汝達の仕業にて、獅子と蛇は戦う　その時が来たことを告げよ』と、ありましたよね。図書室で黙示録をよく読み返してみると、世紀末の悪魔のことを『年とった蛇』と呼び、基督（キリスト）のことを『若き獅子』と表現しているんです。つまりあの歌も『世界審判』のことを歌っていたわけです。ああっ、どうしてこんな単純なことに気がつかなかったのか……。分かり切ったことだったのに。まさしくコロンブスの卵です」

「うむ、確かにそうだな。今まで誰もそんな簡単なことに気がつかなかったのだからな。だが、それと魔女のスープとはどう関係があるのだ？」

「ええ、それも図書室で調べましたけど、一口に魔女のスープといったって、千差万別、色んな種類がありましたよ。ヤモリとか蛙とかの黒焼きや、月経の血とか、赤ん坊の脂とか、各種の薬草を混合して作る魔女のスープが『魔術書』には何十種類も書かれてあって、お手上げといったところです。この館の中には山ほど彫像や浮き彫りがありますから、こうなったら魔女のスープの材料になりそうな物を、片っ端から探してみるかとも思ってたら、なんと！　神が答えを教えてくれていたんです」

「神が？」

「ええ、天井の絵、何処をどうみても暗号らしきものもないし、原画そのものだと思っていました。ところが、図書室の複製画をじっと眺めていて、その後で、天井画を見て違うのに気づいたんです。だけど危うく見逃すところでしたよ。まさかそんな事とは努々気づかなかった」

「何処が違ったのだ？」

「視線ですよ。中央の基督の視線がですね、僅かに違ったんです」

「視線か！」

「ええ、そうですよ。実に僅かですよ。原画とはほんの十五度ぐらいしか角度にして違わないが、その目の先が、あの螺旋階段のところにある騎士の像に向けられていたんです。僕もそれまで絵を穴が開くほど見ていなければ気づかなかったでしょう。そして、扉の目玉の下にある文字、あれは鍛冶屋が間違えたのではないんです。わざとそうしてあるんです。

つまり、
ɔbɿouq pɐuɹımıɔsɐl ouqe
orphe のpが欠け、さらに天地が逆様の鏡文字になっている。ということはpもbになっているはずです。さて、ここでbは、数字の「6」に似ていますよね。この館で「6」と言えば「六芒星を刻んだ螺旋階段」しかありません。扉のあの文は、「螺旋階段の付近を探せ」というメッセージだったんですよ。

そして、ここにも「6 6 6」の数字が隠されている。

螺旋運動とは、終わりなき反復運動、すなわち66666……と永遠に続くことになるんです。そこで又大きな発見をしました。あの騎士の像の太股には、見えるか見えないか際どいほどの小さな文字で、『king of kings』と彫り込まれていたじゃありませんか」

「『king of kings』？　何だそれは」

「『king of kings』これは世界審判の時に再臨する基督の呼び名なんです。なんと、あのグロテスクな異形の騎士像が基督だったなんて、誰が想像出来たでしょうね。だけどこれで天井の絵が騎士像を示していることが確実になった。実はその前にじっくりと観察してみたら、石板のような物が台座にはめ込まれているのを発見したんです。いやぁ、これだけ彫像や浮き彫りが多いと、その中に紛れて意外に見落としている物があるんですね」

「なる程、耶蘇教の本など読んだ事もなかったから知らなかった。だが、石板のことなら私も知っている。Bold Doll hide here という妙な文が刻まれている石板だ」

「そうです。ですからまさしくその文字が魔女のスープなんですよ」

「残念ながら、私にはさっぱり分からないな」

「いいですか、魔女のスープといったって、何十種類もあると言いましたね。だけど、あらゆるスープの材料に欠かさず使われている素材という物があったんですよ。なんだと思います？　悪魔崇拝の最も根底をなす思想と関係した物です」

加美の回りくどい説明に冷静に答えていた太刀男は、暫く考え込んだ。

「……それは、もしかすると『血』か！」

「そうです。御名答です。『血』、図書室にあった種々の魔術関連書の中にこのような言葉がありました。

『黒ミサとは、悪である山羊が、善である子羊に対して行う偉大な犠牲なり。メシアの犠牲を悪の側から再現する形なり。さればこそ、真なる黒ミサには食人儀式、殺人儀式に流される血が必要なり。其、レビ記に記さるる言葉にも由来す――血はその中に生命ある故によりて贖罪をなすものなればなり』

そこで、Bloodという文字に使用されているスペルを使うと、Bold・Dollという二つの単語が作れます。だからBold Doll hide here〔ここには大胆な人形が隠れている〕というわけですね。いや、なかなかユーモアに富んだ謎かけだ。

時に、あの石板には浮き彫りの十字架がありましたよね。僕はその十字架が本当にただの浮き彫りの十字架なのかどうか今夜確かめてみたいと思うのですよ。何故なら、安道さんの楽譜にあった歌詞、『ハレルヤ　グロリア　ハレルヤ　グロリア　罪深き子らよ、汝達の仕業にて、獅子と蛇は戦う　その時が来たことを告げよ　主の名前を呼べ』までは、世界審判の絵と、あの騎士の太股に刻まれていた『king of kings』を示す暗号だと思うのです。続きの歌詞、『犠牲の十字の先を、その四隅に置きたまえ』はあの石板の十字架に関連してくるんではないでしょうかね。

つまり僕は、犠牲の十字の先を四隅に置いてみたいわけですよ。今夜ね」

太刀男は黙って立つと、召使いを呼ぶための呼び鈴を鳴らした。

「発泡酒でも持ってこさせて祝うとしよう。ところで、今夜の段取りはどうするのだ？」

「そうですね。『今夜の本館の見回りは加美探偵にまかせる』と、貴方から十和助さんに言っていただけますか？　時間は大事を取って、二時頃にしましょう。ああ、それともう一つ、僕が思うに茂道さんは、御宝の在処を知らされていなかったという線が濃厚です」

何だって？

と太刀男の眉が動いた。

「それで焦って、このような凶行を繰り広げていると思われるんですよ」

太刀男は低い地の底から響くような声で笑った。

「これで、本当に御宗主より先に私が御宝を手に入れたら、極めて愉快だな」

「安心はしないで下さい。敵もすでに暗号を解いて、御宝を手にしていることもあり得ます。その時は、一旦、僕と貴方とで保護しますがね」

加美が目配せをすると、太刀男は不愉快そうに目を伏せた。

「分かった」

「くれぐれも助蔵さんには気づかれないように注意して下さい。邪魔をされてはたまりませんから」

話が終わり、乾杯の後で太刀男の部屋を出て螺旋階段を下りて行くと、四階の部屋の中から聖宝が出てきた。

「やぁ、聖宝君、誰のところに行ってたんだい？」

「沙々羅さんの部屋ですよ」

「おやおや、今から女性の部屋にお忍びとは隅におけないね」

からかうと聖宝は顔を赤くして首を振った。

「そんなんじゃありませんよ。沙々羅さんがずっと寝たきりで可哀想だといって、愛羅さんと結羅さんから歌劇の真似をしてみせてやってくれと頼まれたんです。そんなに上手じゃないから恥ずかしかったんですが……。もちろん一人じゃありません、皆、一緒ですよ。でも、お人形が沢山あったりして、女の子の部屋というのはいるだけで照れ臭いですね。立派な雛人形も見せてもらいましたよ。天主家では代々、雛人形を女親から子供が受け継ぐんですって」

「へえ、そうかい、あの三人の美少女はずいぶん仲が良さそうだね」

「ええ、姉妹のように育ってきたみたいです。それよりも加美さん、僕は大変なことに気づいてしまいましたよ」

「大変な事?」

「ええ、ほら、安蔵さんの殺害事件で、加美さんが氷による密室トリックを推察したでしょう? ところが、あの説では絶対に不可能なことが分かったんです」

「絶対に不可能だって!」

呆然とした加美に、聖宝は学生服のポケットから数式を書き殴った覚え書きを取り出して説明し始めた。

「まずですね、安蔵さんが殺害されたはずの日、その深夜から朝にかけての気温がどれぐらいだったか知ってますか？　この付近はマイナス八度近かったらしいんですよ。そして、あの岩蔵の中で、扉の鍵に一番近い蠟燭は、一メートル三十センチの距離にあったんです」

「それだと、トリックは無理だと言うのかい？」

「そうです。まず氷が水になるのは相転移現象なので、気温が〇度で七十九・五グラムカロリーの熱が必要だと言われています。蠟燭は大体、千四百度くらいの温度があって、そのエネルギーは近似的に一平方メートルあたり、『ステファン定数五・六七かける十のマイナス八乗』かける『気温の四乗』で求められます。だから千四百度の蠟燭の一平方メートルあたりのエネルギーというのは絶対温度において約十の五乗ジュールの計算になるわけです。それで、蠟燭の炎の面積というのは、大体一センチくらいでしょうから、一秒あたりのエネルギーとしては十ジュール。ようするに七ワットしかないということになります。それでですね、加美さんのいうように氷柱を使ったとすると、氷柱の蠟燭に面した表面積は、〇・三メートルかける〇・二メートルで求めて〇・〇六平方メートルくらいで、なおかつ、蠟燭のエネルギーは四方に広がるのですから、蠟燭から氷柱までの距離を一メートル三十センチと計算すれば、四πrの二乗で二十二・三七平方メートル。つまり、十ジュールのエネルギーのうち、氷柱にあたるのは一メートル平方あたり〇・〇二六八ジュールに過ぎないということです。それで、あの鍵のトリックを実行するには、諸条件から考えてどうしても高さが三十センチ、横幅二十センチ、奥行き十センチの氷柱が絶対に必要になります。つまり氷の重さは六キロはあるということです。全部水になるには、三百三十三ジュールかける六キロで二かける十の六乗ジュールのエネルギーが必要ということですよね。以上から氷を水にするためには、二かける十の六乗を〇・〇二六八で割って、一本の蠟燭の熱なら二万時間かかるということになります。けど、千本の蠟燭を使うと二十時間でしょうか……。大ざっぱな計算ですけど、大体あっていると思うんです。そうなると、確かに岩蔵には多数の蠟燭が並べられた形跡がありましたが、とても千本にはならないと思います。あれだと百本ぐらいかなぁ……。つまり二百時間ですよね。それも気温が〇度として計算した時のことで、マイナス八度だと、常に周囲から冷却されている条件ですから、殆ど氷は溶けないということになるんですよ。ですから、氷を溶かして密室にするというトリックはどんな形にしても無理なんです。ねっ、大変な事でしょう？ それに大岩が動いたことや、鏡子さんの死体をあんな場所に置いた方法のことだって、説明の一つもついていない。やはり、僕には今回のことは怨霊の起こした超自然現象だとしか思えないんです」

加美は額に冷たい汗を覚えて、ハンカチで拭った。

「ああっ……。なんだか厭な話だ。もうこれ以上考えるのが億劫になってきたよ。君はこの空気は神経を狂わしていくような気がしないかい？ 灰色の制服の召使いがうろうろしているのだって、病院か監獄にいるような気分になってくる。僕は早いところ仕事を終えて帰りたいね……」

「そういう時には、あの椅子に座ればいいですよ」

聖宝は張り出し間にある椅子を指さした。

「あれは四十年ぐらい前に仏蘭西で作られた祈禱用の椅子なんですって。あの椅子で瞑想したり、祈禱したりすると、精神が安らいで精霊と会話出来るらしいですよ」

「誰がそんな事を？」

「十和助さんです。先代の御宗主の愛用の品だったとか」

「そうか……。試してみるとしよう」

加美は張り出し間に出た。強い風が頰を打った。

館は高台にあるので、四階からは辺りの風景をかなり広範囲まで一望することが出来た。

幾何学で構成された曼陀羅の中に自分はいる。丘下には平坂の集落。深い霧を湛える谷間。緑のさざ波の連鎖が、遥か山麓のほうにまでうち寄せている。

帝都は遠い。まるで別世界にいるようだ。いや、実際そうに違いない。ここは黄泉津比良坂なのだから。

かぁかぁ　けぇけぇ

かぁかぁ　けぇけぇ

鴉の集団が目前を掠めていった。

聖宝が後ろからついてきた。

「ここの鴉どもはよく啼くな」

「山の神の使いですからね。きっとうるさ型なんです」

「死体の果樹園の実を啄んでこんなにも繁殖したんだろうが、今はそういうこともないんだろうし、数は減らないのかな？」

「どうなんでしょうね。死体を啄む鴉の印象像から、人身御供を要求する怖い祟り神が生まれたということもあるんでしょうね」

張り出し間は庇を持ち、個室と同じだけの広さで半円形に張り出している。欄干には張り出し間の両脇にあるアーチから伸びる蔓薔薇の蔓が巻き付いていた。煉瓦敷きの上に造られた花壇には水仙やシクラメンの花が蕾を揺らしている。

椅子は張り出し間の中央にある小さな噴水の脇に置かれていた。

この噴水は、金色の蓮形水桶の中央にいる海神が、上を向いて尖らせた口から絶えず水を吹き出す仕掛けであるが、水をどこかから引いてきているわけではなく、桶中の水を電気動力で回転させている様子である。

椅子は背もたれ部分が特徴的なT字形であった。

流麗に湾曲したカブリオール脚。赤い天鵞絨の地の腰掛けと背もたれの部分に、薔薇の花と中央に十字架の、緻密な刺繡織が貼られている。

「座り心地はまぁまぁだな。肘掛けがないのが残念だが……」

呟きながら加美は目を閉じた。

「十六世紀の仏蘭西に、世紀の大預言者として有名なミッシェル・ド・ノストラダムスっていう男がいたっていうんですけど、加美さん知ってますか？」

「名前なら聞いたことがあるね」

「恍惚状態に陥って、未来の映像を見たという話ですが、恍惚状態に入るやり方が変わっていたそうです。彼の家には螺旋階段があって、一番上階に書斎が造られていた。夜になるとノストラダムスは螺旋階段を上って書斎に赴き、真鍮の三脚がついた水盤に水を一杯に張るんです。そして、その中に足を浸す。月桂樹の杖を片手に持ってね。そうすると水の中に神の降臨があって、様々な未来について語り出したそうです。先代の安道宗主という方も、不思議な力を持っていたと噂されていますけど、ノストラダムスの使った三脚の水盤と六階の三本の柱って関係してるような気がしませんか？　それに杖を持つと、両足と合わせて三本の柱が出来ることにもなる。螺旋階段もあるし……。

ねぇ、不思議でしょう？」

そんな聖宝の声が次第に遠ざかっていく……。

黒い影……影が見える……。

人影……男の影だ……。

赤い液体が背後に蠢いている。
なんだろう……あれは……血だ……。
よせよせ、無駄だ。
祟りに首を突っ込むとろくなことは無いぞ。
探偵よ、その身が無事なうちに退散しろ。
これは祟り、祟りだ。
一箇目様と篤道公の祟り……。
光道　と　茂道の
た・た・り。
加美はびくりと体を震わせて目を開いた。

聖宝が微笑んでいる。

「君、今何か言ったかい……？」

「僕がですか？　いいえ、何も言ってませんよ。何か聞こえたんですか？」

聖宝の桜のような唇が可笑しげに歪んだ。

「ああ、どうも最近空耳が激しいんだ。風の音かな……風が強いから」

「怨霊達の声かも知れませんよ……。あっ、そうだ、箱男さんの事件の時に思い出したことがあるんです」

「箱男の事件の時にだって？」

「ええ、箱のことですよ。阿知女神楽で天皇様の装束を箱に入れて振るでしょう？　その理由にも通じてくるんですけどね。箱とか瓢箪とか、ああいう中が空洞になってる物っていうのは一種の呪物と見なされるんです。密封された空洞は、ある種の気や、霊などを捕らえて、貯蔵庫の役割を果たすらしいんです。だから例えば、お寺の山門の楼閣とか、京の都で鬼を防ぐ為に造られた朱雀門等は一番上に空洞が造られてるんですよ。其処に鬼や怨霊を吸い取る為です。天皇様の装束を入れる場合は、病気などにかかられた天皇様の霊を箱に入れることによって肉体から離れるのを防ぐという理由ですけどね。

それでほら、箱男さんが入れられていた箱って、あの篤道公が鎧櫃として使っていたという物なんでしょう？　あの箱には唐獅子と聖蕨模様が施されてたんです。聖蕨模様っていうのは、一種の十種の神宝の呪法なんです。ほら、阿知女舞いを最初にしたのは天宇津女でしょう？　此処に来る少し前に天宇津女をお祀りしている天河神社に行った時、その宮司さんに天宇津女のウズは『渦』の意味だと教えられたんです。いろんな説があるけど、僕が思うに信憑性のある言い伝えですよ。渦は螺旋、つまり終わりの無い運動を意味しているし、太陽や月の軌道の形でもありますからね、第一、宇津女は『舞い』の神様で、『舞い』という言葉は『回い』から派生しているわけですし……」

「君、君、何の話をしてるんだい。話が分散してしまってる」

　加美はいらいらしながら言った。

「あっ、本当だ。つまり僕が言いたいのはですね、聖蕨とは渦文様なわけで、十種の神宝の呪いなわけです。だからあの櫃は、櫃そのものが二重の意味で呪物となっているわけです。自分の鎧を入れて置いたということは、装束を入れて自分の魂をあの世に持っていかれないようにしていたということでしょうね。つまり、篤道の霊魂を封じ込めた箱が、鏡子さんの手によって開かれてしまったことが、今回の事件の原因なんじゃないかなって……」

「なぜ、鏡子が櫃を開けたと分かる……？」

「そりゃあ、開けるんじゃありませんか、だって櫃でしょう？　書物とか、衣装を入れておくためのものなんだから、開けて中くらい見たと思いますけど……」

「ああ、それはそうだね（そう……開けて茂道を入れた……いや、そうじゃない、茂道が箱男を……）」

加美は血溜まりの中に累々と横たわる死体の幻を振り切るかのように、激しく頭を振った。

3　剝製づくり

色硝子の修道士に見守られ、成正と成継の趣味の剝製室の陳列棚の中には、様々な剝製合成動物の他に、気に入りの臓器や動物の体の一部をホルマリンにつけ込んだ瓶が大量に並んでいた。修道士の足下には死体を溶かす為の大きな硫酸槽がある。

剝製室の中央には真鍮の台が二台並んで置かれている。死体を処理する台だ。油圧式で台の傾斜が変えられる。足下には給水、排水槽があり、その上には死体に薬液を注入するポンプが設置されている。ポンプにつながった透明の容器の中には赤い液体が入っている。この液体を、ポンプを通じて注射器のついたチューブから死体の動脈に送り込むのだ。

液体は赤く着色したホルマリンとエタノールの混合液である。液体を入れると、凝固しかけた血液を溶かしながら体外へ洗い出す効果がある。混合液が全ての血液を追い出して全身に回ると、死体の皮膚は自然な血色を取り戻す。その為に赤色着色をしてある。

本当に皮だけを剝いで人工の骨組みに張り付けるのでは、どうしても僅かに木乃伊化し、生命感を損失するので、兄弟が長年の間に研究して作り出した剝製の作製方法であった。

剝製室には、剝製達の醸し出す獣じみた臭気と、ホルマリンと、長年のうちに床や排水槽に凝固した動物性の脂等が混じり合った独特の臭いが染みついていた。

成正はずっと話をしていた。それは一八五七年に米国で発覚して世界的話題になったという殺人鬼の実話だ。成正はこの話が好きで、折に触れて話題にする。

殺人鬼の名はゲインという。ゲインは農夫で、一人ぐらし。近所に頼まれて時折、色んな手伝いをして小遣いかせぎをしながら農場に閉じこもってくらしていたということである。

警察が殺人容疑でゲインの家を捜査した時には、まず、汚い木材小屋の天井の滑車に、足を縛られて逆さにぶら下げられた首なしの死体が発見された。其れは全く無造作に、牛肉でも吊しているかのように放置されていたのである。しかも床には骨が散乱。鼻ばかり集めて山になった器があるかと思えば、目玉ばかりを集めた器がある。冷蔵庫には人間の内臓が食物の代わりに詰まっている。台所のフライパンでは心臓がじゅーじゅーと香ばしい音を立てながら火にかけられているさなかであった。この時点でゲインの容疑は確定したが、さらに家中をくまなく見回ると、次々と驚くべきものが発見された。

靴箱には女性の性器ばかりが集めて並べられてあり、窓の目隠しの紐からは一対の唇がオブジェの様にぶら下がっている。さらに人間の皮を張った椅子。乳房もそのままのベルトが職人はだしの技術で作られていたというのだ。

成正は、ゲインを恐ろしい殺人鬼としては語らずに、芸術家として、うっとりと語る。

その話は聞く度に多少の誇張が入って変化する。例えば酷い時には、顔の皮膚を剝いで作った面に伯剌西爾の謝肉祭仮面のような彩色を施して寝室に並べてあった等という話が挿入されるのである。

成継はこの話を兄から聞くのが好きであった。

成正の話は、人間の皮張り椅子の作製方法についての考察で止まった。

「さて、今日は僕の番やな」

そう言うと、剝製台の上に用意してあった猟銃を手に取った。

それは実際、静かな光景だった。

成正が猟銃と眉間の間に挟んだ羽枕を、成継が支えていた。成正の指がぴくりと動いた途端、ばふっ、と革袋から空気が抜けたような音がして、白い水鳥の羽根が血飛沫とともに部屋に舞ったのだ。

成継は弾の発射した音よりも、衝撃でくの字に折れ曲がって崩れ落ちた成正の立てた物音に驚いて後ずさった。

兄の体は床に落ちた途端に、ばらばらに砕け散ったように見えた。だが、思わず閉じた目をそっと見開くと、静かな四肢が横たわっているだけで、断末魔の呻きは無かった。ただ僅かな痙攣を四肢は起こしていたが、ものの五分もしないうちにそれは止まり、成正は完全な無生物となったのだ。動いているのは床に広がっていく血流だけであった。

成継は暫く床に広がっていく不思議な模様に見惚れていたが、はっと我を取り戻すと、剝製づくりの時に流血を拭くために用意してある布を、ある限り成正の頭部に巻き付けた。

そして頭部だけが包帯を巻いた木乃伊のようになった成正の体を必死で抱き上げ、剥製台の上に置いた後、床の血痕（けっこん）を拭（ぬぐ）った。

猟銃が煙を吹いている。無我夢中で床を拭いている成継は、自分の足先で猟銃をこづいていることになど少しも気づいていなかった。

ばふっ

突然の銃声に、成継は心臓が止まりそうになって体を硬直させた。異物感のある足先を見ると、丁度靴のつま先の辺が引き金にひっかかっている。これが猟銃を発射させたのだ。大きな音がしなかったのは、たまさか猟銃と壁の間に挟まれる形となっていた枕のおかげだった。

だが……怪（おか）しい。弾は一発しか込めていなかったはずだ。

成継は慌てて中を調べた。そして、息を呑（の）んだ。弾が込めなおされている。満タンだ。

これでは、最初に引き金を引いたものが必ず死んでしまう。

意味が分からなかった。誰がこんなことをしたのか？

兄がわざとそうしたのか？

成継は頭部に包帯を巻いて剥製台の上に横たわっている成正を見たが、どう考えても、兄がそうした様子は思い当たらない。

そういえば今朝から剥製室の窓を開けていた。誰かが侵入してきて、弾を込めなおしたのか？　殺人鬼の仕業だろうか。何にしてもそれも運命というものだ。

思考も情緒も不感症に出来ている成継は、それ以上考えることもなく、一人納得して、徐に剥製作りの作業に取りかかることにした。

兄の死体を前にゴムの手袋をはめると、意外にも他の動物達を剥製にする時のような興奮は襲ってこなかった。それどころか、自分自身も死んでいるのではないかと思うほどの静寂が脳に満ちていた。それは幸福感にも近いような気がした。

まずは、早く腐敗する内臓と脳味噌を出してしまわなくてはならない。

兄の頭部に巻き付けていた布をはがすと、見事に弾は頭を貫通していた。すでに脳味噌が零れている。細長い鉤爪を取り出し、弾の穴から頭部に差し入れ、それを一回転して抜き取った。崩れた豆腐のようになった脳味噌が弾の穴からぐちゅぐちゅと流れ出てきた。この脳に入っていた記憶や思想は全て成継と共有してきたものである。

妙に懐かしい気分になった成継の脳裏に、グリム童話の中のある短編が過ぎった。

『わがままな子供』という物語だ。

むかし、わがままな子供がいました。

母親が頼んだことをしませんでした。

それで神様はこの子をこころよく思わなくなって病気にしました。

お医者さまもどうにもできず、まもなくこの子は小さいベッドの上で死にました。

この子は墓に埋められ、その上には土がかけられました。

すると、突然、子供の小さい腕が一本にょっきり出てきて、高く上に伸びました。

みんなはその腕を中に押し込み、さらにその上に土をかけましたが、それでも駄目でした。

小さい腕は何度も何度も出てきました。

そこで母親が自分で墓に行き、むちでその腕を打ちました。

すると腕は引っ込んで、子供はやっと墓の下で眠ったのでした。


兄弟はこの話が好きで、夜眠る前によく召使いに読ませたものであった。今の今まで記憶の片隅に追いやっていたが、考えてみると「生きている死体」に対する浪漫的な憧憬(しょうけい)は、あの時から始まったのかも知れない。

成継は物語を口ずさみながら脳味噌を掻(か)き出す作業を何度か繰り返した。そして大方脳を掻き出したろうと思った頃合いで、受け皿の中に散らばった灰白色のぐちゅぐちゅした物体を無造作に排水槽の中にあけ、蛇口を捻(ひね)って水で洗い流したのだった。

それから成継は兄の両目を指でくりぬき、陳列棚の中にあった空瓶にホルマリンとともに入れた。意外に目玉は硫酸では溶けにくいから、こうして他のものと一緒に並べておいたほうが寧(むし)ろ自然で誰も気づくことがないだろう。

と、いっても館(やかた)の者で剥製(はくせい)室に好きこのんで入ってくるような者などいない。以前から召使い達の出入りも禁じてあるからまずは大丈夫なのだ。

さて、次は内臓の摘出だ。傷を余り残さない為に腰骨に沿って皮膚を切開することにした。メスの先を当てると、獣と違って皮膚がみるみる口を開き、ウレタンのような黄色い脂肪層と赤い肉が顔を覗(のぞ)かせる有り様がしっかりと観察出来た。鮮血が震えながらにじみ出てくる。心臓が止まっているから吹き出すというほどではない。じんわりとにじみ出てくるのだ。

成継はごくりと唾(つば)を飲み込んだ。切開口にメスを持った腕を突っ込むと、中はぬるりとしてなま暖かく、ぞくぞくするような艶(なま)めかしい手応(てごた)えがある。成継はまず最初に手で掴(つか)んだものから切断して引きずり出していった。

最初は胃。桃色の綺麗(きれい)な胃だ。切り開いてみると、真っ赤な液体が流れ出てきた。血ではない。さっきまで飲んでいた葡萄(ぶどう)酒だ。次に膀胱(ぼうこう)を取り出した。少し膨れている。

切ってみる。琥珀(はく)色の液体が出てきた。尿だ……。

見てはいけないタブーと謎を、ついに目の当たりにした気持ちになって、成継は夢見るような恍惚(こうこつ)感に捕らわれた。

4　割られた顔面

夜になると風が強い。春の嵐だ。

空には相変わらず奇矯な四足獣が走り回り、ハーピーは不思議な旋律を紡いでいた。

昼間はまだいいが、夜の館はいやに有機的に感じられた。まるで一個の生物のように息づいている。自分はその腹の中であがいているようだ。

加美は洋灯を装飾用卓の上に置き、寝椅子に凭れて足を組んだ。大鏡の中には、橙色に光る自分の横顔と、セイレーンと、その下に並んだ五つの棺がぼんやりと映っている。


厭な仕事だ。早く終わりたい……。


やがて、階段の方から足音が聞こえ、小さな洋灯の灯りが見えた。

「太刀男さんですか？」

加美は押し殺した、しかしよく響く声で訊ねた。

「そうだ、誰もいないか？」

加美はその声を聞いて少しホッとした。

「勿論、僕以外はいませんよ。太刀男さんこそ誰にも気付かれませんでしたか？」

「大丈夫だ」

張り詰めた声で答えた太刀男は、深紅の地に黒の茨模様のナイトガウンを着ていた。

「早かったな、もう確かめたのか？」

騎士像のもとに歩きながらそう訊ねた太刀男に向かって、加美は首を振った。

「まさか、こんな劇的な場面を貴方から僕が横取りすることなんて出来ないでしょう」

太刀男は相変わらず無表情なまま、騎士像の台座にある石板の前にしゃがみ込んだ。

加美は螺旋階段の前に立って、扉を見張った。ここで誰かに気付かれたのでは、今までの苦労が水の泡だ。それに一人で御宝を暴いて、他人の家の祟りに巻き込まれるのも御免だった。

「もしも誰かが来たら合図をしますから、すぐに隠れて下さいよ」

「どうすればいい？」

背後から太刀男が訊ねた。

「取りあえず犠牲の十字架を四隅にですから、其の十字架を回してみるような事は出来ませんか？」

暫く沈黙があって、「開いた……」と緊張に満ちた声が聞こえた。

「何かありましたか？」

「隠し金庫のようなものがある」

「どうやら正解のようですね。で、金庫はどうなっています？」

「ダイヤルがある。番号を合わせなければ開かないな」

「六六六を試してみて下さい」

ジリジリとダイヤルを回す音の後、カチャリと軽い金属音がした。

「開きましたか？」


あっ……


太刀男の答えが不意に途切れた。

その時、加美は背後で微かに風が渦巻くのを感じた。振り返り、洋灯を翳しても、人影はない。ただ、奇妙になま暖かい一瞬の風に、加美の全身に不吉な予感がよぎった。

「太刀男さん？」

そう口を開くと同時に、ズザッ、という鈍い奇怪な物音が聞こえた。

そして、後には沈黙だけが残った。

「どうしたんです……？」

加美はおそるおそる騎士像へ近づき、台座付近に洋灯を翳した。そして次の瞬間、震える声で叫んでいた。

「こっ、こんな……あり得ない！」

太刀男は石板の前に突っ伏した姿勢で、流血の海に息絶えていた。後頭部に深々と突き刺さった巨大な銀の刃先が光り、無念と怒りの液体がマグマのように泡を吹き、床に広がっていく。

震える腕で俯(うつぶ)せになった太刀男の体を抱き起こそうとした加美は、太刀男の頭部が横を向いた時、巨大な支那(しな)太刀が太刀男の脳天を一直線に縦断し、額を突き破って眉間(みけん)より下に至り、血塗(ちまみ)れの顔面が真っ二つに割れかかっているのを見た。

加美は絶句し、手を離した。

太刀男は顔を横に向けたグロテスクな格好で再び床に倒れ込んだ。

　これが人間の仕業か？

　信じられない怪力、化け物だ！

加美は全身を震わせて、神経質に周囲を見回しながら立ち上がった。

人影も足音も無い。

……全く無い。

館はずっと、静まり返っている。

　こんな馬鹿な……。

僕はずっと見張っていた。

確かに見張っていたんだ！

ただ、あの妙になま暖かい風が吹いたほんの数秒の内に、音も姿も無く殺人鬼は現れ、太刀男を殺し、そして去っていったのだ。

加美は歌劇座（オペラ）の小道具係が話していた『風のように移動する亡霊』を思わず脳裏に蘇（よみがえ）らせていた。

夢を見ているのではないのか？

犯人の茂道は本当に生きた人間なのか？

いっそ夢であって欲しい……。

加美は震える手で自分の頭を抱えた。足下には夢で無い証拠に、太刀男の死体が歴然と横たわっている。

確かに人が来た気配はなかった。

それとも殺人鬼はどこかにこの時を待って、ずっと潜んでいたというのだろうか？

こんな広間の何処に？

しかも気配も無く……。

そして、今もどこかに潜んでいるのか？

気配も無く……。

「馬鹿な……」

加美は再び五感を研ぎ澄ませて、広間を見渡した。

だがそこには見れば見るほど、ぽっかりとした空間があるだけだった。この広間の構造では、数秒の間に足音一つたてずに姿を隠すなど出来る筈(はず)がない。

もしも、秘密の出入り口なぞがあって犯人が其の中に姿を消したにしても……それでも、戸が閉まる音ぐらいは聞こえるはずだ。

妖(あや)しすぎる……。

自分の息の音が館(やかた)中の人間に聞こえてしまうのではないかと思うほどに荒くなってくるのを感じる。

青白い怨霊(おんりょう)の腕が暗闇から出現して太刀男を殺し、又、暗闇に消える……そんな想像が一瞬のうちに繰り返し、加美の脳裏をよぎった。

危険だ……

余りに得体が知れない。

加美は、危機感に全身を緊張させた。こうなれば一刻も早くこの館から逃げるのだ……そう考えながらも、加美の体は吸い寄せられるように、太刀男の死体をまたぎ、金庫の中を覗き込んでいた。

金庫は開いている。

自分の推理は間違っていなかったのだ。

だが、中は空である。其処にあったはずの宝は消え失せてしまっているのだ。

すると茂道はすでに宝を隠していたのか？

それとも今？

こつ――ん　こつ――ん

こつ――ん　こつ――ん

螺旋階段のはるか上方から足音が下りてきた。

茂道か？

いやまさか、今太刀男を殺したばかりで、音も無く駆け上ったとすれば、それこそ奴は人間では無い。

怨霊……。

いや……そんなわけがない、そんな事を考えるのは止めるのだ。

加美は激しく頭を振った。

助蔵か？

助蔵が物音に気付いたのかも知れない。

加美が短銃を取り出して身構えた先に、二階の階段の入り口に立った白い人影があった。

沙々羅であった。

二日前の夜に見た時と同じように神懸かった様子で階段を下りてくる。

夢遊病の発作が出たのだ。

咄嗟に加美け舌打ちをした。

もしも沙々羅が目覚めれば、状況の説明が出来ない立場に追い込まれる。自分が犯人にされてしまう。それこそ茂道の狙いかも知れない。

どうする……目覚めたら殺すか。

加美はこの事態にどう収拾をつけるかと思考を巡らした末に、大声を上げた。

「大変だ！　皆さん起きて下さい！」

加美は電灯の開閉器（スイッチ）へ駆け寄り、広間の装飾灯を一斉に点灯した。

きゃ――

突然の光に沙々羅が目覚め、顔を覆い隠し、悲鳴を上げた。あっと言う間に階段を転げ落ちてくる。足を踏み外したようだ。

四階で扉の開く音が重なった。

真っ先に駆けつけた助蔵は、床に倒れている沙々羅を見ると蒼白（そうはく）の顔をして抱き上げた。

女達は恐れをなして下りてこない。次に現れた駒男は呆然（ぼうぜん）としながら辺りを見回した。

「なっ、なんや、なんで沙々羅ちゃんが倒れてるんや？」

「沙々羅さんは夢遊病の発作で、階段から落ちたんです。それより太刀男さんが死んでるんです」

「太刀男君が！　どっ、どこや！」

駒男は目玉を剝いて左右を見た。

「その螺旋階段の脇の騎士像の陰です」

加美の言葉に騎士像の側に走った駒男は、その姿を見るなり叫び声を上げて尻餅をついた。

助蔵は沙々羅を抱き上げ、夫人の名を呼んだ。

正代が四階から駆けつけ、沙々羅を背負って部屋に戻っていくと、助蔵は改めて騎士像のもとで死んでいる太刀男の側に来た。

「どういうことやこれは、見回りはしていなかったんか？」

「勿論していましたとも。僕が六階まで上がって順次に階を見回り、そうして広間に戻ってきた時に、太刀男さんが死んでいるのを発見したんです」

「おお……恐ろしい。こないな事、人間業やない。これも御、御宗主か？」

太刀男の半分に割れた顔面を見て、駒男は震えた。

「おそらくそうでしょうが、僕は彼の姿は見ませんでした」

「この隠し金庫のような物はなんだろう？」

助蔵が騎士像の台座を指さしながら首を捻った。

「ほんまや、こんなもんがあるなんて、ついぞ知らんかった」

駒男が寝ぼけたように言った。

「そうなんですか……。僕が推理するに、これは御宝を隠していた金庫ではないでしょうか？　太刀男さんはそれに気付いて、僕の見回りの目をぐってこっそりと取りにきたんですよ。そこで御宗主に殺されてしまったんだ」

加美は都合のいい作り話をして誤魔化した。

「御、御宝やて！　そっそうか、こんなところに隠されてたんか。そやけど、無くなってるぞ！」

「多分、御宗主が持っていったんでしょう」

「なんちゅうことや。御宗主は殺人鬼で御宝まで取って行方を晦ましたなんて！　それに跡を継ぐものも全員殺されてしもうた。全く、悪夢や。天主家はどうなるんや」

助蔵は呻くと膝を折り、頭をかかえ込んだ。

この男、本気か？　芝居か？

この時、背後で扉が開いたので、一同は茂道がそこに現れたのではないかという恐怖に背筋を凍らせて振り向いた。

「皆様、どうしたのでございますか！　見回りの召使いが、急にお館の灯りがついたと騒ぎますから、何かあったのかと思って見にまいりました」

十和助は余程急いだらしく、寝間着姿のままで広間に飛び込んでくると、駒男の足下で死んでいる太刀男の姿を見つけて、「ああっ」と膝を折った。

「なんということ……！　太刀男様までもが……」

「見回りの召使いは、何か不審なものを見たとは言ってませんでしたか？」

「いいえ、そのような事は言っておりませんでした」

十和助はわなわなと青い唇を震わせ、「太刀男様が、御宗主様が亡くなったと発表されたことが、お怒りに触れたのでしょうか……」と呟いた。

「とにかく、太刀男さんをこのままにしておくわけにも行きません」

「ああ、そうでございますね。それではわたくしは慈恵様を呼んでまいります」

5　呪われた竹林

経文が広間に響く。誰一人言葉は無い。

並んだ棺はこれで六つ。

加美はぐったりと寝椅子に凭れていた。

聖宝が赤い目を擦りながら横に腰を下ろした。

「酷いですね。太刀男さんの死体」

「ああ、茂道という男は余程の馬鹿力だ」

「あれはそんな普通のことじゃありませんよ。顔面を殆ど真っ二つですよ！」

確かにそうだが、それを言い出せば、犯人が何処から来て、何処に雲隠れしたのか、すぐ側にいながら分からなかったあの事態はさらに奇々怪々だ。だが、それは決して口にできない。隠していることが露呈してしまう。

あの後、灯りをつけてからも、これだけの人間が右往左往しているのに、逃げ出した気配も、また潜んでいる気配も無い。どうなっているのか……。

一時は、刀を階段から落としたのかとも推理してみたが、太刀男の頭の真上が螺旋階段になっているので、物理的に不可能だ。

逃げ出すつもりがこの様か……。

まあいい……当初の計画は狂っていない……。

落ち着いて今はじっくり考えるんだ……。

あの時、何が起こったのだ？

よく思い出してみるんだ！

そう自分に言い聞かせても、（怨霊……）という囁き声が加美の頭から離れなかった。

その時、扉を叩く音が加美の思考を中断した。

十和助が狼狽しながら扉を開くと、数名の召使いが強張った顔で立っていた。

十和助は彼らと何事か話をすると、さっと顔色を失い、加美のもとに駆け寄って来た。

「あれらが言うには、今、九郎から連絡があって、竹林のほうで霊気琴（テルミン）の音がしているそうです」

「何ですって、茂道さんが！　とにかく僕が行って確かめましょう。皆さんはまだ取り込み中のようだから、供養が終わった後で来て下さるように伝えて下さい。竹林のどの辺りの場所か分かりませんか？」

「一の宮に近いところのようでございますよ。お一人で行かれて危のうございませんか？」

「そんな事を言ってる場合ではありませんよ」

加美が椅子から立ち上がると同時に、「加美さん、僕も行きますよ！」と聖宝が言った。

「子供は危険だ、後で来なさい」

「いいえ、僕も行きます」

加美は答えも聞かずに急いで走り出した。背後に聖宝が続く。加美は内心では面倒だと舌打ちしたが、いざとなっても、子供一人だ、どうにでも出来るだろうと考えた。

それよりも、茂道は何時の間に竹林まで逃げたのだろう？

とてつもなく不安な気持ちに襲われながら、急な坂道を走っていく。

頭上で時折、青白い稲妻が走った。

嵐……嵐だ。

山の葉叢の波のうねりは激しく、辺りは物騒がしかった。道の両脇が竹林に囲まれたところまで登っていくと、月明かりはもはや時々にしか地上に届いてこなかった。

足下が気紛れに照らされると、芽吹き始めたらしき竹の子が見える。

青銀色の鎌が地面に突き立っているようだ。

鞭を振り下ろすような大音響を上げて、竹林全体が撓っていた。

時々、竹同士が体をぶつけあう異様な破裂音が響く。

一の宮の灯りが小さく見えてくる頃になって、右手の奥から空気を震わすような異音が響き始めた。

「聖宝君、聞こえるか？」

「ええ、風の音に混じって、微かに。これが霊気琴……まるで超音波のような音ですね」

加美は、洋灯の灯りを竹林の前方に翳した。何も見えなかった。

「もっと奥のほうだな」

「入ってみますか？」

「勿論だ」

強気で答えながらも加美の額には冷たい汗が滲んでいた。一歩踏み出す度に足下で、枯れ葉がひりつくような縮れた悲鳴を上げた。

「音の方向が分からないな……」

「これは……多分、右ですね」

加美と聖宝は身を屈めて、用心深く進んでいった。暗闇の中では崖で足を踏み外す危険があった。

ヒュ――イ――ヒン
ヒョ――ン
ヒュ――イ――ヒン
ヒョ――ン

音がかなり近くなった。

加美は目一杯腕を伸ばして洋灯を前方に送った。

漆黒の竹の影が幾重にも交錯する向こうに、人影が見えたような気がした。

「あれだ……」

聖宝が固唾を呑む音が聞こえた。

加美は上体を起こし、歩みを速めた。

やがて、洋灯の橙色(だいだいいろ)の光がくっきりと人の姿を照らし出した。

天主茂道が、いや、篤道の化身たる化け物が其処(そこ)に立っていた。

本気で自分を篤道の生まれ変わりと信じているのか、あるいは篤道の怨霊に憑依(ひょうい)されているとでもいうのだろうか、篤道公の甲冑(かっちゅう)を着ているのだった。

そして凶悪な連続殺人を笑い飛ばすかのように、霊気琴のアンテナの上で微妙に掌を揺らして音楽を奏でているのである。

加美の目の前で、旋律に合わせて体を揺すり、狂おしげに首を振り、無我の境地という風情で琴をかき鳴らしている。

それは、完全に陶酔した狂人の仕業、鬼気迫る光景であった。


自分の息子を殺した後で、わざわざ竹林で演奏会か？

こいつはやはりとっくに狂人なのだ！


加美は片手で上着の内の短銃を素早く握りしめた。

「……天主茂道さんですね」

加美は相手を刺激しないように静かな声で呼びかけた。

茂道は返事をしなかった。

ただ、僅(わず)かにこちらを向いただけであった。

加美は茂道の狂態と、振り向いた時の青黒い顔に怖じ気づきそうになったが、出来る限り友好的に言った。

「茂道さん、僕は敵ではありませんから、安心して下さい。貴方(あなた)の話を聞きたいと思ってる者です。取引をしませんか？」

本当にこんな狂人と取引などが出来るのか？　だが、太刀男が死んだ今となっては、それしか方法はない。

「加美さん、何を言ってるんです！　近づいては駄目です！　そいつはもう死んでいます、怨霊ですよ！」

聖宝の悲鳴のような声が、竹の陰から聞こえた。

ヒュ――ヒョ――イ――イ――ヒン

ヒョーン――ヒョ――ン

ヒュ――イ――イ――ヒン

ヒョーンーヒョーン――ン

そうした声さえもわざと無視してこちらの出方を窺(うかが)っているのか、奏でられる調べは一段と激しくなっていく。

一歩……二歩……三歩……四歩……あと、もう少し。

短銃を握る手に力が籠もった。

「子供の言うことなど、気にされなくていい。さぁ、茂道さん……」

加美が相手の体に手をかけようとした時、待ち伏せていたかのように、茂道の黄色い目玉がぎろりと振り返って加美を捕らえた。

その瞬間、加美は見た。

脚を伸ばして頬に張り付いた蜘蛛。

濁った瞳。

醜く歪んだ唇。

暗緑色の皮膚。

そして、嘔吐を催しそうな激しい死臭。

全身が総毛立ち、自分の行いに激しい後悔を感じた。

これは、この世の物ではない！

だがその時すでに、地の底から触手を伸ばした魔が、加美の足下を捕らえていた。

足下の地面がくらりと揺れた。

「危ない！」
聖宝の悲鳴が聞こえた。
落ちる……。
地獄の扉が開いた！
扉が開いて鬼が這(は)い出す……。
血に染まった太刀男の死体……。
これはすべて罠(わな)だ！
世界、眼球
審判、裁き
ミラレ【和音】ミラレ【和音】
ミラレ【和音】
ミラレ【和音】ミラレ【和音】
ミラレ【和音】
ソラシ【和音】ソラシ【和音】
ソラシ【和音】

ソラシ【和音】ソラシ【和音】
ソラシ【和音】

錯乱する加美の目前に、叫ぶ間もなく茂道の巨体が襲いかかってきた。

竹林に銃声が響いた。

6 朱雀十五(すざくじゅうご)

加美は茫然(ぼうぜん)自失としていた。

穴の上から自分を覗(のぞ)き込んでいる五つの顔も蒼白(そうはく)であった。

加美の上には茂道の体が乗っていた。鎧(よろい)を着ているので、押しつぶされそうなほどに重い。

目の前には吐き気を催すほど醜悪な茂道の顔があった。ぽっかりと、顔だけが。それは茂道自身の背中に乗っている生首なのであった。

「助けてくれ……」

加美は呻(うめ)いた。

助蔵と慈恵が穴に滑り降りてきて、加美の上に乗っていた茂道の巨体をどけた。

「いっ……一体、何があったんや？」

助蔵が頬を痙攣(けいれん)させながら訊(たず)ねた。

「それは、僕の方が聞きたい！　霊気琴の音がするというので、皆さんより早く、そこの聖宝君と一緒にかけつけたのです。すると、茂道さんがいて、霊気琴を弾いていたんです。茂道さんに近寄ろうとしたら……、突然足下に穴が開いて落ちたんです」

起きあがろうとした加美は、後頭部に鈍い痛みを感じて、再び倒れた。

「これは古い罠だな。見なさい、竹槍を穴の中に立てて、上から筵を被せ、土を載せて隠してある。獲物が落ちた途端に竹槍に刺される仕掛けだが、竹が朽ちておったんだ。命拾いしたな」

慈恵が渋い顔をしてそう言ってから、加美は自分の背中の下で折れている竹槍の存在を知って、ますますぞっとした。

「そっ、そしたらそれまで御当主は生きてはったんやろ？　それが何で首を切られて死んでるんや！」

「そうや、誰が御宗主を殺したんや」

駒男と成行が騒いでいた。成継は穴の中に滑り降りてきて、冷たい目で茂道の死体を見ている。成継の着ている白衣は血塗れだった。

「首だけでは無さそうだぞ。ほら、腕も取れている」

慈恵が地面に転がっていた腕に気付いて、取り上げた。穴を覗き込んでいた成行がひいっと悲鳴を上げ、助蔵は後ずさった。

「どうしました？　皆さん大丈夫ですか？」

聖宝が後方で叫んでいた。

「僕も一緒に茂道さんが霊気琴を弾いているのを見ました。加美さんは茂道さんに近づいていって、その罠に落ちたんです。それで後を追うようにして、茂道さんが落ちていきました。次の瞬間にはもうこんな状態だったんです」

暗闇に響く聖宝の声は震えていた。

慈恵はそれを聞くと、茂道の生首を取り上げ、甲を脱がした。そして、洋灯の灯りを近づけて、じっと見た。

「さっきまで霊気琴を弾いていたとはえらい事だ。生半可な修法ではとても浄化出来ん怨霊だな。いいか、よく見てみなさい。この顔がさっきまで生きていた人間の顔に見えるか？ 拙僧は死人の顔はよく見るが、腐敗の様子では、この気温だと一週間は経っている」

慈恵の言う通りだった。

加美の方に向けられた生首の上皮は腐敗が進み、髪の毛が束になって抜けている。

加美は酸っぱい吐き気を堪えて口元を押さえた。

「本当や。これは酷いわ」

成継は瞬きもせずに生首を見た。

「ナンマイダブッ　ナンマイダブッ」

駒男は手を合わせて竦み上がっていた。

「わっ……、分からん。どう考えても、わけが分からん」

助蔵が何度も何度も同じ事を言って、呻いていた。

一同の中で加美以外の者には、茂道の首と腕が何故切り離されているのか知る由がなかった。

そして唯一、心当たりのある加美は、全身から音を立てて血の気が引いていくのを感じていた。

一週間以上だって……！

すると……つまり、茂道は鏡子達の手にかかって本当に死んでいたということになるじゃないか！

では、番人達が見た茂道の姿は？

いや、そんな事より、さっき、茂道が霊気琴を弾いていたのは、あっ、あれは……何なのだ？

「なっ、何か外連があるはずだ！　なっ、何か！」

加美は恐怖の余り気が触れたようになって、茂道の体や鎧をまさぐった。

皆が洋灯を翳して、その様子を見入った。

しかし鎧からも死体からも何一つ不審な痕跡は出て来なかった。

「無い！　何も無い！」

加美は、殆(ほとん)ど女のような甲高い悲鳴を上げていた。

「無いに決まっておる。これは怨霊だ。こういうことが世の中にはあるのだ。拙僧は何度もこのような怪奇を目の当たりにしている。怨霊が貴方(あなた)をおびき寄せて殺そうとしたんだ。何故かな？ 関係の無い人間には怨霊といえどおいそれと祟(たた)りはしない。何か茂道を怒らせるような事をしたのかな？」

慈恵の質問に加美は声を震わせた。

「そっ……そんな覚えは無い……」

そう呟(つぶや)きながら、加美は自分の意識が遠ざかっていくのを他人事(ひとごと)のように感じていた。

ハ・レ・ル・ヤ
グ・ロ・リ・ア
財宝は何処に？
財宝は魔女のスープの中に隠された
資格無きものは暴こうとするな
スープの毒で
おだぶつする

＊

三日後、天主家の合同葬儀が行われた。

「梟に餌をやっとった時や、千曳岩がすうーっと動いて、中から煙が立ち上ったんや。それで、大きな鬼が間から這い出てきよった」

直吉が、客室の裏手で、数人の召使いに声を殺して囁いていた。

赤や黄色の袈裟衣を着た高僧達が列をなして館の中に入っていく。各界から贈られた花輪が庭から門にかけて並び、喪服の人々が門前で焼香の順番を待っていた。

加美は、荷物を詰め込んだ鞄を手に門に向かった。

暫く歩いていくと、後ろから追いかけてくる足音があった。加美は何故かギクリとして振り返った。

「加美さん、東京に帰るんですか？」

「ああ、もう僕は用なしだからね。この館には探偵よりも坊主のほうが必要なようだ」

「恐ろしい事件でしたね」

「ああ、僕も心を入れ替えて、神信心する気持ちになったよ。それにしても茂道の怨霊か……それとも、篤道の怨霊だったのかな……」

「さあ？　それよりさっぱり分からないのは、誰が茂道さんを殺したのかってことですよね。確かに怨霊だったことには間違いないけど、茂道さんを殺した犯人がハッキリしないと気持ち悪いですよね。まだ、茂道さんを殺した犯人が潜んでいないとも限りませんし」

「ああ……だが、僕には荷が重かったということかな、東京に帰ったら初心に戻って出直すよ」

そう言いながら、加美は（それは違う。自分は犯人を知っている）と考えていた。

茂道を殺した犯人達は、怨霊に復讐されてとうに死んでいるのだ。

彼らは茂道を殺し、首と腕を切り離して、呪われた櫃の中に入れてしまった。

その櫃の中で何が起こったかは分からない。

篤道の霊魂が封印から放たれたのか、それとも櫃の呪力によって茂道の霊があの世から舞い戻ったのか……。

いずれにしても、あの夜、死んでいるはずの茂道が、時空を超え、竹林で霊気琴を奏でていたのだ。

加美は、自分を睨んだ時の茂道の面相を思い出して、ぶるりっと、体を震わせた。

「加美さん聞きました？　天主家の御宝は結局、今回のことで所在不明になってしまいましたけど、御審議役の人達は懲りもせずに明日には、新しい御宗主を連れて来る気らしいです」

「新しい御宗主？」

「ええ、先代の御宗主の兄、つまり四十年前の事件の張本人だった光道が、外の女性に産ませた女の子がいたらしいです。女性が余り好ましくない人だったので、子供は下田村の遠筋の家とかに養子に出されていたんですって、今度来る御宗主という人は、光道の孫にあたる人で、三十二歳になる現在まで、世間から隔離されて育てられていたんですって」

「次々とこんな呪われた館に宗主を据えるんだな……。光道の縁者か……ぞっとしないな、なんだかまた悪いことが起こりそうじゃないか」

「助蔵さんなんかは喜んでいましたよ」

「そうかい、やれやれ。全く僕の出番はないね。はなからこうした血縁関係というものは苦手なんだ」

聖宝はそれには答えず、「じゃあ、加美さん、お元気で」とにっこり笑って踵(きびす)を返した。

加美はその背中に声をかけた。

「おおい、聖宝君、君には御礼を言い忘れたね。あの時竹林に君がいなければ、僕は今頃おだぶつだったよ、ありがとう」

聖宝は振り返って首を横に振っている。

「ねえ、君は一高だって？」

「はい」

「何かの機会があれば、また会おう。君の学校に訪ねるかも知れないよ。君、本名は何ていうんだい？」

「僕ですか、僕の本名は朱雀十五といいます」

エピローグ1　黄泉津比良坂、血祭りの館

世界、眼球
審判、裁き

ミラレ【和音】ミラレ【和音】
ミラレ【和音】
ミラレ【和音】ミラレ【和音】
ミラレ【和音】
ソラシ【和音】ソラシ【和音】
ソラシ【和音】
ソラシ【和音】ソラシ【和音】
ソラシ【和音】

悲鳴のような物が聞こえます。
骨がばりばりと砕けるような音もします。

胸が早鐘のように鳴り始め、私は振り返らぬようにと自分に言い聞かせたのです。

何故なら、山で血取りに後をついてこられた時は、絶対に振り返ってはいけないと教えられていたからです。

血取りは、振り返った者を襲うのだそうです。

ずっとずっとそうやって歩いていくうちに、ついには私の後ろには足音が一つしか聞こえなくなっていたのです。

後ろの人は血取りに追いかけられているのでしょうか？

だんだんと足早になってきます。

それとも、後ろにいる者こそが血取りなのでしょうか？

もしも、血取りなら……。

私は矢も楯もたまらなくなって、走り出しました。

後ろからも走ってきます。

息を切らしながら辿り着いたのは絶壁。もう逃げ場がありません。

そう、あの階段しか。

その階段は、錆びきった巨大な螺旋階段で、まるで天に昇っていくような高みに続いているのです。しかも支柱がありません。風でぐらぐらと揺れています。

御宝はわしのもんだ！　御宝はわしのもんだ！

後ろで叫んでいます。ああ、間違いありません。あの恐ろしい声は血取りに違いありません。

それとも風の声なのでしょうか。

「許して！　許して！　誰か助けて！」

私は覚悟を決めて、その螺旋階段を駆け上がりました。

どおん、

鈍い音が響きました。私の歩む一歩ごとに、螺旋階段は振動し、体を激しく揺すります。

そして後ろから追いかけてくる足音の度にも、ブランコのように揺れるのです。

地上が遠くなっていきます。恐ろしく高くて眩暈（めまい）がします。

ああっ、でも、見て下さい。

もう少し上に虹（にじ）色の光が見えるのです。

希望の光です。その前で立っているのは誰でしょうか？

とても綺麗（きれい）な少年です。あの方はきっと天使様です。

天使様が助けて下さる！

それなのに何故でしょう。

私は突然、わけの分からない不安に駆られ始めたのです。

「もしかして、私の方が血取りと間違われやしないかしら……」

本当になぜ、そんな風に思ったのか分かりません。

でもその不安はまるで確信のように膨らんでいくのです。きっと、そうなるだろう。

何故かそう思えます。そう思いながら光の前に辿り着きました。

ああ、やっぱり。

私が思った通りです。

天使様の微笑みは、私の姿を見た途端にみるみる曇っていったのです。

私は打ち震えました。

「貴方は恐ろしい人殺しの血取りですね！」

「違います。違います。私は血取りから逃げてきたのです。私は血取りなどではありません」

「嘘です！　貴方は血取りです！」

後から上ってくる足音も段々と近づいてきます。

血取りはもうすぐ側に来ているのです。

やがて、血取りの気配が私のすぐ後ろにぴったりと……。

私の心臓は今にも止まりそうな乱れた音を立てました。

「私は血取りではありません。本当です。ほら、この人が血取りなのです！」

その時、後ろを指さそうとした私の腕が、私の背後に寄り添っていた者の体を押してしまったのです。

儚い悲鳴が聞こえました。

ああっ！

何ということでしょう。その人は血取りなどでは無かったのです！

その人の体はぐらり、と蹌踉めき、宙に浮きました。

そして、吸い込まれるようにして螺旋階段の真ん中を落ちていきました。

「ほら見なさい！　貴方は今も人を殺した。貴方は人殺しの血取りだ！」

天使様が叱責なさいます。

許して……。

ああ、許して下さい。

私は……私はそんなつもりではなかったんです。

ああ、私は裁かれなければなりません。

*

『血取りの爺』という恐ろしい妖怪と、一箇目神という祟り神が住まう地が熊野にある。

そして、山中には土地の人々から『血祭りの館』と呼ばれる不吉な洋館が聳えている。

夜になったら、訪ねてみるといい。

門から館の玄関にそって一列、そして館を取り巻いて、松明の赤い炎が妖しく揺らめき、血塊のような館の姿と庭に置かれた怪しげな彫刻達を照らしている。

館は八角形の本体の上に円筒形の高い尖塔を持っていた。三階建ての尖塔である。

館の外壁には、法輪や迦陵頻伽や雲や花びらとともに天使達の華麗な舞い姿が浮き彫りされている。まるで、古代印度の華麗な厳駱楽寺院だ。

また、館のぐるりにある透かし彫り模様を上部にあしらった楯型の飾り窓には、紫色の服を纏った修道士の硝子絵が塡っている。

皆、判で押したように同じ図案だ。

硝子の中の修道士は頭を垂れ、悲しみの淵に立っている。辛苦を刻んだその表情、瞳は両手に握られた十字架に注がれ、祈りを捧げている。

その足下にはこう刻まれていることだろう。

Ask God if you want the truth.

How should be done when you try to see God.

『真実を知りたくば、神に問え
神の姿を見んとする者はいかにするか？』

館は、七階建てだ。

三階の南側と四階の東側にはさながら波美論(バビロン)の空中庭園(ハンギングガーデン)さながらの樹木で彩られた張り出し間があり、尖塔の七階部分には、途方もない大時計が埋め込まれ、時計盤が壁面一杯に顔を覗(のぞ)かせている。

屋根は銅板葺(ぶ)きで、金と銀の聖蕨(サワラビ)文様で彩られて、尖塔の頂には、鳳凰(ほうおう)に似た玻璃(水晶)の鳥が透明な双翼を広げて留まっている。

さらに、東西南北の方向に正確な九十度の幅を置いて伸びる四つの廊下がある。

廊下は金色の高欄を持ち、沿って存在する建造物には西洋的な造形と東洋的な造形が同時に含有されている。

本館正面の庇(ひさし)に座る六匹の悪魔は、双翼を広げ、やせ細った腕と毛だらけの足には禽(きん)獣(じゅう)の爪を持ち、下界を見下ろして笑っている。

扉にある大きな目玉が、

spoil peruirfcs] ǝpqo

『略奪せよ封印されたオルへを』

と問いかけてくる。

さてでは扉をゆっくりと開き、館中に足を踏み入れてみよう。

天井の隅ぐるりには八つの天窓。

その間を埋めるのは、胴体の無い顔から直接羽根を生やした天使彫像。

虚ろで悲しげで、天使というよりは、『冥界のハーピー』を想像させる。

ハーピーの顔に見守られながら円形の広場に立つと、天井の装飾灯や樹木を象った金細工の蠟燭立てから溢れる光暈の中で、全ては宝石のように輝いている。

湾曲真珠装飾の粋を凝らした大広間。

鳥亜式の頭を持つ柱には四本の太い葡萄の蔓が螺旋状に巻き付き、紋章的に変貌した蔓樹が天井から壁上部に枝を広げ、過飾な曲線で建物の広い内部を覆っている。

その錯節の複雑な揺らめきや、色硝子の飾り窓から漏れてくる暗い虹色の光や、夥しい彫刻や極彩色の壁織物は、耽美趣味に満ちた幻夢郷のごとき空間を造りだしている。

又、建造物内部の異観世界も、様々な寓話的図像や、摩訶不思議な小物類、絵硝子、そして生物の形状の一部を賦与された奇妙に艶めかしく躍動的な家具や器物で埋まっていた。
一、二階は吹き抜けで、円形四脚の猫足を持つ装飾用卓とスプーンを象った寝椅子が、大鏡をあしらった壁に沿って並べてある。
卓の上には銀細工で出来た人型の壺があったり、一角獣の像があったりする。

中でも目立っているのは、螺旋階段脇の台座上にある異形の騎士像だ。台座には、

Bold Doll hide here

『ここには大胆な人形が隠れている』

という暗号を刻んだ石板がはめ込まれ、その奥には空っぽの隠し金庫がある。

館の中心を七階まで貫くその階段は、一番下に龍の頭、側面に鱗を持ち、全体で巨大な龍形を象っている。階段には七段ごとに透かし彫りが入っていて、階段を支える支柱は、ぐるりに六芒星紋をあしらった輝く黄金である。

周囲は十メートルもあり、柱の根本の部分には実在と空想上の動物の顔が小さく彫り込まれている。

龍、犀、象、獏、麒麟、白沢、狛犬、唐獅子、恙、息、蜃、それから十二支の動物達である。

西側の一角にあった暗い色彩の洋画は今はもう無い。

では、この館に住んでいる人々を紹介しよう。

六階には宗主・時定とその妻、愛羅。双子の妹、結羅とその父母・助蔵、正代。

五階には先々代宗主・安道の息女・沙々羅。駒男。そして華子と夫の成継。華子の姉の伊厨は婚約者の成正が行方不明なので未だに独身だ。

四階には成正の父母。

そして、ある夜、再び恐ろしい悲鳴が館に響いた。

エピローグ2　黄泉津比良坂、暗夜行路

暗い夜行列車の中、一等車両には人影も疎らで、軽い寝息が聞こえるだけだ。

四角く切り取られた車窓の外には、鋭利な鎌のように光る三日月。月光に光る山の輪郭が幾本も絡み合い、また解けて、飽きない模様を描き続けている。

ランプ灯を小さく灯して起きているのは、たった三人であった。

「それで、篤道の怨霊が暴れ出したわけですね」

朱雀が考え事にふけりながら呟くと、十和助が青い顔で頷いた。

「沙々羅様がようやく実家のほうに戻ってまいられた直後でございました。恐ろしいことが立て続けに……。そして沙々羅様の右目が突然として見えなくなってしまったのでございます」

「なる程……」

朱雀は頷いて、

「律子君、このことは記録を取らなくていいんだ」

と、横でメモを取っているマリコを制した。マリコは先の事件で、死んだ花魁と入れ替わったので律子と名乗っている。

「それにしても聖宝……いえ朱雀様までもが失明なさるとは……。あの館に足を踏み入れ

た人間は皆、祟られるのでしょうか……」

朱雀はそれを聞くと鼻でせせら笑った。

「僕の目はただの事故ですよ。祟りなどとは何の関係もありません」

「はぁ、そうでございましょうか……。わたくしは恐ろしゅうございますよ。なにしろ、一族の方々が皆、血取りの夢に魘されるようになったばかりか、この春はあの竹林が一斉に花を咲かせたかと思うとすっかりと枯れ、その後、地元の農家で異常なほどに鼠が暴れ回って被害がでたのです。何もかもが不吉なことだらけです」

「竹って、何百年に一度しか花を咲かせないのでしょう？　それに竹が花を咲かせるのは凶兆だと言いますものね」

律子が大きな瞳を瞬かせながら訊ねた。十和助が頷いた。

朱雀は暫く黙っていたが、ふと思いついたように言った。

「それで、僕を呼び出そうと言ったのは誰なのです？」

「はい、沙々羅様はあの事件以来、高熱が二週間余りも続き、お熱が引いた後は口もきけないような状態になってしまわれました。お医者様によると記憶喪失であるということでございました。それから毎夜、毎夜、悪夢を見ては、夢遊病の発作を起こされることが止まらず……、事件のあった環境で過ごしているのがよくないということでございましたので、御一族の方々も渋々ながら東京の親族に沙々羅様をお預けしていた次第です。

ですから沙々羅様は朱雀様のことを覚えてはおられません。しかし、よく夢の中で天使様を見るのだそうです。その天使様の御容貌がわたくしには朱雀様ではないかと思われたのです。貴方様ならお可哀想な沙々羅様を救っていただけるのではないかと思いまして、いろいろとつてを頼って参ったのでございます」

律子が横でくすりと笑ったのに、朱雀は気分を害したように眉をひそめた。

「僕が天使ねぇ……。まぁいい。それにしても御苦労でしたね」

「安道様がたったお一人残されたお嬢様でございます。なんとしてでもお守りしなければ」

「それにしても、気味の悪いお話だわ。殺人現場にあった足跡、その人間でない足跡が開かない窓にむかってついていたなんて」

律子は昨夜綿々と聞いた話を思い出して身を震わせた。

「ええ、しかも翌日、竹林の周辺に同じ足跡があったのでございますよ。それに成正様も十四年前からずっと行方知れずです」

朱雀は憂鬱そうに俯いた。

「祟りはまだ消えていないということだな」

十和助はすがるような面もちで朱雀を見た。

「ところで、まさか他の探偵なんてものが出動してきてはいないでしょうね？」

「はい、こうしてお頼みしているのは朱雀様だけでございます」

「それは結構だ。なにしろ、前の時は邪魔な男がいたのでね。いいですか、ともかく僕が事件を解決するまで、それまで決して警察も他の探偵も、いやそれどころか部外者の立ち入りは一切禁じていただくという約束だけは、十和助さん、貴方の責任で守って下さいね」

朱雀は強く念を押すように言うと、長い髪をうるさそうに掻き上げた。

警告のように鋭い汽笛が鳴った。

列車は夜の闇の中を黄泉津比良坂に向かって転げ落ちるように速度を速めた。

続編・黄泉津比良坂、暗夜行路へ

参考文献

『モーツァルト「魔笛」』—音楽之友社
『寺山修司の仮面画報』著：寺山修司　平凡社
『Ｔｈｅ あんてぃーく「家具」』—読売新聞社
『ミトラの密儀』著：フランツ・キュモン　平凡社
『「占星術の世界」総解説』著：山内雅夫　自由国民社
『ユングとオカルト』著：秋山さと子　講談社現代新書
『死体の本』別冊宝島
『体内の蛇』著：ハロルド・シェクター　リブロポート
『突飛なるものの歴史』著：ロミ　作品社
『脳と神経、気になる謎』著：小長谷正明　講談社
『世界の奇書・総解説』著：窪田般彌・船戸英夫・矢島文夫　自由国民社
『ホックニーのオペラ展』—毎日新聞社
『魔笛』著：Ｊ・シャイエ　白水社
『日本残酷物語４』—平凡社
『幻視する近代空間』著：川村邦光　青弓社

本文中の「魔笛」のセリフは『モーツァルト「魔笛」』より引用させていただきました。
また、科学的考証については、科学ライター竹内薫氏にお世話になりました。深く感謝致します。

この物語はフィクションであり、実在する人物・地名・組織とは関係ありません。また本書中に一部、今日では不適切とされる語句や表現がありますが、物語内の歴史的時代背景を鑑みそのままとしました。（編集部）

本書は一九九八年十一月にトクマ・ノベルズとして刊行され、
二〇〇三年六月に徳間文庫より刊行された作品です。

黄泉津比良坂、血祭りの館　探偵・朱雀十五の事件簿3

藤木　稟

角川ホラー文庫　18118

平成25年8月25日　初版発行
令和7年5月10日　6版発行

発行者——山下直久
発　行——株式会社KADOKAWA
〒102-8177　東京都千代田区富士見2-13-3
電話 0570-002-301（ナビダイヤル）
印刷所——株式会社KADOKAWA
製本所——株式会社KADOKAWA
装幀者——田島照久

●お問い合わせ
https://www.kadokawa.co.jp/（「お問い合わせ」へお進みください）
※内容によっては、お答えできない場合があります。
※サポートは日本国内のみとさせていただきます。
※Japanese text only

ISBN978-4-04-100974-1　C0193

角川文庫発刊に際して

角川源義

第二次世界大戦の敗北は、軍事力の敗北であった以上に、私たちの若い文化力の敗退であった。私たちの文化が戦争に対して如何に無力であり、単なるあだ花に過ぎなかったかを、私たちは身を以て体験し痛感した。西洋近代文化の摂取にとって、明治以後八十年の歳月は決して短かすぎたとは言えない。にもかかわらず、近代文化の伝統を確立し、自由な批判と柔軟な良識に富む文化層として自らを形成することに私たちは失敗して来た。そしてこれは、各層への文化の普及滲透を任務とする出版人の責任でもあった。

一九四五年以来、私たちは再び振出しに戻り、第一歩から踏み出すことを余儀なくされた。これは大きな不幸ではあるが、反面、これまでの混沌・未熟・歪曲の中にあった我が国の文化に秩序と確たる基礎を齎らすためには絶好の機会でもある。角川書店は、このような祖国の文化的危機にあたり、微力をも顧みず再建の礎石たるべき抱負と決意とをもって出発したが、ここに創立以来の念願を果すべく角川文庫を発刊する。これまで刊行されたあらゆる全集叢書文庫類の長所と短所とを検討し、古今東西の不朽の典籍を、良心的編集のもとに、廉価に、そして書架にふさわしい美本として、多くのひとびとに提供しようとする。しかし私たちは徒らに百科全書的な知識のジレッタントを作ることを目的とせず、あくまで祖国の文化に秩序と再建への道を示し、この文庫を角川書店の栄ある事業として、今後永久に継続発展せしめ、学芸と教養との殿堂として大成せんことを期したい。多くの読書子の愛情ある忠言と支持とによって、この希望と抱負とを完遂せしめられんことを願う。

一九四九年五月三日

黄泉津比良坂、暗夜行路（よもつひらさか あんやのみちゆき）

探偵・朱雀十五の事件簿4

藤木稟

新たなる悲劇の幕が開き、悪夢が甦る

ぐおぉ――ん、ぐおぉ――ん。
寂寥たる闇を震わせて、決して鳴らないはずの『不鳴鐘（ならずのかね）』が鳴り、血塗られた呪いと惨劇が再び天主家に襲いかかる。新宗主・時定と、14年前の事件の生残者らの運命は？執事の十和助に乞われた朱雀十五は、暗号に満ちた迷宮で、意外な行動に出た。やまない猟奇と怪異の渦中で、朱雀の怜悧な頭脳は、館の秘密と驚愕の真実を抉り出す。ノンストップ・ホラーミステリ、朱雀シリーズ第4弾。

角川ホラー文庫

ISBN 978-4-04-101019-8

バチカン奇跡調査官
三つの謎のフーガ

藤木 禀

奇怪な謎を、最強バディが解き明かす！

イタリアの小さな村に「蜘蛛男」が出没。壁を這って移動し、車に貼りつくなど、人間ではありえない動きをするらしい。噂を聞きつけた平賀は、ロベルトと共に調査旅行へ。蜘蛛男の意外な正体とは？（「スパイダーマンの謎」）ほか、フィオナ&アメデオが犯人不在の狙撃事件を追う「透明人間殺人事件」、シン博士の親族が遺した暗号にロベルトが挑む「ダジャ・ナヤーラの遺言」を収録。謎とキャラが響き合う、洗練と充実の短編集第5弾。

角川ホラー文庫

ISBN 978-4-04-110842-0